KB163202

첫 계절

서혜은 장편소설

VOL.2

동아

첫 계절 2권

초판 1쇄 인쇄일 | 2024년 02월 02일
초판 1쇄 발행일 | 2024년 02월 22일

지은이 | 서혜은
펴낸이 | 조승진
펴낸곳 | 데이즈엔터

출판등록 | 제2023-000050호
주소 | 서울특별시 강서구 양천로 570, NH서울축산농협 NH서울타워 19층 (등촌동)
전화 | (070)8826 - 4508
팩스 | (02)337 - 0668
E - mail | bear6370@hanmail.net

정가 | 11,500원

ISBN 979 - 11 - 7170 - 094 - 3 (04810)
      979 - 11 - 7170 - 092 - 9 (set)

첫 계절
the first season

VOL.2

서 혜 은 장편소설

동아

목   차

6

[이지서 양]

침대에서 몸을 일으킨 배 여사는 빠르게 눈을 깜빡였다. 막 잠에 들려던 찰나라 눈꺼풀이 무거웠다.

그래서 지금 자신이 잘못 보고 있는 걸까, 제 눈을 의심하는 얼굴로 휴대 전화 액정을 다시 보았지만, 상황은 변함없었다. 여전히 액정 한가운데 이지서라는 이름이 깜빡이며 벨이 울리고 있었다.

"하."

자정이 넘은 시간에, 전화라니. 자신이 너무 편하게 대해 줬었나.

기가 찼지만, 아들과 관련된 건지도 모르므로 일단 전화를 받았다.

"지서 양. 시간이 늦었는데 아직 안 잤나 봐요."

—늦은 시간에 정말 죄송합니다. 꼭 말씀드려야 할 것 같아서요.

휴대 전화 너머로 전해지는 소리가 시끌시끌했다.

"지서 양, 혹시 밖이에요?"

—아……. 네. 잠시 밖이에요.

배 여사의 시선이 안방에 걸린 시계로 향했다. 다시 봐도 자정이 넘었다. 겁도 없이 여자애가 이렇게 늦은 시간에 밖이라니. 지서에게 품었던 좋은 마음들이 스르르 녹아 사라지려 했다.

"무슨 일로 전화했어요?"

—아, 네. 그게…….

다정한 말투와 달리 배 여사는 침대에 걸터앉아 다리를 꼬고서 못마땅한 표정을 지었다. 주변의 시끌시끌한 소리가 이어졌다. 그러나 정작 전화 건 상대에게선 이렇다 할 만한 말이 없었다.

"여보세요?"

—……제가 더는 재언이의 과외를 맡을 수 없을 것 같아서 연락드렸습니다.

마침내 꺼낸 지서의 말에 배 여사의 미간이 구겨졌다.

"이렇게…… 갑자기요?"

이 상황이 불편한 듯 배 여사의 발끝이 가볍게 흔들렸다.

지서가 과외를 맡은 후, 재언의 성적이 순식간에 올랐다. 기본

적으로 머리가 있던 녀석이 밤늦게까지 공부하니 성적이 훅 오르는 건 당연한 일이었다.

그런데 지서가 관둔다니.

다시 곤두박질칠 재언의 성적을 생각하니 없던 두통이 생겼다.

거기다가 재언은 지서를 좋아하는 상태였다. 당장 눈앞에서 지서가 사라지면 어떻게 돌변할지 모를 일이었다.

-네. 죄송합니다.

"우리 재언이랑 무슨 일 있었어요?"

-아뇨. 재언이랑은 아무 일도 없었습니다.

"그럼 무슨 사정인지 물어봐도 될까요? 지금 좀 당황스러워서 말이에요."

관자놀이를 꽉 누른 채 배 여사가 물었다.

-……그게, 저희 언니가 빚을 져서, 그것도 좀 많이 져서 쫓기게…… 되었어요. 저도 다른 곳으로 도망쳤고요. 아무래도 더 이상 그 동네에 갈 수 없을 것 같아요. 그래서 재언이의 과외를 더 맡아서 할 수도 없을 것 같고요.

갑작스러운 말에 배 여사는 할 말을 잃었다.

이게 대체 무슨 소리인가, 어디서 이런 삼류 소설 같은 이야기가 나오나 싶었다. 지금 지서가 제게 장난치는 건가 하는 터무니없는 의심이 들 정도였다. 그러나 헛웃음도 안 나오는 건, 민망함과 부끄러움을 무릅쓰고 억지로 덤덤하게 내고 있는 지서의 목소리 때문이었다.

"혹시 언니라면, 술집 다닌다는 그 언니 말인가요?"

－……네. 그것 때문에 동네에 조폭들이 깔렸어요. 사실 제가 전화드린 이유는…… 재언이가 위험할까 봐 걱정되어서요. 혹시 조폭들이 저랑 친하다는 이유로 재언이를 괴롭힐까 봐……. 제가 사는 동네에 얼씬도 못 하게 부탁드려요.

"……하."

살다 살다, 별의별.

－그것 때문에 이 늦은 시간에 연락드렸어요.

"……."

－죄송합니다. 재언이까지 위험하게 만들어서요.

"혹시 재언이한테 어디로 도망쳤는지도 이야기했어요?"

배 여사의 목소리가 싹 달라졌다.

－……아뇨.

"그럼 앞으로도 말하지 마요."

얼굴색이 변한 배 여사가 차갑게 대답했다.

－네. 그러겠습니다. 그럴 생각이기도 했고요.

"그리고 앞으로 절대로 연락도 하지 않았으면 해요. 알잖아요. 우리 재언이 성격."

지서가 어디 있는지 알면 무작정 찾아갈 녀석이었다.

"정말 우리 재언이 안전이 걱정된다면 부탁할게요."

－네. 저도 그래야겠다고 생각했어요.

휴대 전화를 넘어오는 지서의 목소리가 가늘게 떨렸다.

"그간 고마웠어요. 선불로 입금한 금액은 환불하지 않아도 돼요. 그건 여태껏 재언이 잘 챙겨 준 값이라고 생각해요."

─……죄송합니다. 정말, 죄송합니다.

지서의 작아지는 목소리에 배 여사는 입술을 깨물며 눈을 내리깔았다. 간신히 담담함을 유지하고 있던 지서의 목소리에 물기가 맺혀 있었다.

어린 여자애가 이 시간에, 어디에 있다는 걸까. 그것도 조폭들에게 쫓기면서.

그러나 동정심도 허투루 쓰면 안 된다는 걸 알고 있었다. 자신이 약해진 마음으로 지서를 거두면, 이 동네에 어떤 소문이 날지 모른다. 무엇보다 지서를 향한 재언의 마음이 더욱 애틋하게 변하기라도 하면…….

눈앞이 캄캄했다.

알아서 떨어져 나간다는데, 고마워해야지. 그래, 그래야지.

배 여사는 배 속이 무거워지는 걸 느끼면서도 차갑게 입을 열었다.

"약속 꼭 지키길 바랄게요. 건강해요, 지서 양."

─죄송합니다. 그간 감사했습니다.

지서는 끝까지 죄송하다고 말하며 통화를 마쳤다. 배 여사는 통화가 끊긴 휴대 전화를 가만히 쳐다보았다.

"……도와 달라는 말 한마디를 안 하네."

제 집안이 어떤지 알고 있다면, 한 번은 체면 불구하고 물어볼 만했다. 아니면 재언과 동갑임을 내세워 동정심을 자극할 수도 있었다. 그런데도 지서는 줄곧 미안하다는 말만 입에 담았다.

11

곧은 건지, 지독한 건지, 아직도 자존심 부릴 여력이 남아 있는 건지.

"후우."

휴대 전화를 내려놓은 배 여사는 어수선한 마음을 정리하려는 듯 머리를 한 갈래로 묶었다. 그러고는 부엌으로 걸어가 차가운 물을 마시며 흘깃 2층을 쳐다보았다. 2층이 잠잠한 걸 보니 재언은 잠든 모양이었다.

내일이면 난리 법석이 나겠지.

배 여사는 생각만으로도 머리 아프다는 듯 손으로 이마를 짚었다.

그러게, 왜 그런 언니랑 같이 살아서는. 독립해서 혼자 사는 게 훨씬 나았을 것 같은데. 그나저나 내일 재언이를 어떻게 달래야 하나. 어디로 가출해 버리는 건 아닌지. 이지서 찾겠다고 여기저기 들쑤시고 다닐 걸 생각하니 눈앞이 아찔했다.

이런저런 생각을 하던 배 여사의 시선이 무심코 창밖으로 향했다. 추적추적 비가 내리고 있었다. 휴대 전화 넘어 전해지던 시끄러운 소리가, 빗소리였던가.

초조한 얼굴로 입술을 깨물던 배 여사가 성큼성큼 안방으로 향했다. 문제 안 생기게 임시 거주지 정도는 마련해 줄 수 있을 것 같았다.

배 여사가 다시 휴대 전화를 들어 지서에게 전화를 걸었다.

-전화기가 꺼져 있어 소리샘으로 연결됩니다.

그러나 지서의 전화는 꺼져 있었다.

마치 제 할 일을 마쳤다는 듯이.

* * *

침대에서 몸을 일으킨 재언이 휴대 전화 알람을 껐다. 그러고 는 습관처럼 욕실로 향하다가 아, 하고 떠오른 생각에 메시지 함 에 들어갔다.

배 여사의 눈치를 보는 지서는 일절 먼저 전화하는 법이 없었 다. 메시지 함에 들어가니 'HUCC'에 1이라는 숫자가 떠 있었 다. 픽 웃으며 액정을 툭 누르고 걸어가던 재언의 걸음이 점점 느려지다, 욕실을 코앞에 두고 뚝 멈춰 섰다.

[재언아, 멀리 계시는 삼촌네로 가게 됐어. 아마 앞으로는 만 나기 힘들 것 같아. 약속 못 지켜서 미안해. 너랑 같이한 시간 참 행복했어. 잘 지내길 바랄게.]

재언의 고개가 옆으로 기울어졌다. 같은 메시지를 읽고, 또 읽 던 재언이 픽 웃었다. 그러나 웃음엔 온기가 전혀 없었다.

"장난이 과하네, 이지서."

재언이 통화 버튼을 눌렀다.

-전화기가 꺼져 있어 소리샘으로 연결됩니다.

그러나 상대는 묵묵부답이었다. 재언의 입매가 서서히 굳었다. 뒤이어 눈매도 딱딱해졌다. 그가 또 한 번 전화를 걸었지만 마찬가지였다. 혹시 전화를 잘못 걸었나 싶어 번호까지 재확인했다.

[이지서 장난치지 말고 전화 받아]

재언은 메시지를 보낸 후, 욕실로 들어갔다. 빠르게 씻은 후, 옷을 갈아입었다. 그동안 지서에게선 이렇다 할 만한 답이 없었다.

텅 빈 메시지 함에 마음 어딘가가 쿵, 하고 내려앉았다.

무슨 일이 생긴 건가. 어디 아픈 건가. 수많은 걱정이 들다가도, 지서의 메시지를 다시 보면 울컥 화가 치밀어 올랐다.

잘 지내길 바란다니.

"씨발, 어디서 말 같지도 않은 소리를."

어젯밤까지 웃으면서 이야기해 놓고, 바다도 가고 연애도 하겠다고 약속 다 해 놓고.

휘어진 입매가 분노로 비틀어졌다.

빠르게 휴대 전화를 챙긴 후, 캡 모자를 푹 눌러쓴 재언이 계단을 내려갔다. 일단 이지서의 동네로 갈 생각이었다. 가서 이지서를 수소문하다 보면 찾을 수 있겠지. 그런 재언을 배 여사가 가로막아 섰다.

"엄마, 나중에."

재언이 배 여사를 스쳐 지나갔다. 그러나 배 여사가 그를 또한 번 막아섰다.

"너 어디 가려고 해?"

"나중에 말할게."

"안 돼!"

그러나 평소와 달리 배 여사의 목소리가 높아졌다.

"대체 왜!"

길어지는 실랑이에 분노, 불안, 걱정으로 한껏 예민해진 재언이 버럭 소리 질렀다. 그러고도 분이 안 풀리는지 가슴이 거칠게 오르내렸다.

"네가 가 봤자 그 동네에 이지서 없어."

배 여사의 확언에 한 발 내딛던 재언의 행동이 뚝 멈췄다. 돌아선 재언이 배 여사를 뚫어져라 쳐다보았다.

"······갑자기 무슨 말이야?"

"새벽 일찍 사람 보내 봤어. 그 집 풍비박산 났다더라. 엉망진창이래."

"거기에 사람을 왜 보내? 혹시 이지서랑 연락했어? 언제?"

"어젯밤에. 과외 더는 못 할 것 같다고. 집에 문제가 생겨서 이사 간다더라."

사실 도망쳤다는 게 맞는 말이지만, 배 여사가 둘러 대답했다.

재언이 말없이 눈을 깜빡였다. 한 대 얻어맞은 것처럼 멍하게 서 있던 재언이 얼굴을 쓸어내렸다. 조금 지나서야 이 상황이 장난이 아니라는 게 느껴졌다.

마른침을 삼킨 재언은 생각을 정리하려는 듯 주변을 둘러보다가 다시 배 여사를 쳐다보았다.

"엄마. 솔직하게 말해 줘. 이지서 어디 있어?"

재언이 부릅뜬 눈으로 물었다.

"나도 몰라. 내가 아는 건 지서가 너랑 더 이상 연락하고 싶지 않아 한다는 거야."

"……대체 왜? 집 형편이 어려워서 이사 가는 거랑, 나랑 연락 끊는 거랑 무슨 상관인데!"

기어코 재언이 또 한 번 소리를 질렀다.

이러지 않으면 심장이 터져 버릴 것 같았다. 손으로 거칠게 머리를 쓸어 넘긴 재언이 숨을 급하게 들이켰다. 그래도 갑갑함이 가시지 않았다. 초조한 사람처럼 선 자리에서 서성거리던 재언이 못 견디고 또 한 번 소리쳤다.

"힘들어졌으면 차라리 나한테 도와 달라고 해야지!"

"네가 뭘 할 줄 알아서?"

"……뭐?"

배 여사의 차가운 물음에 재언이 얼굴을 구기며 무슨 소리냐는 듯 되물었다.

"내가 이지서라도 너랑 연락 안 해. 철없이 자라서 세상 무서운 줄 모르고 마구잡이로 뛰어다니는 네 녀석 뭘 믿고? 어디가 든든해서 너랑 연락하겠어?"

"……."

"네가 도와줘? 아니. 네가 도와주는 건 없어. 신재언. 지금 네가 갖고 있는 것들 네 엄마가, 네 아빠가, 네 할아버지가 준 거야. 네 힘으로 할 수 있는 거 하나 없어. 아마 넌 이 사실을 몰랐겠지만, 이지서는 알았겠지."

"……."

"결국 이지서한테 너는 그것밖에 안 되는 거야."

"……."

"좋을 땐 한없이 좋지만, 위급한 순간에는 거추장스러운 남자 애."

반박하려 했지만, 재언의 벌어진 입에선 정작 아무 말도 나오지 않았다. 그저 빈 입술만 벙긋거리다 이내 으, 하고 짧은 신음을 뱉었다.

아니라고 부인할 수 있는 말이 없었다. 자신이 당당할 수 있는 건 SR 그룹의 직계손이기 때문이다. 역으로 말하자면, SR 그룹에서 힘을 보태어 주지 않는다면 자신이 할 수 있는 건 하나도 없단 말이었다.

여태껏 알고 있다고 생각했는데…… 이 사실이 낯설게 느껴졌다.

"이미 예상하고 있겠지만, 엄마도 아빠도 할아버지도 네가 이지서 찾는 데 도와줄 생각 없어. 그 말인즉 이 집에서 널 도울 사람은 하나도 없다는 거야."

"……."

"네가 정말로 지서 걱정을 한다면 가만히 있어. 네가 이지서를 위해서 해 줄 수 있는 건 그것뿐이야."

"……."

"그리고 노파심에 말하지만 지금 뛰쳐나가면, 곧장 아저씨들이 널 잡아 올 거야. 그럼 넌 방에 갇힐 거야. 이 동네가 조용해질 때까지."

"그냥 동네만 가 볼게. 도와 달라고 안 할게!"

"아니. 지금 온 동네에 빚쟁이들이 지서 언니 찾으려고 혈안이야. 넌 지금 이지서 생각뿐이겠지만, 난 지금 내 아들이 더 걱정이야! 내 아들이 여자한테 미쳐서 해를 끼칠 그룹도 걱정이고. 그러니까 안 돼!"

"엄마!"

재언이 원망하듯 소리 질렀다.

"원망하고 싶으면 하고, 욕하고 싶으면 해. 조금만 지나면 다르게 생각할 테니까."

배 여사의 말에도 불구하고 재언이 확 돌아섰다. 신발을 꿰어 신고 현관문을 열어젖히자마자 앞에서 대기하고 있던 경호원들과 마주 서게 되었다.

"나가시면 안 됩니다."

경호원들이 안으로 들어가라는 듯 재언의 등을 떠밀었다.

"비켜!"

그러나 되레 재언의 엄청난 힘에 떠밀렸다. 네 명이 달려들어서야 겨우 재언을 제압했다.

"놔! 놓으라고!"

그러고도 흥분한 재언이 몸을 들썩일 때마다 남자들이 주체하지 못하고 휘청거렸다.

저 녀석이…….

진땀 빼고 있는 경호원들을 본 배 여사는 관자놀이를 꾹 누르며 말했다.

"제 방에 일단 데려다 놔요. 일단 진정 좀 하게."

배 여사는 경호원들에게 끌려가는 재언을 등진 채 창밖을 보았다. 그러다 이내 심란한 표정으로 눈을 꾹 감았다.

* * *

서울에 도착한 지서는 재언에게 메시지를 보내고, 배 여사와 연락한 후 휴대 전화를 껐다. 혹시 조폭들이 위치 추적을 할지 모른다는 생각이 뒤늦게 들었다.

근처 경찰서로 향한 지서는 자신의 사정을 말한 후, 쉼터에 가고 싶다는 뜻을 전했다. 그녀를 딱하게 여긴 경찰이 지서를 임시 쉼터에 데려다주었다. 그리고 운 좋게 임시 쉼터에서 단기 쉼터로 옮길 수 있었다.

지서의 상황이 위험해서 보호가 필요한 상태라고 여겨졌기 때문이었다. 조폭에게 쫓겼다는 증거가 없어서 언니에게 폭행당했다는 걸 이유로 댔다.

"등초본 교부 제한을 신청해야 할 것 같아요. 그게 뭐냐면, 다른 사람들이 등본과 초본을 발급해서 어느 거주지에 있는지 확인할 수 없게 하는 거예요. 이게 기본이에요. 그러려면 일단 가정 폭력을 당했다는 걸 증명해야 해요."

선생님의 말에 따라 지서는 병원에 가서 진단서를 떼고, 오래전 언니에게 폭행당해 경찰에 신고했던 기록을 첨부해 냈다. 신청이 통과되면서 유일한 언니인 효경은 지서의 주민 등록표 열람과 등초본 교부를 받지 못하게 되었다. 만에 하나 언니인 효경이 조폭들에게 잡혔을 때, 지서의 안전을 확보하기 위한 방법이라고 했다.

"씁쓸하겠지만, 어쩔 수 없어요. 지서는 지서의 안전만 우선 신경 써요. 다른 일은 나중에 걱정해요."

"……이걸로 괜찮을까요?"

버석하게 찢어진 입술로 자그맣게 중얼거리는 지서에게 선생님이 빙그레 웃었다.

"괜찮을 거예요. 설령 지서의 등초본을 떼더라도 찾아올 수 없어요. 왜냐면 쉼터가 아니라 다른 주소지에 지서의 이름을 올려 놓거든요. 경기도 화성시에 올려놨으니, 여기까지 유추해 내긴 힘들 거예요. 학교를 알아내는 건 더더욱 힘들 거고."

장기 쉼터에 입소한 지서는 이미 거주 중인 몇몇 여자애들과 한방에서 함께 지내게 되었다. 다들 지서에게 관심을 보였으나, 지서가 아무 말 하지 않자 다들 더 이상 신경 쓰지 않았다. 그사이 지서는 오랜 상담과 선생님들의 노력 끝에 쉼터 근처에 있는 고등학교로 전학 올 수 있었다.

지서는 선생님이 시키면 시키는 대로 했다. 하지 말라는 건 하지 않았다. 마치 명령어가 입력된 로봇처럼 하루의 일과를 해내고, 습관처럼 공부를 했다. 모범적인 생활을 유지하는 지서를 위해 선생님들이 문제집을 선물로 줬다.

"잠 좀 자자! 눈부셔!"

여느 때와 다름없이 공부하던 지서는, 같은 방을 쓰는 동갑내기의 말에 책과 문제집을 모두 챙겨 나왔다. 그러고는 거실 한 귀퉁이에 스탠드를 켜고 바닥에 앉아 공부를 했다. 공부를 하고 싶은 것도, 목표가 있는 것도, 즐거운 것도 아니었다.

지금 당장 할 수 있는 게 이것밖에 없으니까.

가슴을 데우던 성공에 대한 열망도, 남들처럼 번듯하게 살겠다는 욕심도 다 식었지만 습관이란 참 무서웠다.

며칠 만에 문제집을 다 풀면, 다시 처음으로 돌아가 또 풀었다. 문제집을 사 달라고 할 수 없으니 이것밖에 할 게 없었다. 문제집이 너덜너덜해지면 교과서를 읽고, 또 읽었다.

선생님의 만류에도 지서는 새벽 2시까지 공부했고, 머리가 멍해진 후에야 겨우 잠에 들었다. 아침이 되어 일어나면 곧장 학교를 갔다. 주말엔 선생님의 지시에 따라 입소 시설을 청소했다.

그렇게 여름의 한중간에 도달했다.

* * *

"지서야. 어서 와."

한 주에 한 번 있는 상담일이 도래했다. 하얀색으로 도배되다시피 한 상담실 한가운데, 상담 선생님이 웃으며 지서를 맞이했다. 매주 지서는 선생님의 지시에 따라 질문 문항에 답을 썼다. 그 서류들이 상담 선생님 앞에 놓여 있었다.

"잘 지냈어? 한 주간?"

상담 선생님이 밝게 웃으며 물었다.

"네."

"벌써 입소한 지 4주가 흘렀네. 선생님들 칭찬이 자자하더라.

너 같은 모범생은 처음 봤다고. 공부도 잘하고, 예쁘고, 착하고."

"감사합니다."

쏟아지는 선생님의 칭찬에도 지서는 덤덤하게 대꾸했다. 그 모습을 선생님은 착잡한 눈으로 바라보았다.

'지서, 정말 성실해요. 늦잠 한 번 잔 적 없고, 뭔갈 시키면 싫다고 말한 적도 없고. 너무 잘해서…… 가끔은 불안해요.'

입소 시설 관리 선생님은 지서가 착해서 불안하다고 말했다. 그 말이 충분히 이해되었다. 허공을 바라보는 지서의 얼굴엔 아무 감정이 없었다.

"저번 주보다 살이 많이 빠졌네. 다이어트 중이야?"

지서를 만난 지 벌써 4주째 되어 가고 있었다. 그 기간 동안 지서는 볼 때마다 살이 빠져서 나타났다.

"아뇨."

"요즘 힘들거나, 고민되는 부분은 없어?"

"네. 다 괜찮아요. 많이들 도와주셔서요."

"음, 그래? 저번 주 상담 기록지를 봤어."

선생님이 매주 진행한 질의 응답지를 뒤적이며 말했다. 그중 한 장을 꺼낸 선생님이 지서 앞에 내밀었다.

"연락하고 싶은 사람에 없다고 썼던데."

"네."

"그럼 이건 뭔지 물어봐도 될까?"

상담사의 손끝이 한 곳을 가리켰다. 정확히 지서가 뭔가를 썼다가 볼펜으로 힘주어 박박 그어 놓은 곳이었다. 그걸 본 지서가 눈에 띄게 동요했다. 가볍게 눈이 떨리고, 입술이 움찔했다. 선생님은 그 부분을 놓치지 않았다.

"누가 보고 싶었어? 가족?"

"없어요. 보고 싶은 사람."

지서가 단호하게 대답했다. 마치 절대로 말할 수 없다는 듯이.

"편하게 이야기해도 돼. 어디 기록에 남는 것도 아니고, 우리가 그 사람을 찾아보려고 하는 것도 아니야. 그냥 털어놓으라는 거야. 가끔 말하는 것만으로도 위로가 될 때가 있거든."

"……."

"그거 알아? 마음도 닦아 줘야 하는 거. 안 닦고, 자꾸 내버려 두면 먼지가 내려앉아. 그럼 정말 내 마음을 보고 싶을 땐 보이지 않아. 지금은 힘들겠지만 마음을 잘 들여다봐. 그러면 조금씩 마음이 편해질 거야."

상담사의 말에 지서의 눈가가 파르르 떨렸다. 마침내 허공을 바라보고 있던 지서의 시선이 상담사에게 닿았다. 그 후에도 지서는 한동안 말을 잇지 못했다. 오래도록 침묵이 이어지던 끝에 입술이 달싹였다.

"……있어요. 보고 싶은 사람."

그 틈으로 주의 깊게 듣지 않으면 알아듣기 힘들 정도의 억눌린 소리가 새어 나왔다.

"누군지 말해 줄 수 있어?"

"그런 사람이…… 있어요."

"누군지 말할 수 없나 보구나."

지서가 말없이 고개를 끄덕였다.

"연락할 수 있으면 연락해 볼래? 물론 입소 시설 규정상 어디에 있는지 말하면 안 되겠지만. 적어도 잘 지낸다는 소식이라도 전하는 것도 괜찮아."

"……아뇨."

지서가 고개를 가로저었다.

"그래도 이렇게 힘든 것보다는……."

"무서워요."

지서가 상담사의 말을 잘랐다. 상담사를 향하던 지서의 눈에 조금씩 눈물이 차오르더니 단단하던 표정에 균열이 가기 시작했다.

"왜? 그 사람이 지서를 찾아 여기 올까 봐 아니면 그 사람이 더 보고 싶어질까 봐?"

"아뇨."

"……."

"제 불행이 걔한테 옮겨 갈까 봐요."

"……."

생각지 못한 말에 상담사의 말문이 턱 막혔다. 여태껏 상담사로 일하면서 보고 싶은 누군가에게 연락하지 못하는 수많은 이유를 들었다.

누군가의 원망을 듣고 싶지 않아서, 누군가의 목소리를 들으면 그리움이 밀려들까 봐. 그래서 연락하지 못하는 사람들이 수두룩했다.

그런데 처음이었다.

제 불행이 옮겨 갈까 봐 무섭다는 건.

얼른 정신을 차린 상담사가 왜 그런 생각을 했는지 물어보려 할 때였다. 지서가 반쯤 멍한 얼굴로 웅얼거리듯 말했다.

"저한테 언니가 있어요. 절 여기까지 오게 만든…… 언니. 날 결국 이렇게 불행하게 만든 사람. 언니가 불행해도 난 괜찮을 줄 알았어요. 난 이겨 낼 수 있을 거라고 믿었어요. 그런데 안 되더라고요. 불행은…… 옮겨 가는 거더라고요."

마른 얼굴 위 생기 없는 눈동자에 차오른 눈물이 후두둑 떨어져 내렸다.

"걔도…… 분명 그럴 거거든요."

"……."

"내가 연락하면, 같이 이겨 내자고……. 같이 해내자고……. 할 수 있다고……."

크고 단단한 손으로 제 손을 잡아 줄 게 분명해서…….

진창에 처박힐 때까지 제 손을 놓지 않을 애라서…….

"그런데…… 내가 걔한테 언니 같은 사람이 될까 봐……."

마침내 균열이 간 표정이 와르르 무너져 내렸다.

자신이 신재언에게 불행의 이름이 될까 봐.

그러다 자신이 효경을 미워하듯, 재언도 자신을 미워하게 될까 봐.

"……너무 무서워요."

고개를 숙여 책상 끝에 이마를 붙인 지서가 억눌린 울음을 터트렸다.

마음에 오래도록 눌어붙어 있던 고통이 작은 입술을 통해 흘러 나왔다. 상담사는 덜덜 떨며 우는 지서의 작은 등을 가만히 바라보았다.

누군가를 사랑하는 일은, 제 세계를 확장시키는 일이라고 했던가. 가혹하게도 지서는 확장된 세계에서 상실과 두려움을 알아 버렸다.

상담사는 괜찮다는 말을 하려다 입을 꾹 다물었다. 몇 달 만에 터트린 울음은 쉬이 끝나지 않을 테니 그저 말없이 토닥여 주었다.

상담사의 시선이 창밖 흐린 하늘로 향했다.

* * *

어느새 하늘을 향해 뻗은 나뭇가지에 노란 잎이 달리기 시작했다.

"여름이 끝나려나 봅니다."

김 씨 아주머니가 캐모마일 차를 가져다주며 말했다. 식탁 앞에 앉아 정원을 바라보던 배 여사가 가볍게 고개를 끄덕였다.

"그러게요."

배 여사는 색이 달라지기 시작한 정원수를 보았다.

올여름은 무척 변덕스러웠다. 지독하게 더웠다가, 정원을 엉망진창으로 만들 정도의 큰 태풍이 연달아 찾아왔다. 그러다 또 언제 그랬냐는 듯 말간 하늘을 비췄다가, 밤엔 소나기를 퍼붓곤 했다. 아주 가끔 이르게 가을이 찾아왔나 싶게 선선한 바람이 불었다가, 다음 날이면 쨍한 햇살에 피부가 따가웠다.

재언의 여름 또한 그랬다. 재언은 일주일간 화장실이 딸린 제 방에 갇혀 있었다. 식사는 매끼 철저한 감시하에 제공됐지만, 사흘간 손도 대지 않았다.

　폭풍이 비바람을 토해 내듯, 제 성질에 못 이겨 야단법석을 부렸다. 물건이 부서지는 소리가 연달아 이어졌다.

　그럼에도 배 여사는 눈 한 번 깜빡하지 않았다. 방과 연결된 화장실도 있는 데다, 지나치게 위험한 물건들은 미리 치워 두었다.

　시간이 갈수록 재언의 난동이 심해졌다. 그럴수록 오히려 독하게 마음을 다잡았다. 부서진 물건의 파편이 재언의 팔에 박혔을 때도 마찬가지였다. 데리고 나가는 대신, 의사를 불러 방 안에서 치료하게 했다.

　'어디 더 해 봐. 지서에게 전화해 보고, 지서의 전화를 기다려 보고. 근데 지금까지 전화 안 한 애가…… 너한테 하겠니?'

　'납치됐을 수도 있잖아! 다쳤을 수도 있고!'

　'아니. 잘 지내. 기특하게도 알아서 보호 센터에 들어갔더라.'

　'어딘데, 거기가 어딘데!'

　'왜 나한테 묻니? 지서랑 연락해서 알아보지.'

　'……'

　'지서같이 똑똑한 애가 네 번호를 모를 리도 없고. 이제 너도 알 때 됐잖아. 지서가 전화 못 하는 게 아니라, 네게 전화를 안 하고 있다는 거.'

　배 여사는 바짝 말라 충혈된 눈으로 자신을 노려보는 아들에게 차갑게 말했다. 새빨개진 눈으로 재언은 아무 말 하지 않았다.

그렇게 폭풍 같은 일주일이 흘렀다. 너무 조용한 게 신경 쓰여가 보면 문 너머로 신호음만 이어졌다.

'전화기가 꺼져 있어 소리샘으로 연결됩니다.'

'전화기가 꺼져 있어 소리샘으로 연결됩니다.'

미친놈처럼 재언은 지서에게 계속해서 전화를 걸고 있었다. 재언의 방 앞을 지키고 있던 경호원들의 보고 또한 일관되었다.

'계속 어딘가에 전화를 걸고 계십니다.'

또 그렇게 폭풍 같은 일주일이 흘렀다. 이어진 일주일 동안 재언은 제공된 식사를 먹었다. 그러나 먼저 문을 열어 달라고 하지 않았다.

그렇게 또 한 주 지나고 나서야, 방문을 두드리며 '엄마 불러 주세요.'라고 요청했다.

배 여사가 안으로 들어가자, 재언은 물건이 부서져 엉망진창이 된 방 안에 우두커니 서 있었다. 몇 주 새에 바짝 말랐지만, 정신 차렸는지 눈빛이 말끔했다.

"오늘 며칠이에요?"

"모레 개학이야."

"잘됐네요. 머리 좀 하고 올게요."

"왜? 그 핑계로 도망가려고?"

"아뇨. 안 가요."

"경호원들이랑 같이 가."

배 여사의 말에 재언은 고개를 끄덕였다. 나가서 도망치는 건 아닌가 하는 우려와 달리, 재언은 머리를 손질한 후 곧장 집으로 돌아왔다.

"방 좀 치워 주세요."

한결 깔끔해진 재언이 김 씨 아주머니에게 부탁했다.

"이미 치워 뒀어."

"잘됐네요."

"재언아."

갑자기 멀쩡해진 재언이 더 두려워진 배 여사가 그를 불렀다. 그러자 재언이 무심한 눈으로 마주 보았다.

배 여사는 처음으로 제 아들이 낯설게 느껴졌다. 차라리 미쳐 날뛰는 게 더 재언답다 싶을 정도였다.

"너…… 왜 갑자기 말을 높여?"

낯설게 느껴지는 데는 갑작스럽게 달라진 말투도 한몫했다.

"그러게요."

"……."

"그냥 이러고 싶네요."

재언이 목뒤를 쓸어내리며 무심히 대꾸했다. 그 모습을 지켜보던 배 여사는 더욱 불안했다. 제 아들이 멀쩡한 얼굴로 미쳐 버린 건 아닌가 싶어서.

"……재언아. 내 말이 어떻게 들릴지 모르겠지만, 정말 널 위한 선택이었어. 지서가 살던 동네에 얼마 전까지 조폭이 드나들었어. 지서가 도망친 후에, 시외버스 터미널 쪽에도 조폭들이 있었다더라. 난 내 아들을 지키기 위해 최선을 다한 거야."

"알아요. 걱정하는 일 없을 거예요. 충분히 이해했어요. 엄마도."

재언의 시선이 먼 곳을 향했다.

"……걔도."

재언은 더 이상 이지서의 이름을 입에 담지 않았다.

"그래. 네가 옳은 선택 하길 바란다. 믿을게."

배 여사의 말에 재언은 무표정하게 고개를 끄덕이곤 계단을 성큼성큼 올라갔다. 그 이후에도 허튼짓을 꾸미는 건 아닌가 하는 우려와 달리, 착실한 생활을 이어 갔다. 일찍 일어나 등교를 하고, 귀가해선 공부를 했다.

비로소 안정적인 가을이 찾아왔다.

* * *

개학 후, 등교한 재언은 귀 따갑게 지서의 이야기를 들었다. 이지서의 가출 사건은 이미 모르는 사람들이 없었다.

"뭐? 거기 살았다고? 완전 찢어지게 가난했네."

"거기 전세도 아니고 월세였대. 우리 이모가 부동산 가서 들었다더라."

"와, 그럼 진짜 여태껏 부자인 척했던 거네? 헐, 대박."

"그럼 그 명품들은 뭐야?"

"이지서 언니가 술집 다녔다잖아."

"뭐? 술집?"

"어. 2차도 뛰었대."

"미쳤네."

교실에 앉아 있기만 해도 지서의 이야기가 하루 종일 들렸다.

지서의 이야기를 한참 하던 애들은 짠 듯이 재언을 흘깃댔다. 묻고 싶은 것도 많고, 할 말도 많겠지.

이를테면 지서에게 멍청하게 속았다든지, 아니면 지서의 사정을 알면서 홀랑 넘어가 숨겨 준 거라든지…….

어느 쪽이든 상관없었다. 둘 다 맞았으니까.

지서가 한 약속들을 멍청하게 믿었고, 지서의 사정을 알면서 숨겨 주었으니까.

반 아이들은 재언을 흘깃대면서 직접 묻지 못했다. 고영은 몇 번 재언에게 말을 걸었다가 투명 인간 취급 당한 후로 더 이상 찾아오지 않았다. 재언이 모두 무시하자, 사람들도 그를 피해 다녔다.

재언은 수업 시간엔 공부를 하고, 쉬는 시간엔 휴대 전화를 하거나 잠을 잤다.

그렇게 2주쯤 지나, 선선한 바람이 부는 어느 날.

재언을 따라다니던 경호원들이 더는 보이지 않았다. 배 여사가 드디어 경호원을 가장한 감시자들을 물린 모양이었다.

여느 때처럼 귀가하던 재언은 오른쪽으로 향하던 발길을 충동적으로 왼쪽으로 꺾었다. 그러고는 길을 따라 쭉 걸었다.

반듯한 아스팔트 길은 어느새 도로 옆 인도로 이어졌다. 두 사람이 어깨를 맞붙여야 겨우 나란히 걸을 수 있는 좁은 길 옆으로 가로수들이 노란빛을 머금기 시작했다. 그리고 길은 어느새 우둘투둘한 시멘트 바닥으로 이어졌다.

그 가운데 눈이 부시게 환한 가로등이 있었다. 이토록 눈이 부신데, 지서와 함께 있을 땐 이만큼 눈부시지 않았다. 눈앞에 선 지서가 더 눈부셨으니까.

익숙하고도 낯선 동네 초입에 선 재언은 낡은 건물들 사이로 이어진 길을 보았다. 그는 늘 지서가 사라지는 모퉁이를 보면서도 가지 못했다. 지서가 원했으니까.

물끄러미 바라보고 있던 재언은 천천히 발을 옮겼다. 모퉁이를 돌자 동네 초입과는 비교도 못 하게 허름한 골목길이 보였다. 그 가운데 빽빽하게 집이 늘어서 있었다.

어느 집이 이지서가 살던 곳인지, 금세 알아볼 수 있었다.

현관문이 너덜너덜하게 뜯겨 있는 집이 있었다. 반쯤 뜯어진 현관문 너머로 아주 좁은 현관이 눈에 들어왔다. 뭔가가 할퀴고 지나간 듯 집 안은 엉망진창이었고, 골목엔 아직 치우지 못한 살림살이들이 나뒹굴었다.

그 가운데 이지서라는 이름이 적힌 교과서가 보였다. 재언은 비를 맞아 쭈글쭈글해진 교과서를 들어 펼쳤다. 비에 젖었다가 마르길 반복한 탓에 페이지가 들러붙어 넘겨지지 않았다.

재언은 교과서를 내려놓고 주인 잃은 집 안으로 들어갔다. 세간이 난장판이 되어 있었다. 그는 그 사이 정면에 보이는 방 두 개를 보았다.

어디가 지서의 방인지 한 번에 알아보았다. 좌측 방, 침대 하나 놓을 수 없이 좁은 방으로 들어간 그는 안을 훑어보았다. 구겨진 교과서, 필기구, 발자국이 남은 필통, 작은 스탠드, 허름한 서랍장 같은 것들을.

무엇을 확인하고 싶은 건지, 뭘 보고 싶은 건지도 모른 채 그는 그 방을 서성거리다 엎어진 좌식 책상을 바로 세우고, 쏟아진 서랍의 내용물들을 찬찬히 훑어보았다.

그러다 그는 흐트러진 종잇장 속에 끼인 종이 하나를 꺼내 들었다. 눈에 익은 오밀조밀한 글씨체로 적힌 메모였다.

〈시계? → 너무 비싸. 나중에 어른 돼서.
자명종 시계? → 분명히 짜증 냄〉

글자를 읽던 재언의 입가에 흐린 미소가 스쳤다.

〈지갑 → 이미 있음
벨트 → 안 씀
어렵다……
모자? 모자!〉

생각의 흐름대로 써 놓은 메모 아래 모자 브랜드들이 쭉 쓰여 있었다. 제 생일 선물 하나를 고르려고 고심한 흔적이 고스란히 담겨 있었다.

재언은 이 모자를 받았던 때를 떠올렸다. 선물을 전해 주며 지서는 걱정 반, 기대 반의 얼굴로 자신을 바라보았다.

그때 알았다. 이지서가 자신을 많이 좋아한다는 걸. 그 마음을 알았기에 방에 감금되어 있을 때 지서에게 전화를 걸었다. 수백 통 넘게 전화하면 이지서가 한 번은 받아 줄 거라고 생각했으니까. 전화를 받기 곤란한 상황이면 제 번호를 알 테니 메시지라도 보낼 거라 생각했다.

그러나 일주일 넘게 기다려도 지서는 묵묵부답이었다. 혹시 험한 일을 겪은 건 아닐까 미친놈처럼 어쩔 줄 몰라 하자, 배 여사가 지서의 사진을 건네주었다.

지서가 가방을 메고 어디론가 가는 사진, 선생님으로 보이는 누군가와 대화를 나누는 모습 등이 찍힌 사진이었다. 지서는 거리를 버젓이 활보하고 다니고 있었다.

'지서, 무사히 잘 지내고 있더라. 여기 사진에는 없지만 휴대전화도 가지고 있고. 그런데도 네게 전화하지 않는 이유가 무엇일 것 같아?'

그는 지서가 무사하다는 사실에 안도하는 한편, 배 여사의 말처럼 의아했다.

왜 너는 무사한데 내게 연락하지 않을까…… . 내가 걱정하고 있다는 걸 알 텐데.

솟구치는 의심을 재언은 짓밟아 없앴다.

분명 이유가 있을 거다. 사정이 있겠지. 조폭과 관련되어 있어서 위험해질까 봐 그러는 거겠지. 여유가 생기면 연락해 주겠지.

그렇게 생각하며 3주를 버티고서야 알았다.

지서가 자신을 좋아하는 것과 자신을 믿는 것과는 별개였다는 걸.

이지서는 자신을 좋아하지만, 자신을 그다지 신뢰하지 않았다.

자신이라면 이지서를 있는 힘을 다해 다치지 않게 안아 줄 수 있는데. 설령 그게 불가능해지더라도 함께 바닥 끝까지 같이 내려갈 수 있는데.

지서는 더 이상 자신을 찾지 않았다.

내가 네게 고작 그 정도였다.

걱정을 핑계로 인사 한 번 없이 버릴 수 있는 그런 사이.

재언의 손에 쥐어져 있던 메모지가 와그작 구겨졌다. 주먹 쥔 손이 가볍게 떨렸다. 그는 엉망진창이 된 집을 쭉 둘러보았다.

문득, 자신이 이 시간에 이곳에 있다는 게 치 떨리게 싫었다. 그러나 가장 싫은 건, 여기서 자신도 모르게 이지서를 기다리는 제 마음이었다.

"하, 씨발."

재언이 무너진 얼굴로 눈을 꾹 감았다. 그러고는 손으로 얼굴을 덮었다.

툭.

손을 펼쳐 구겨진 메모지를 놓았다.

언제 그랬냐는 듯 본래의 얼굴로 돌아온 재언이 몸을 일으켰다. 허름한 집을 나온 재언은 뒤도 돌아보지 않고 동네를 빠져나왔다.

* * *

"왔니?"

집에 들어서자 배 여사가 웃는 낯으로 반겼다.

"네. 다녀왔어요."

2층으로 올라가려던 재언이 우뚝 멈춰 섰다. 그러자 배 여사가 왜 그러냐는 듯 쳐다보았다. 그녀는 아무 일 없다는 듯 웃고 있지만, 눈동자는 자신을 살피기에 여념이 없었다. 노파심 가득한 그 눈을 보며 재언이 물었다.

"엄마, 언제까지 여기 있을 거예요?"

"응? 갑자기 왜?"

"이제 그만 서울로 돌아가고 싶어서요."

"벌써?"

"서울로 가라면서요."

"……아, 그건 그렇지만."

배 여사가 당황한 듯 말끝을 흐렸다. 그런 배 여사를 재언이 가만히 내려다보았다.

"엄마, 이제 알잖아요. 할아버지가 여기서 얼쩡거린다고 주식 더 챙겨 줄 분 아니라는 거."

재언의 노골적인 말에 배 여사의 얼굴이 홧홧하게 달아올랐다.

"너, 말을 해도……."

"엄마가 안 가시면 저라도 갈게요."

재언이 배 여사의 말을 잘랐다.

"갑자기 왜? 여기서 내신 만들어서 한국대 가는 게 나을 텐데."

"한국대 안 가요."

"뭐?"

"유학 갈게요."

"……뭐?"

평소 유학 가라고 등 떠밀어도 꼼짝도 않던 재언이 그 말을 하자, 배 여사가 놀란 얼굴로 쳐다보았다.

"갑자기 왜?"

갑작스러운 심경 변화에 걱정스럽다는 듯 배 여사가 물었다. 혹시 다른 위험한 생각을 하는 게 아닌가 우려스러웠다.

"……그냥요."

재언의 시선이 배 여사의 어깨 너머로 향했다. 무심한 시선이 가을빛을 띠기 시작한 정원을 멍하니 바라보았다.

"지긋지긋해서요, 여기가."

"그래. 일단 네 아빠랑 의논해 볼게."

"네. 부탁드려요."

말을 마친 재언이 2층으로 향했다. 2층 창문 앞으로 느릿하게 걸어간 재언은 정원을 가만히 내려보았다. 정원에 심어진 몇몇 나무들의 끝이 붉어지고 있었다. 문을 열자 선선한 바람이 훅 불어닥쳤다.

가을이었다.

너무 더워서 여름이 얼른 가길 바랐다. 그렇게 고대하던 가을이 왔는데, 이지서만 없다.

눈을 내리깐 재언이 외면하듯 고개 돌렸다.

그렇게 이지서가 없는 열두 번의 가을이 흘렀다.

7

출장을 마치고 귀국하는 중임에도 재언의 표정이 썩 좋지 않았다. 길게 쭉 뻗은 다리가 그의 꼬인 심기를 대변하듯 까딱거리고 있었다. 그도 그럴 것이 겨우 1년에 한 번 쓰는 휴가였다. 그 휴가를 망친 건, 둘째 형인 태언 때문이었다.

'성 전무 해결하면 휴가 처리 해 줄게.'

'출장 전에 이미 처리되었던 휴가일 텐데요.'

빈정거림을 담아 건넨 재언의 말에 태언은 대수롭지 않다는 듯 대꾸했다.

'회사 사정에 의해 잠시 보류했어.'

'하.'

'성 전무 해결하고 쉬어.'

그 말을 끝으로 통화가 끝났다. 태언의 성격상 자신을 달래거나 그만한 보상을 줄 거라고 생각지 않았지만, 이건 도를 지나쳤다.

그러나 그의 기분이 이토록 바닥을 치는 건, 태언의 전화 때문만은 아니었다.

귀국행 비행기에서 잠시 잠들었을 때, 그는 꿈을 꾸었다. 투명한 창문 너머로 누군가를 바라보는 꿈.

꿈속에 나타난 누군가는 무엇에 쫓기고 있었다. 재언은 저도 모르게 주먹을 들어 창문을 두드렸다.

이쪽으로 오라고.

그러나 그 누군가는 자신을 흘깃 보더니 절망적인 표정으로 반대편으로 달아났다. 재언은 그 누군가를 쫓아가려 했으나, 창살에 막힌 창문을 뚫고 나갈 수 없었다. 그렇게 그는 무기력하게 창문 너머로 서 있다가 잠에서 깨어났다.

멍하게 있는 것도 잠시, 재언은 잠깐 실소했다.

꿈에 나온 '누군가' 때문에.

하얀 얼굴에 초조한 표정, 한 갈래로 단정하게 묶은 머리카락과 교복. 얼굴이 선명하진 않지만 단박에 누군지 알 수 있었다.

"지긋지긋하네."

벌써 12년이나 지났는데.

아직도 한 번씩 이런 꿈을 꾸는 게.

재언은 비행기 창문 너머 캄캄한 밤하늘을 바라보며 짧게 혀를 찼다.

* * *

　SR 통합미디어사업 부문의 진 부장은 게이트를 향해 목을 길게 뺐다. 놓치면 안 된다, 라는 일념으로 눈을 부릅뜬 채였다.

　오늘 입국하는 사람은 고인이 된 SR 초대 회장의 막내 손자이자 SR 미디어 부대표였다. 서글서글하게 잘 웃고, 농담도 잘 건네 유연성 있게 행동해서 성격 좋다고 알려져 있지만, 정작 부대표 측근에 있는 사람들은 그 말을 들을 때마다 한숨을 내쉬었다.

　서글서글한 얼굴엔 온기가 없고, 던지는 농담 뒤엔 칼날 같은 피드백이 돌아왔다. 다정하고 편안해 보이지만, 실제론 가장 어려운 사람이었다.

　"후우. 왜 하필 내가."

　진 부장이 투덜거리며 다시 눈을 부릅떴다.

　부대표인 신재언을 놓치면 곤란해지므로.

　얼마 후, 게이트가 열리며 사람들이 쏟아져 나왔다. 한눈에 알아보았다. 놓치지 않으려 애쓴 보람이 없을 정도였다.

　다른 남자들보다 머리 하나는 더 큰 키, 깔끔하고 단정한 슈트 차림, 조금의 흐트러짐 없는 헤어스타일까지. 열몇 시간씩 비행기를 타고 온 사람이 맞나 싶을 만큼 말끔했다.

　재언이 스윽 훑어보더니, 곧장 진 부장을 알아보곤 걸어왔다. 얼른 재언에게 다가가던 진 부장은 마른침을 꼴깍 삼켰다.

　본인 관리가 철저한 만큼, 업무 처리도 철두철미한 사람이었다. 그런 사람이 성 전무 이야기를 들었으니, 얼마나 짜증이 났을까.

"어서 오십시오."

진 부장이 서글서글하게 웃으며 말했다.

"여기까지 나오시느라 고생 많으셨습니다."

재언의 말에 진 부장이 얼른 고개를 가로저었다.

"별말씀을요."

"날이 많이 더워졌네요."

인천 공항 게이트에서 나오던 재언의 미간이 좁아졌다.

캐나다에 다녀온 며칠 사이, 한국의 날씨가 많이 더워졌다. 하늘은 파랗고, 쏟아져 내리는 햇살은 피부를 태울 듯 강렬했다. 몇 발자국 걷지 않아 후덥지근해질 정도였다.

이런 날씨 정말 질색인데.

재언이 간신히 얼굴을 찌푸리지 않으려 노력할 때였다.

"여기 아이스 아메리카노입니다."

재언과 발 맞추어 걷던 진 부장이 재언에게 얼른 커피 잔을 내밀었다.

"괜찮습니다. 커피는 물리도록 마셔서."

"아, 넵."

진 부장이 얼른 커피를 회수했다.

"성 전무가 태량으로 이직했다던데, 사실인가요?"

"네. 맞습니다."

진 부장의 착잡한 대답에 재언이 가볍게 웃었다. 그러자 진 부장이 의아한 표정으로 그를 쳐다보았다.

"참 한결같은 분이네요."

성 전무는 통합미디어사업 부문장을 놓고 재언과 겨루고 있다고 착각했다. 재언은 그런 성 전무의 생각을 알면서도 굳이 정정하지 않았다. 입 아프게 떠드느니, 결과로 보면 알아서 굽힐 거라 여겼다.

그러나 성 전무는 예상외로 고집 있는 사람이었다. 재언이 사업 부문장에 오른 날, 모두가 보는 앞에서 고래고래 악을 썼다.

'내가 이 SR에 얼마나 많은 희생을 했는데! 여기가 만만해 보여? 너 같은 어린 새끼가 낙하산 줄 타고 내려와 맡을 자리로 보이냐고!'

그러고서 바닥에 사직서를 패대기치고 돌아서는 모습이 지나치게 자신만만하다 싶었더니, 비빌 곳이 있었던 모양이었다.

"태량에선 성 전무에게 뭘 줬답니까?"

"미디어플랫폼 부사장직을 줬다고 합니다."

"아아."

재언이 전과 다르게 곤란하다는 듯 미간을 긁적였다. SR이 미디어 부문 1위라면, 태량은 2위였다. 성 전무가 뺏기면 안 될 정도로 아쉬운 인재는 아니지만, 오래 근무했던 만큼 SR에 대해 빠삭하게 알고 있다는 게 문제였다.

그러자 줄곧 재언의 눈치를 보고 있던 진 부장이 얼른 입을 열었다.

"성 전무가 퇴사하기 전, 비밀 유지 각서를 받아 두었습니다. 비슷한 계통으로 이직하긴 했지만……."

"진 부장님."

성큼성큼 걸어가던 재언이 걸음을 뚝 멈추었다. 따라가던 진 부장이 뒤따라 멈춰 섰다. 재언이 몸을 뱅글 돌려 진 부장을 내려다보았다. 웬만한 남자들보다 머리 하나 더 큰 재언이 가만히 내려다보자, 진 부장이 움찔했다.

"태량이 다 늙은 성 전무를 왜 받아 줬겠습니까?"

"네?"

"패기도 없고, 새로움도 없고, 그렇다고 관리 능력이 좋지도 않은 성 전무를, 대체 왜?"

"그거야……. 그간 해 온 경력에 의해……."

진 부장이 더듬거리며 말했다.

"그렇게 생각하면 편하죠. 비밀 유지 각서 종이 한 장 믿고 있으면 마음도 가볍고요."

"……."

"그런데 태량에서 그 정도 경력 있는 사람을 못 구하겠습니까?"

"……그럼."

뭔가 떠오른 듯 진 부장의 미간이 좁아졌다.

"지금 기획은 그렇다 쳐도 앞으로가 문제죠."

"……."

"우리가 논의만 했던, 혹은 직원들이 올렸던 기획안 같은 것들."

태량은 단시간에 다른 업체들을 제치고 미디어 관련 업계 2위를 차지했지만, 이미 수년간 1위를 차지한 SR을 이기기엔 부족한 점이 많았다.

자력으로 불가능하니, SR 인재인 성 전무를 빼 갔다. 정확히 SR 인재들이 머리를 맞대 만든 기획안들을 기억하는 성 전무를.

"성 전무가 사용하던 아이디는 살려 뒀습니까?"

"네. 부사장님 말씀대로 삭제하지 않았습니다."

"그럼 됐습니다. 지금부터 제가 말씀드리는 거 알아봐 주시죠. 그리고 지금 성 전무는 어디 있습니까?"

"방송 디지털 미디어 박람회에 참여 중이라고 알고 있습니다."

"오랜만에 뵙겠네요, 성 전무."

바지 주머니에 손을 찔러 넣은 재언이 다시 성큼성큼 걸었다. 진 부장이 훤칠한 그의 뒤를 허겁지겁 따랐다.

* * *

방송 디지털 미디어 박람회가 열리는 플래티넘 홀의 내부는 사람들로 인산인해를 이루고 있었다.

진 부장은 생각보다 많은 사람들을 보곤 곤란한 표정을 지었다. 여기서 성 전무를 찾으라니. 모래사장에서 바늘 찾기였다. 특히 부스 벽들이 높아 건너편은 보이지도 않았다.

"제가 한번 쭉 둘러보고 오겠습니다."

진 부장의 말에 재언이 손을 들었다.

"됐습니다."

그러더니 재언이 성큼성큼 걸어 귀퉁이에 남겨 놓은 텅 빈 부스 위에 올라섰다.

"부, 부대표님. 여, 여기서 이러시면……."

당황한 진 부장의 부름에도 불구하고 재언은 무감한 눈으로 사위를 살피며 대답했다.

"여기서 이러시면 안 되겠죠. 네, 압니다. 아는데 성 전무 나오라고 고함 지르는 것보단 낫잖습니까."

재언의 천연덕스러운 말에 진 부장의 얼굴이 딱딱하게 굳었다.

"제가 얼른 찾아보고 오겠……."

"그러다 길 엇갈리면 시간만 날립니다. 아, 찾았네요."

재언이 간이 책상에서 훌쩍 뛰어내렸다. 그사이, 박람회 경호원들이 다가왔다.

"지금 뭐 하시는……!"

"SR에서 나왔습니다. 우리 직원이 부스가 약하다고 해서 얼마나 약한지 잠시 확인해 봤습니다."

재언이 경호원의 말을 자르며 명함을 내밀었다. 그러자 처음 겪는 일에 당황한 직원들이 서로를 바라보았다.

"문제 있으시면 이쪽과 남은 이야기 부탁드립니다. 저는 부스에 가 봐야 해서요."

재언이 싱긋 웃으며 사람들 사이를 스쳐 져나갔다. 그러고는 곧장 사람들 틈으로 사라졌다. 홀로 남은 진 부장이 어색한 얼굴로 직원들을 보았다.

"죄송합니다."

대신 사과하는 진 부장을 보며, 직원들은 '저희도 부스 재확인해 보겠습니다.'라는 말만 남긴 후 돌아갔다.

* * *

　직진으로 걸어간 재언이 세 번째 통로에서 멈춰 섰다. 부스들로 만들어진 길 사이에 익숙한 남자가 보였다. 땅딸막한 키에 톡 튀어나온 배를 어쩌지 못해 재킷을 훤히 열어 둔 것도 변함없었다.

　"하하, 이것 참 신기하군요."

　과시하기 좋아하고, 사람들의 시선 받는 걸 즐기는 성 전무답게 이곳저곳 부스를 돌아다니며 있는 티를 풀풀 내고 있었다. 여기저기 기웃거리던 성 전무의 걸음이 어느 중소기업 업체 앞에 섰다.

　"이건 어떤 기술인가요?"

　성 전무의 물음에 부스 안 직원들이 친절한 얼굴로 다가왔다. 한눈에 봐도 범상찮아 보이는 모습에 직원들이 한껏 긴장했다.

　"네. 디지털 광고의 타깃을 좀 더 구체적으로 설정할 수 있는 기술입니다. 현재 상용화되어 있는 기술보다 한층 더 발전된 기술로……."

　"현재 상용화된 기술보다 발전됐다, 라……."

　"네. 그렇습니다."

　"우리 태량보다 말이죠?"

　"……네?"

　"현재 디지털 광고 타깃 기술은 우리 태량이 최고인데, 여기서 더 최고라고 하시니……. 우리 태량보다 더 높은 기술력을 갖고 있다는 말씀 아닙니까?"

　"아……. 그게."

직원이 당황한 표정으로 우물거렸다.

"농담입니다, 농담. 하하."

성 전무가 웃음을 터트리자, 주변에서 눈치 보던 몇몇 사람들이 얼른 따라 웃었다. 직원은 안 웃느니 못한 웃음을 지었다.

"그렇지만 책임지지 못할 말은 안 하시는 게 좋겠죠? 다른 사람들의 오해를 살 수 있으니 말입니다."

성 전무의 말에 직원이 난처한 표정으로 미미하게 고개를 끄덕였다. 이제 사실 여부는 상관없었다. 태량이라는 대기업의 기분을 상하지 않게 하는 게 중요했다.

"태량이 최고 맞습니까?"

등 뒤에서 불쑥 치고 들어오는 말에 불쾌함을 느낀 성 전무가 확 돌아섰다.

"그럼 당연한……."

그러나 성 전무의 말은 채 이어지지 못했다. 익숙한 목소리라는 생각이 들기 무섭게, 제 뒤에 서 있던 재언이 눈에 들어왔다. 성 전무와 나란히 선 재언은 중소기업 부스의 팸플릿을 꺼내 펼쳤다.

"태량 맞냐고 물었을 텐데요."

재언의 말에 성 전무의 얼굴이 구겨졌다.

"……부문장님이 여기 웬일이십니까?"

성 전무의 말에 재언이 가볍게 웃었다. 재언의 직함은 두 개였다. SR 미디어 부대표이자 통합미디어사업부의 부문장. 그런데 굳이 임시로 맡은 직함으로 불렀다. 마치 일부러 깔아뭉개고 싶다는 듯이.

"웬일이겠습니까. 성 전무님 이직 축하드리려고 왔죠. 태량에 가셨다고요?"

느긋하게 말을 던진 재언의 시선이 성 전무의 뒤에 병풍처럼 서 있는 다섯 명을 향했다. 몇몇은 재언을 알아봤는지 당황한 눈초리였다.

"축하드립니다. 그렇게 부사장 자리 원하시더니 결국 해내셨네요."

"저를 알아봐 주는 사람이 있으면 가는 게 당연하지요."

성 전무가 보란 듯이 어깨를 펴며 말하자, 재언이 짧게 웃었다. 그러나 그 웃음이 비웃음에 가깝다는 걸 알아챈 성 전무의 얼굴이 굳었다.

"드릴 말씀이 있는데 시간 괜찮으시면 자리 옮기시죠."

재언이 한 발 비켜섰다.

"아이구, 이 일을 어쩝니까? 귀하신 분이 절 보겠다고 여기까지 오셨는데, 제가 스케줄이 아직 남아서 말입니다."

"아, 그러셨군요."

일방적인 성 전무의 무시에도 재언은 아랑곳하지 않았다.

"그럼 여기서 말씀드려야겠네요. 미룡 아시죠? 올해 유니콘 기업으로 선정된 업체. 그 대표님이 제게 메일 한 통을 보내셨더라고요. 그 내용까지 여기에서 말씀드릴까요?"

재언이 느긋하게 던진 말에, 성 전무의 얼굴이 눈에 띄게 굳었다.

"저야 상관없습니다만, 성 전무님은 꽤 곤란하실 텐데요."

"……가시도록 하죠."

낯빛이 달라진 성 전무가 재언을 스쳐 지나갔다. 재언은 다급히 걸어가는 성 전무의 뒷모습을 잠시 바라보았다. 곧장 바뀐 그의 행동이 우스웠지만, 그는 내색하지 않았다. 감정과 표정 감추는 거야, 세상에서 가장 쉬운 일 중에 하나니까.

* * *

삼면이 벽으로 가로막혀 있고 테이블은 문에서 멀찍이 떨어져 있는 프라이빗 룸은 밖에서 웬만해선 이야기를 들을 수 없는 구조를 갖추고 있었다.

뒤가 구린 사람들일수록, 조용한 곳을 선호하는 법이니.

재언이 속으로 차갑게 비웃으며 성 전무를 물끄러미 바라보았다.

"미룡에서 접대받으신 곳이 여긴가요? 알아보니 접대만 받으신 게 아니라 거액의 돈도 받으셨던데. SR 이름을 팔아서 말이죠."

"……오해십니다. 전 작은 성의라고 해서 받았지, 그 안에 그런 거액이 있는지도 몰랐습니다."

"지금은 아시네요."

"그야 시일이 많이 지났으니까요."

"그럼 아셨을 때 뱉으셨어야죠."

재언이 정중하지만 온기 없는 말투로 말했다. 머뭇거리며 어색하게 넥타이를 만지작거리는 성 전무를 보던 재언이 느긋하게 웃었다. 그러고는 자신의 휴대 전화를 내밀었다.

"퇴사 직전, 문서들 열람하신 거 봤습니다."

"……!"

그 말에 성 전무의 눈이 살짝 커졌다.

"퇴사 후, 하루 이틀 내면 아이디가 삭제되는데 성 전무님 건제가 특별히 남겨 두라고 했습니다. 성 전무님이 어떤 일을 하셨는지 알아야 제가 뒷마무리를 잘 할 수 있을 테니까요. 그런데 보다 보니 이상한 점이 있더라고요?"

재언이 휴대 전화를 바닥에 내려놓은 후, 한 부분을 확대했다.

"관련 없는 부서들 기획안까지 다 열람해서 보셨더군요. 전무님 직급으로 열람해선 안 되는 문서들까지, 우회 접속하여 보셨던데……. 길게 말 안 하겠습니다. 열람해 보신 기획안들과 유사한 기획이 태랑에서 나오지 않게 잘 처리하세요."

"아니, 그런 억지가 어디 있습니까! 막말로 내가 SR 근무 당시 기획안을 봤더라도, 태랑에서도 충분히 나올 수 있는 기획안들 아닙니까! 하늘 아래 새로운 아이디어가 어디 있다고."

성 전무가 노발대발하며 손으로 상을 탕 내리쳤다. 그러자 찻잔이 흔들리며 찻물이 넘쳐흘렀다. 그걸 바라보던 재언이 입꼬리를 끌어 올리며 빙긋 웃었다. 상황에 맞지 않는 웃음이라, 보는 이를 꺼림칙하게 만들었다.

재언은 손등을 턱에 가져다 대고서 성 전무를 빤히 쳐다보았다. 말끔한 얼굴은 무슨 생각을 하는지 모를 만큼 고요했다.

마주하는 시선이 길어질수록 성 전무의 눈빛은 점점 흔들렸다. 마침내 성 전무의 시선이 아래로 툭 떨어졌다. 그런 성 전무를 보던 재언이 차갑게 웃었다.

시선은 많은 것들을 의미했다. 제 시선이 뜻하는 바를 모르는 사람이라면 의아할 테지만, 찔리는 구석이 있는 사람은 얼마 못 가 고개를 숙이게 되어 있었다.

딱 지금 성 전무처럼.

"새로운 아이디어는 없지만, 모바일 시장이 주력이던 태량의 사업 방향이 한 번도 시도해 본 적 없던 TV 시장으로 한순간에 바뀐 건 이상한 일이죠."

"그거야 우연히……."

성 전무가 무의미한 대응을 시작했다.

"기획안들 출력한 거 압니다. 출력 흔적을 발견했거든요. 그걸로 태량과 딜을 하셨을 거고."

"……."

성 전무의 얼굴이 미미하게 굳었다.

"이미 넘기신 모양인데, 필사적으로 태량이 그 기획안들 써먹는 걸 막으셔야 할 겁니다. 사업성이 없다, 타깃층이 약하다 그런 빌미 잘 만드시잖아요."

"내가 왜……!"

"그러지 않으면 SR에서 고소할 거니까요, 성 전무님을."

생각지 못한 말을 들은 듯 주름진 눈이 흡떠졌다. 잠깐 어버버거리던 성 전무가 다급히 입을 열었다.

"내가 기획안을 출력한 게 사업 기밀 유지 조항을 어겼다는 직접적인 이유는 안 되잖습니까!"

"그건 고소해 보면 알겠죠. 성 전무님이 태량에 제출한 기획안이 SR의 기획안과 얼마나 흡사한지 보면 될 테니까요. 뭐, 달라도 상관없습니다. 어쨌든 논란이 나오면 태량에서 성 전무님을, 아니지. 이젠 부사장님이시죠? 고작 계약직 임원인 성 부사장님을 위해 태량이 얼마나 노력할지 궁금하군요."

"……."

하얗게 질려 가는 성 전무의 얼굴을 보던 재언이 어울리지 않게 상냥한 미소를 지었다.

"그러니까 노력하세요. SR한테 고소당해서 태량에서 쫓겨나는 희한한 꼴이 되지 않으시려면."

"……."

"그 이야기 하러 왔습니다. 충분히 예우해 드렸으니 제 말뜻 이해하시리라 생각합니다. 오늘은 제가 바빠서 식사하기 어려울 것 같습니다. 계산하고 갈 테니 느긋하게 식사하고 가세요."

몸을 일으킨 재언이 프라이빗 룸을 빠져나왔다. 문이 닫히기 직전, 물 주전자 깨지는 소리가 들렸다.

성질 여전하시네.

재언이 차갑게 웃으며 건물을 나섰다. 문 앞에서 잠깐 멈춰 선 재언이 목뒤를 주무르며 고개를 뒤로 젖혔다. 입국하자마자 쉬지도 못하고 여기저기 들쑤시고 다녔던 피로가 한꺼번에 밀려들었다.

곧 제 앞에 멈춰 선 검은 세단에 몸을 실은 재언은 시트에 몸을 파묻었다.

"잘 해결되었습니까?"

기다렸다는 듯이 진 부장이 물어 왔다.

"아뇨. 이런 결론 시간 버는 것밖에 안 되죠."

덤덤하게 대꾸한 그가 곤란하다는 듯 미간을 문질렀다.

어차피 성 전무가 출력해 간 서류들의 대부분은 이미 태량의 손에 넘어갔을 거다. 그나마 다행인 건, 가장 중요한 서류들은 성 전무가 열람하지 못했다는 거였다.

그렇다고 이 상황이 괜찮은 건 아니었다. 성 전무가 챙긴 알짜 기획들도 몇 개 있으니까.

재언은 곤란한 표정으로 턱을 괴었다. 성 전무 때문에 모든 일정을 앞당겨야 할 상황에 처했다.

"일단 IJ 대표부터 만나 보죠. 가능한 한 만남 일정 앞당겨 주세요."

"네. 알겠습니다."

진 부장이 차를 출발시켰다.

재언은 턱을 괴고서 차창 밖을 바라보았다. 녹음 짙은 거리가 스쳐 지나갔다.

오래전 어느 여름날, 시골의 가로수길처럼.

재언이 외면하듯 시선을 정면으로 돌렸다.

* * *

"잘할 수 있겠어?"

소영이 파티션을 짚고 서서 나갈 채비를 하는 지서를 걱정스럽게 쳐다보았다.

"잘해야죠. 대표님은 건강부터 챙기세요."

"아휴, 하필 오늘 딱 연락 올 게 뭐니……."

모바일 빅 데이터 기업인 IJ 대표인 소영은 울상을 하고서 깁스한 제 다리를 쳐다보았다. 다리뿐일까. 손가락에도 하얀 붕대가 감겨 있었다. 이틀 전 일어난 교통사고로 깁스한 것만으로도 경황없는데, 오늘 오전에 SR 미디어 담당자에게 연락이 왔다.

만나고 싶은데 언제 가능하겠냐고.

거기에 대고 마음이 급했던 소영이 언제든 가능하다고 대답한 게 화근이었다.

"내 입이 방정이지. 말씀하신 날짜에 무조건 맞추겠다고 호언장담을 했으니……. 그렇다고 거기도 오늘 바로 보자고 할 건 뭐니? 매번 일 느리게 처리해서 다음 주에나 보자고 할 줄 알았는데."

소영이 지서의 눈치를 보며 일부러 더 크게 투덜거렸다. 그걸 아는 지서는 빙긋 웃으며 소영을 쳐다보았다.

"걱정하지 마세요."

"그냥 내가 갈까?"

"아뇨. 그 꼴로 어떻게 가요."

과장해서 몸의 절반이 붕대로 감겨 있는 상태였다. 이런 꼴로 회의 나갔다가 자칫 긴장해서 다리라도 헛짚으면 몸도 다치고, 볼썽사나운 꼴도 보일 수 있었다. 그걸 지켜보느니 차라리 자신이 가는 게 훨씬 나았다.

"그래도 미안해서 그러지."

"잘 다녀오겠습니다. 대표님."

"후우, 그래. 잘 부탁할게. 대기업 출신이니 대기업들은 상대 잘 하겠지."

소영의 말에 지서가 어이없다는 듯 웃다가 뭔가 생각난 듯 그녀를 물끄러미 바라보았다.

"저, 그런데 담당자 성함이 어떻게 된다고 하셨죠?"

지서의 목소리가 한결 낮아졌다.

"진 부장이라고만 불러서 이름은 잘 모르겠는데……. 잠시만. 확인해 볼까?"

"아니에요. 진씨면 됐어요."

"응?"

의아하게 쳐다보는 소영을 향해 빙긋 웃어 보인 지서가 커다란 노트북 가방을 어깨에 멨다. 이어 실내 슬리퍼를 벗고 플랫 슈즈를 신고서 엘리베이터로 향했다.

혼자 엘리베이터 안에 선 지서는 저도 모르게 픽 웃었다.

SR에 사람이 몇인데……. 자신도 모르게 이름부터 확인했다.

지서는 그런 스스로가 어이없다는 듯 고개를 절레절레 저으며 지하 주차장으로 향했다.

* * *

SR 그룹 본사 지하 주차장에 도착한 지서는 다시 한번 서류를 확인했다.

SR 미디어는 방송 채널에 이어 OTT로 사업을 확장하는 데 성공했다. 그런 SR이 차기 사업으로 선정한 것은, DMP 기반의 통합미디어 솔루션이었다.

타깃 광고가 가능한 모바일의 기술을 TV 광고로 이식해 오는 것으로, 궁극적으로 유저의 취향을 파악해 모바일과 전통 매체의 구분 없이 선호하는 광고를 제공하겠다는 게 목표였다. 광고주에게는 얼마만큼의 광고 효과가 있을지 예상 가능한 범위를 알려 줄 수 있는 장점이 있었다.

그러려면 IJ의 기술력이 필요하고. 그러니까 너무 저자세로 굽실거릴 필요 없고, 너무 초조해할 필요 없다.

그저 하나의 수순일 뿐이야.

생각 정리를 마친 지서의 얼굴에 두려움이 사라졌다.

"후."

긴 한숨을 내쉰 지서는 차 문을 열고 나왔다. 일부러 당당한 걸음으로 건물에 들어선 지서는 미리 전달받은 번호로 전화를 걸었다.

"안녕하십니까."

통화 후 얼마 지나지 않아 장신의 남자가 성큼성큼 다가와 지서에게 인사를 건넸다. 남자의 얼굴을 확인하는 순간, 지서는 다시 한번 안도했다. 자신과 마주할 담당자가 진씨라는 걸 알면서도, SR 그룹에 가까워질수록 불안했다.

인생엔 수많은 변수가 있는 법이니까.

괜한 걱정을 했다는 걸 알게 된 지서가 한결 가벼운 표정으로 웃었다.

"안녕하세요."

지서가 미소 짓자, 장신의 남자가 조금 놀란 표정을 지었다. 그러나 언제 그랬냐는 듯 금세 표정을 고쳤다.

"일단 올라가서 말씀 나누시죠."

"네. 알겠습니다."

지서가 남자의 뒤를 따라 엘리베이터에 올라탔다. 남자는 미디어 본부 회의실의 문을 열어 주었다.

"잠시 안에서 기다리십시오."

지서는 잠시 의아한 얼굴로 쳐다보다가 안으로 들어섰다. 스무명이 둘러앉아도 될 만큼 넉넉한 테이블과 벽면에 부착된 하얀 보드판이 가장 먼저 눈에 들어왔다. 이어 주변을 둘러보는 것도 잠시, 지서는 얼른 노트북을 펼쳐 준비했다.

IJ의 기술력이 어떤지 SR이 모를 리 없었다. 자신들의 사업에 꼭 필요한 파트너라는 것도 알 거다.

그럼에도 자신을 부른 이유는, 하나뿐이었다.

마지막 협상.

누가 더 퍼센트를 갖고 갈지, 어떤 이득을 취할지 정리하는 것이었다.

지서가 머릿속에 있는 멘트를 정리하며 숨을 들이켤 때였다.

회의실의 불투명한 문 너머가 소란스러웠다. 어룽져 보이는 창문 너머로 사람들 발이 여럿 보였다. 간단한 미팅이라고 해서 세 명쯤 올 줄 알았는데, 생각보다 많은 수에 당황스러웠다. 그러나 감정을 숨기고 지서는 여유로운 척 웃었다.

불투명한 문이 열리자, 로비에 자신을 데리러 나온 장신의 남자가 가장 먼저 보였다. 지서가 생긋 웃으며 한 발 나서다가 우뚝 멈춰 섰다.

그 남자를 지나쳐 다른 남자가 들어섰다.

자신을 데리러 온 장신의 남자보다 키가 조금 더 큰, 남색 슈트를 입은 남자였다. 눈매가 휘어지도록 웃는 모습이 우아했다. 그러나 그 미소는 지서와 마주한 순간, 희미하게 굳었다.

지서는 눈도 깜빡이지 못한 채 정면에 선 남자를 보았다.

눈앞이 아득했다. 그 가운데 어느 푸르른 여름의 냄새가 코끝을 스치는 듯했다.

재언이 입은 슈트는 교복이 되고, 커다란 테이블이 있는 회의실은 교실로 겹쳐 보였다.

"부대표님. IJ 대표 김소영 씨입니다."

재언의 곁에 선 비서의 말에 퍼뜩 정신이 든 지서가 입을 열었다.

"아닙니다. 말씀드렸는데 아직 전달받지 못하셨나 봅니다. 김소영 대표님은 다리에 깁스를 하셔서, 부득이 제가 대신 왔습니다. 인사드리겠습니다. 저는……."

"이지서."

작게 읊조리는 목소리에 사람들의 시선이 일제히 재언에게로 향했다. 어떻게 알고 있냐는 얼굴이었다.

재언은 그들의 의문을 무시한 채, 무표정한 얼굴로 지서를 응시했다.

"이지서 씨, 맞죠?"

"……."

"제 눈이 잘못된 게 아니라면 말입니다."

건조하게 툭 던진 물음에 지서의 눈가가 가볍게 떨렸다. 나긋한 목소리가 익숙하면서도, 낯설었다. 예전과 비슷하게 부드러우면서도, 훨씬 낮았다.

"네. 맞습니다."

뻣뻣한 입꼬리를 간신히 휘며 지서가 답했다. 그 말에 재언은 말없이 그녀를 내려다보았다. 심장이 사정없이 뛰면서, 눈앞이 어지러웠다. 그사이, 성큼성큼 다가온 재언이 명함을 꺼내 내밀었다.

"이쪽도 담당자가 바뀌었습니다. 신재언입니다."

지서가 손을 뻗어 손가락이 하얗게 되도록 있는 힘을 다해 명함을 잡았다. 이러지 않으면 벌벌 떨리는 제 손이 들킬 테니까.

"……아까 말씀드린 것처럼, 이지서입니다."

따라 명함을 꺼낸 지서가 재언에게 내밀었다. 군더더기 없는 몸짓으로 명함을 받아 든 재언이 시선을 내렸다.

회사, 직급, 이름, 메일, 휴대 전화 번호가 담겨 있는 명함을 가만히 보던 재언이 한쪽 입꼬리를 비틀었다.

"젊으신데 벌써 직급이 이사시네요."

"……네."

평소라면 열심히 한 결과 운도 따라 주었다는 말을 자연스럽게 덧붙였을 텐데 지금은 네, 라고 한 마디 뱉는 것조차 힘들었다. 머릿속이 멍하고 혓바닥이 뻣뻣했다.

"열심히 공부하시고, 일도 하셨나 보네요."

재언이 그다지 빠르지도, 느리지도 않은 어조로 말하며 또 한 번 입꼬리를 틀었다. 지서는 대답 대신 가만히 그를 쳐다보았다.

그가 어떤 이유로 차게 웃는지 알 수 없었다. 모든 걸 다 버리고 서울로 도망 와서 살아남은 자신이 지독해 보여서인지, 이렇게 다시 만난 게 어이없어서인지.

어떤 이유든 간에 지서는 기분 나빠할 수 없었다. 결론적으로 그를 버리고 도망친 건 자신이었으니까.

"그럼 가볍게 미팅해 볼까요."

언제 표정을 굳혔냐는 듯, 재언이 빙긋 웃으며 자리에 앉았다. 그런 재언을 바라보던 지서는 미소 지으려다 관두었다.

지금 웃어 봤자 비틀어진 표정밖에 나오지 않을 테니까.

* * *

지서는 SR 직원들 앞에서 다시 한번 IJ의 기술력을 어필했다.

4천만 명의 시청자 데이터를 갖고 있는 IJ와, 천만 대의 셋톱 박스 데이터를 보유한 SR의 기술력이 합쳐졌을 때 어떤 시너지를 발휘할지에 관한 예상 데이터들도 전했다.

말을 하면서도 지서는 제 입에서 흘러나오는 목소리들이 낯설게 느껴졌다. 듣고서야, 자신이 말하고 있다는 걸 인지하는 이상한 상태가 이어졌다.

그렇게 정신이 없는 와중에도 지서는 재언을 보지 않으려 애썼다. 아니, 볼 수 없었다. 눈이 마주치면 겨우 이어지고 있는 발표가 멈춰 버릴 테니까.

"……이상입니다."

지서는 말을 끝낸 후, 간신히 고개를 들어 재언을 보았다. 재언과 눈이 마주치자마자, 긴장한 지서가 보이지 않게 주먹을 말아 쥐었다.

아주 잠깐, 재언의 모습 위로 열여덟 살의 재언과 제 모습이 겹쳤다. 이렇게 눈이 마주칠 때면, 재언은 장난스럽게 한쪽 눈썹을 치켜들며 미소 지었다. 그럴 때마다 가슴으로 바람 한 줄기가 불어 들어오는 느낌이었다.

그러나 이제 재언은 웃지 않는다. 기업인의 눈을 하고서, 자신을 볼 뿐이었다.

"좋습니다. 뭐, 피차 바쁘실 텐데 길게 씨름할 것 없이 계약하도록 하죠."

재언의 덤덤한 말에 지서는 자신도 모르게 작게 한숨을 내쉬었다.

내심 재언이 이 계약을 엎어 버리면 어쩌나 걱정하던 차였다.

물론, 자신이 아는 재언이라면 그러지 않을 거라 생각하지만……. 12년이 지난 지금의 재언의 성격까진 알 수 없는 법이었으니까.

"계약은 금주 중으로 만나서 다시 하도록 하죠. 대표님이 다리를 다치셨다고 하니 저희 쪽에서 사람을 보내도록 하겠습니다."

"감사합니다."

"최대한 빨리, 가능하다면 한 달 안에 구체적인 계획을 잡고, 컨퍼런스를 진행했으면 합니다. 우리가 나아갈 방향에 대해 미리 세상에 알려 두는 게 좋으니까요. 그래야 투자도 수월하게 받을 수 있을 테고요."

"네. 알겠습니다."

지서의 대답을 끝으로 재언이 몸을 일으켰다. 재언은 비서에게 지시를 내리고, 제 직원들의 인사를 받았다. 그동안 지서가 있는 곳은 철저하게 쳐다보지 않았다.

썰물처럼 직원들이 빠져나간 후, 사위가 고요했다. 지서가 조용히 이마를 짚었다.

"괜찮으십니까?"

자신을 마중 나왔던 남자가 다가와 물었다. 회의 중에 참석하지 않고, 재언이랑만 대화를 나눈 걸로 봐선 비서인 모양이었다.

"아, 네. 괜찮습니다."

웃는 것과 달리, 몸에 힘이 쭉 빠졌다. 동시에 아무렇지 않은 재언과 달리 이렇게 긴장한 스스로가 너무 우스웠다. 12년이면 도망간 여자애 같은 거, 잊고도 남았을 시간인데.

"모셔다드리겠습니다."

처음 마중 나온 직원이 지서에게 정중하게 말했다.

"제가 갈 수 있습니다."

"모셔다드리라고 하셔서요."

"아······."

누군지 묻지 않아도 알 것 같아서, 지서는 군말 없이 남자를 따라 지하 주차장까지 내려갔다.

"다음에 뵙겠습니다."

"네. 그럼."

돌아선 지서는 차로 걸어가면서 차 키 버튼을 몇 번이나 헛눌렀다. 문고리도 두어 번 놓치고서야 제 손이 벌벌 떨리고 있다는 걸 알았다.

겨우 운전석 문을 열고 들어간 지서는 핸들에 머리를 가져다 댔다. 입꼬리가 제멋대로 위를 향하며, 벌벌 떨렸다.

재언은 비슷한 것 같으면서도 예전과 많이 달라졌다. 키도 훨씬 더 컸고, 교복이 아닌 슈트를 입고 있는 모습이 무척 근사했다.

어깨에 딱 맞으면서 탄탄하면서 슬림한 몸을 그대로 드러내는 핏, 한 올 흐트러짐 없이 깔끔하게 이마를 드러낸 헤어스타일까지. 누가 봐도 기업가의 모습을 하고 있었다.

분명 그랬는데…….

자신도 모르게 그를 더듬어 열여덟 살의 모습을 찾으려 애썼다. 자신을 향해 푸르게 웃어 주던, 때때로 제 걱정을 주체하지 못해 화를 내던…… 그 신재언을.

이제 그 모습이 보이지 않는 게 당연한데도.

"우습네, 이지서. 언제 적 일인데."

쓰게 웃은 지서가 차를 몰아 지하 주차장을 빠르게 벗어났다.

* * *

"……부대표님?"

곁에서 들리는 조심스러운 부름에 재언이 고개를 들었다. 남 비서가 보고하다 말고 의아한 눈으로 그를 바라보고 있었다. 그제야 재언은 자신이 다른 생각에 잠겨 있었다는 걸 알았다.

"미안합니다."

재언이 나긋한 어조로 사과했다.

"아닙니다. 많이 피곤해 보이시는데 김 기사 부를까요?"

귀가할 준비를 하겠냐는 남 비서의 말에 그는 고개를 가로저었다.

"아뇨. 하던 일 마저 마무리 짓고 귀가하도록 하죠. 방금 뭐라고 했죠? IJ와 면담이 일주일에 한 번씩 있을 거라는 말까지 기억납니다."

정신을 차린 재언이 다시 남 비서의 얼굴을 쳐다보았다.

"네. IJ와의 회의가 일주일에 한 번씩 진행될 예정입니다. 컨퍼런스 완료까지요. 그 이후부터는 실무진들이 개발에 나설 겁니다. 실무진들의 소규모 회의를 제외하곤, 부대표님이 참석하실 회의는 대략 네 번 정도입니다."

"부득이한 상황을 제외하곤 실무진 회의에 나도 참석하죠. 어쨌든 단상에 설 사람은 나인데, 뭘 제대로 알아야 기자들 질문에 답할 거 아닙니까."

"알겠습니다. 그럼 그렇게 진행하도록 하겠습니다."

일정 체크를 마친 남 비서가 재언에게 가볍게 고개를 숙였다. 그만 나가 보겠다는 남 비서의 행동을 지켜보던 재언이 고민하다 물었다.

"……IJ 대표는 어떻게 된답니까?"

"김소영 대표가 회복하는 대로 복귀하겠다는 뜻을 전했습니다."

"그럼 오늘 대리로 참석한 사람은요?"

대리로 참석한 부분에서 재언의 말끝이 조금 느려졌지만, 남 비서는 알아채지 못했다.

"아마 실무진이라 회의엔 참석할 듯합니다."

"아아, 그래요."

재언의 목소리가 낮아진 걸 알아챈 남 비서가 그의 눈치를 조심스럽게 살폈다.

"혹시 아시는 분입니까?"

"그래 보입니까?"

"이름을 알고 계셔서요."

"아, 그랬지."

정신없기는.

재언이 낮게 혀를 찼다.

"남 비서가 보기엔 어때 보였습니까? 나랑 그 사람."

"네? 글쎄요. 어떤 사이이신지는 짐작하기 어려웠습니다."

남 비서가 곤란한 표정으로 흐리게 웃었다. 고개를 창밖으로 돌린 재언은 턱을 괸 채 잠시 고민에 잠겼다.

어떤 사이라…….

제 청소년기를 탈탈 털어 가장 기억에 남는 사건을 고르라면, 모두 이지서와 관련 있는 것들이었다.

제 손으로 가로등 보수 신고도 해 보고, 브랜드 아닌 허름한 가방도 메어 봤으니까. 그것뿐일까. 지금으로선 상상할 수 없는 일들을 벌였고, 다시 느낄 수 있을까 의문스러울 만큼 감정의 폭동도 겪었다.

그런데 그 감정과 별개로 어떤 사이냐는 질문에 쉽게 대답할 수 없었다.

사귀자고 구질구질하게 매달렸던 사이, 좋아한다고 고백했던 사이. 이건 모두 제 입장일 뿐이었다.

이지서의 기억에 자신은 다르게 쓰여 있을 테니까.

아마도 급할 땐 버리고 갈 수 있는 남자애 정도 아니었을까. 실제로 그러했으니.

"그냥 아는 사이였습니다."

결국, 객관적으로 자신과 이지서의 관계를 명명할 수 있는 건 이뿐이었다.

아는 사이.

그 이상도, 이하도 아닌 관계.

설령 자신의 열여덟 살 이후의 삶을 모조리 다 바꿔 버렸다고 하여도.

"그게 전부입니다."

생각을 마친 재언이 깔끔한 미소를 지었다.

* * *

회사로 돌아와 지서는 컴퓨터 모니터를 들여다보았다. 대표를 대신해 SR과의 업무 진행을 맡게 되면서 지서가 기존에 맡고 있던 업무들은 쪼개져 다른 직원들에게 전달되었다. 회사의 성장이 달린 문제니, 집중해서 일하라는 대표의 배려였다.

그러나 그게 업무의 강도가 낮아졌다는 말은 아니었다. 오히려 회사의 흥망이 달렸다고 생각하니 더욱 부담스러웠다.

지서는 그럴수록 업무에 매달렸다. 더 많이 일하고, 더 철저하게 보면 그 노력은 배신하지 않을 테니까.

그러니 집중해야 하는데…….

툭.

펜이 책상에서 굴러떨어졌다.

"아."

또다.

한 박자 늦게 제 손에 힘이 풀린 걸 알아챈 지서가 펜을 쥐고는 허리를 곧게 폈다. 그러자 파티션 너머 텅 빈 책상들이 눈에 들어왔다. 모두 퇴근하고 불이 켜진 곳은 제 자리뿐이었다.

오늘 오후 내내 딴생각만 하지 않았어도 정시에 퇴근할 수 있었을 텐데. 더 늦기 전에 정신 차리고 일해야겠다고 생각하며 모니터에 막 시선을 둘 때였다.

"오늘 왜 이렇게 정신없어 보이지?"

사무실의 투명 문이 열리는 소리와 함께 불쑥 들리는 말에 고개를 돌리니, 소영이 목발을 쥐고서 절뚝거리며 다가오고 있었다.

"퇴근하셨잖아요?"

놀란 지서가 자리에서 벌떡 일어났다.

"했는데, 지나가는 길에 사무실 불 켜져 있길래. 누가 이렇게 근면 성실하게 일하나 싶어서 와 봤는데, 네가 있네? 자! 선물이야!"

소영이 종이 가방을 들이밀었다. 엉겹결에 받아 든 지서가 이게 뭐냐는 듯 쳐다보자, 소영이 푸근하게 웃으며 말했다.

"뭐가 됐든 먹으면서 하라고 주는 거야. 막말로 먹고살려고 일하는 건데, 밥 굶으면서 일하면 되니?"

"저 밥 안 먹었는데, 감사합니다."

"어휴, 내가 모르고 사 왔겠니? 이 시간까지 일하는 것도 너뿐일 게 뻔한데."

처음부터 소영은 야근 중인 사람이 지서라는 사실을 알고 있었다는 듯 말했다.

"감사합니다. 잘 먹겠습니다."

지서가 빙그레 웃었다.

"내가 대기업에서 공들여 모셔 왔는데 이 정도는 챙겨 드려야지. 그런데 오늘 실수가 잦으시던데. 왜 이러실까, 이지서 씨?"

소영이 파티션에 몸을 비스듬히 기대며 의미심장한 얼굴로 물었다.

"아무 일도 아니에요."

지서가 빠져나가려 하자, 소영이 눈을 가늘게 떴다.

"아무 일도 아니기는. 주변 사람들이 말 걸어도 모를 만큼 정신이 쏙 나가 있던데. 오늘 SR 회의 잘 됐다며. 계약하자는 말도 받아 냈고. 그런데 왜 이렇게 죽상이야? 무슨 일 있었어?"

소영의 따뜻한 물음에 지서는 잠시 고민했다.

정말 아무것도 아니라고 말해야 하는데. 순간 속이 꽉 막힌 것처럼 답답했다.

12년이나 흘렀다. 세월이 변하고도 남았는데, 재언을 마주한 순간 울음인지, 원망인지, 미안함인지, 구분할 수 없는 감정이 명치를 계속 짓눌렀다. 그리고 지금 이 순간까지도 그 기분에서 완전히 벗어날 수 없었다.

"뭔데 그렇게 머뭇거려?"

소영의 재촉에 지서가 머뭇거리다 천천히 입을 열었다. 누구에게라도 털어놓고 싶었다.

"그냥…… 보고 싶으면서도, 보고 싶지 않은 사람을 다시 만났어요. 그것도 아주 우연히."

"그게 뭐야? 보고 싶은데 보고 싶지 않은 사람?"

"난 그 사람이 보고 싶은데, 그 사람은 날 보고 싶어 하지 않을 게 분명해서…… 보고 싶지 않았던 사람이 있었어요. 그 사람에게 내가 좋은 기억이 아닐 게 분명하거든요."

"그 사람한테 잘못한 거 있었어?"

"……네."

"내가 아는 이지서는 잘못하고 도망칠 사람이 아닌데?"

소영이 이해 못 하겠다는 듯 고개를 갸웃거렸다. 그러자 지서가 희미하게 웃었다.

"그랬으면…… 얼마나 좋을까요."

웃고 있지만 씁쓸해 보이는 지서의 표정에 소영의 눈이 가느스름해졌다.

"이상하네. 왜 그런 선택을 했었을까? 우리 지서가."

소영의 따뜻한 말에 지서가 먼 곳을 바라보았다. 아무리 묻어도 묻어지지 않는 기억이 떠올랐다.

"……그땐 그게 정답인 줄 알았어요."

재언에게 언니 같은 사람이 되고 싶지 않았다. 무엇보다 혹시 제 인생에 들러붙은 불행이 재언을 지긋지긋하게 괴롭힐까 봐 무서워서 뒤도 돌아보지 않았다.

그게 맞는 일이라고, 잘한 일이라고 세뇌하듯 매일 중얼거렸다.

분명 옳은 일을 했다고 생각했는데…….

지서의 눈빛이 흐려졌다.

"……몇 년 지나고 보니 내가 정말 큰 실수를 했다는 걸 알았어요."

도망치던 그날 일방적인 통보가 아니라, 통화를 했어야 했다는 걸 오랜 시간이 흘러 알았다. 만나지 못하더라도 적어도 목소리로는 대화를 나눴어야 했고, 재언을 설득시켜 자신을 찾지 못하게 했어야 했다고.

그렇게 재언이 이별의 무게를 오롯이 홀로 짊어지게 둬선 안 되는 거였다.

자신이 재언을 지키고자 했던 방법이, 재언에게 또 다른 폭행이 되었음을…… 너무 늦게 알았다.

사무실 어딘가를 응시하던 지서가 착잡한 표정으로 눈을 내리깔았다.

"지금이라도 사과하는 건 어때?"

소영이 파티션에 팔꿈치를 댄 채 턱을 괴고서 물었다.

"그것마저 제 이기심일까 봐요. 제 마음만 편해지잖아요. 그 사람은 제가 사과하는 게 더 싫을 수도 있고요."

지서가 희미하게 웃었다.

"그래도 하는 게 좋지 않을까? 설령 그 사람이 네 사과를 받아들이지 않더라도, 그건 그 사람의 몫이야. 네가 잘못했다면 사과를 해야지. 인간의 도리로서."

"……."

"그리고 네가 어떤 잘못을 했는지 구체적으로 알 수 없지만, 난 그렇게 생각해. 누가 내게 잘못했다면…… 꼭 사과해 줬으면 좋겠다고."

"……."

"내가 안 받아 줄 것 같아서, 정말로 상대방이 사과 안 하면 괘씸할 것 같거든. 약이 오르기도 하고."

소영의 말에 지서가 고개를 들어 그녀와 눈을 맞췄다.

인간의 도리, 라는 말이 가슴에 아프게 꽂혔다.

"……그럴까요?"

"그럼!"

지서가 갈등하는 표정을 짓자, 소영이 빙긋 웃었다.

"일단 해 봐. 사과하는 데 꽤 많은 용기가 필요하다는 걸 아는 사람이라면, 아주 조금은 이해해 주겠지. 이해 못 하면 어쩔 수 없는 일이고, 복잡할 땐 심플하게 가자고. 어릴 때 배웠잖아. 잘못하면 사과하는 거."

잘못하면 사과하는 거…….

소영의 말을 속으로 곱씹던 지서가 희미하게 웃었다.

자신이 사과한다고 해서 재언과 다시 살가운 사이가 될 거라는 생각은 들지 않았다. 그건 말도 안 되는 소리였다.

다만, 뜯기듯 끝이 난 자신과 재언의 사이를 조금 더 부드럽게 마무리하고 싶었다. 재언과의 기억이 떠올랐을 때 숨 막히게 미안하지 않을 정도만.

딱 그 정도만.

"고마워요. 대표님. 마음이 많이 가벼워졌어요."

"별말씀을. 그러니 적당히 일하고 퇴근하세요. 다음 주에 실무진 회의 참석하려면 의식이 명료해야 하니까요. 거기 다들 슈트 입은 능구렁이들밖에 없거든. 지금처럼 멍하게 있으면 잡아먹혀."

소영이 지서만 들릴 정도로 자그마한 목소리로 속삭이고는 씩 웃었다. 일부러 제 기분 나아지라고 소영이 장난친다는 걸 알기에 지서는 따라 웃었다.

* * *

SR 통합미디어사업부와 IJ 모바일데이터 팀은 일주일에 한 번씩 SR 본사 회의실에서 만남을 가졌다. 외부에 마땅히 미팅할 장소가 없는 데다, 이번 컨퍼런스 작업에 참여하는 인원이 SR 쪽이 훨씬 많았기에 자연스럽게 결정 났다.

재언과 지서는 매주 얼굴을 마주했다. 재언은 처음 재회했을 때와 크게 달라지지 않은 태도를 보였다.

무표정한 얼굴로 회의에 참석했고, 더 이상 지서에게 개인적으로 알은척을 하거나 사적으로 말 걸지 않았다. 필요한 대화를 나눌 땐 쳐다봤다가, 아닐 땐 다른 곳을 응시했다. 우연히 눈이 마주칠 때도 그는 조금의 표정 변화 없이 그녀를 쳐다보다가 무의미한 시선이었다는 듯 고개를 돌렸다.

처음 재언과 우연히 눈이 마주쳤을 때 어쩔 줄 몰라 했던 지서는, 그와 한 회의실에 있는 데엔 익숙해졌다. 다만, 재언과 눈이 마주쳤을 때의 어색함은 여전해서, 요령껏 시선을 피했다. 다행히 SR 측 사람들이 많은 데다, 화이트보드나 노트북에 시선을 두면 되기에 굳이 재언과 마주하지 않아도 괜찮았다.

적어도 이번 회의 직전까지는.

'혹시 SR 부대표님이랑 사적으로 아시던 사이였어요?'

뜬금없이 직원인 은지가 물어 왔다.

'아뇨. 왜요?'

'뭐랄까……. 원래 이사님답지 않게 부대표님 쪽은 쳐다도 안 보시길래……. 아니라면 죄송해요. 혹시나 해서 여쭤봤어요.'

누군가가 느낄 정도로, 자신이 재언을 피하는 게 티 났다는 사실에 적잖이 당황했다. 안 그래도 첫 만남에 재언이 불쑥 제 이름을 말하는 바람에, 직원들의 시선이 한동안 따라붙었었다. 이렇게 됐다간 쓸모없는 소문이 퍼질 것 같았다.

"이번 컨퍼런스의 오픈은 '왜'에 집중했습니다."

발표하던 지서의 시선이 재언의 옆자리에 앉아 있는 SR 직원에게 향했다.

"왜, 어째서, FC(Focus Commercial)가 필요한가입니다. 이미 타깃을 지정한 광고가 모바일에서 충분히 가능한데, TV를 비롯한 전통 매체에서 군이 필요한가, 라고 의문을 가진 사람들을 이해시킬 첫 멘트가 필요합니다. 여기서 우리가 설득시킬 사람들은 사용자가 아닙니다."

말을 이어 가던 지서의 시선이 허공을 더듬듯 움직였다. 그 시간이 마치 억겁처럼 길게 느껴졌다. 그리고 마침내 지서의 눈동자가 옆으로 한 칸 움직였다.

"광고주죠."

자신을 바라보고 있던 재언의 새카만 눈과 마주쳤다. 아주 가끔은 마음을 다 털어놓고 싶게 만드는 그 눈이 어느새 검은 벽처럼 단단해져 있었다.

지서는 곧바로 용기 내어 그와 마주한 걸 후회했다. 이렇게까지 머릿속이 하얗게 변할 줄 알았다면, 시선을 마주하지 않았을 텐데.

"광고주들은 여전히 TV 광고에 수십억, 많게는 수백억을 씁니다. 그런데 어떤 기대 효과가 있는지 막연하게 알 뿐입니다."

다행히 달달달 외운 덕에 흔들림 없이 발표를 이어 갔다. 그리고 자연스럽게 시선을 다른 쪽으로 흘렸다.

"수백억을 쓰는 데 어떤 가치가 있는지, 그리고 그 가치를 높이기 위한 방법은 무엇인지로 이야기를 시작하는 게 어떨까, 하는 게 저희 IJ 의견입니다."

지서는 고개를 돌려 가장 끝자리에 앉아 있는 직원을 바라보았다. 재언의 시선으로부터 도망쳤다.

그 때문에 알지 못했다.

책상 끝을 톡톡 두들기던 재언의 손가락이 허공에서 잠시 멈춘 것을.

* * *

세 번째 회의가 끝났다. 3주가 흐른 셈이었다.

더위가 유난히 심한 어느 날, 여느 때와 다름없이 회의를 마치고 정리할 때였다.

'시간 괜찮으시면 식사하고 가시죠.'

재언의 말에 지서가 정리하다 말고 고개를 들었다.

'저도 직원분들의 귀한 시간을 뺏고 싶지 않습니다만, 위에서 내려온 오더라서요.'

재언이 법인 카드를 든 손으로 위를 가리켰다. 통합미디어사업의 가장 위층 대표 자리에 재언의 둘째 형이 있다는 걸 모르는 사람이 없었다.

'그렇게 안 생겼어도 워낙에 직원들 뭘 사 먹이는 걸 좋아하는 사람이라 그런 거니, 귀찮고 바쁘신 분들은 가셔도 됩니다. 불합리한 일은 없을 테니 안심하시고요. 저도 얼굴만 비치고 갈 예정입니다.'

형식적인 회식이니 부담 없이 참석하라는 말이었다. 그러나 그 말에 정말 부담을 느끼지 않을 사람은 없었다.

재언과 함께 일하는 SR 통합미디어사업부의 사람들은 진급과 성과에 예민한 이들이었다. 인사 고과의 키를 잡고 있는 재언과 사적으로 얼굴 도장을 찍을 수 있는 기회를 놓칠 리 없었다.

'무조건 시간 내야죠.'

'법인 카드의 기회를 놓칠 수 없죠.'

SR 통합미디어사업부의 사람들이 넉살 좋게 대답하며 전부 참석하겠다는 의사를 전한 와중에, IJ에서만 쏙 빠지기도 민망한 상황이었다.

자연스레 IJ 직원들이 결정권자인 지서에게로 시선을 모았다. 지서는 직원들을 한 번 바라보았다. 직원들이 모두 가볍게 고개를 끄덕인 걸 확인한 지서가 정면을 바라보았다.

'감사한 마음으로, 저희도 참석하겠습니다.'

늦은 오후의 환한 햇살 탓에 통창을 등지고 있는 재언의 얼굴이 잘 보이지 않았다. 그래서 다행이었다.

'알겠습니다. 비서 통해서 예약한 식당 알려 드리죠.'

'네. 감사합니다.'

그렇게 해서 모인 게, SR 그룹 근처 횟집이었다. 하얀 비닐 위에 모둠 회와, 쌈 싸 먹거나 곁들여 먹을 수 있는 반찬들, 초밥을 해 먹을 수 있게끔 밥도 준비되어 있었다.

"이번 주만 지나면 더위가 한풀 꺾일 거라네요."

"다행이네요. 정말 너무 더워요."

"실내에만 계속 있고 싶어요."

SR 통합미디어사업부 직원 몇몇과, IJ 모바일데이터 팀 사람들이 섞여 앉아 어색하게 대화를 나누었다. 업무 관련하여 여러 이야기를 나눈 적은 있지만, 이렇게 사적인 대화는 처음이었다.

지서는 귀퉁이에 앉으려다 IJ 직원들에게 등 떠밀려 중앙 자리에 앉게 되었다. 지서는 고개를 들어 제 앞의 공석을 보았다.

아무도 앉지 않는 중앙 자리. 이게 누구의 것인지 굳이 묻지 않아도 알 수 있었다.

얼마 뒤, 한지로 막아 놓은 문이 열리자 등줄기가 쭈뼛했다. 고개를 돌리자 아니나 다를까, 재언이 우뚝 서서 좌식 테이블을 내려다보고 있었다.

"어서 앉으세요."

"기다렸습니다."

SR 직원들의 활달한 인사가 쏟아지는 가운데, 지서가 눈을 내리깔며 고개 숙였다.

"늦어서 미안합니다."

귀에 착 감기는 낮은 목소리에 지서는 잠시 숨을 멈췄다. 재언이 착석한 후 모두가 어색하게 드문드문 대화를 이어 가는 와중에, 중앙 테이블만 고요했다.

눈을 내리깐 지서는 재언의 슈트를 보았다. 그러다 다른 사람들처럼 날씨 이야기라도 하려고 입술을 달싹이다가, 금세 다물었다.

이런 사이에 날씨 이야기라니. 가당찮았다.

중앙 테이블이 조용하자 직원들 몇 명이 이쪽을 흘깃거리는 게 보였다.

이렇게 가만히 말없이 있다간 오해 사기 십상이었다.

"드세요."

한참 머뭇거리다가 꺼낸 말이 고작 이것이었다. 손대지 않아 처음 나온 그대로인 회 접시를 살짝 밀어 그의 가까이에 두었다.

"먼저 드세요. 전 저녁 약속이 따로 있어서요."

"네, 그럼."

회식이 있는데, 또 다른 저녁 약속이라…….

마지못해 회식에 참석했다는 거나 다름없었다.

데이트라도 있는 걸까. 아니, 있으면 뭐 어쩌려고.

지서가 무심히 떠오른 제 생각을 차갑게 잘라 냈다. 재언에게 교제하는 사람이 있든 말든 자신이 신경 쓸 일이 아니었다. 자신이 해야 할 일은 일방적으로 상처를 주었던 그에게 진심으로 사과하는 것뿐.

"그럼 잘 먹겠습니다."

지서는 젓가락을 들어 도톰한 회 한 점을 들었다. 간장에 살짝 찍어 입 안에 넣으니 녹듯이 입 안에서 사라졌다. 그러나 지서는 자신이 무엇을 먹고 있는지 맛을 느낄 수 없었다. 젓가락질을 하고, 물을 마시는 등 자신의 모든 행동에 재언의 시선이 따라붙었다. 그러면서 정작 재언은 아무것도 먹지 않았다. 부담스럽게도.

"아, 이사님. 한 잔 받으시죠."

이러다 체하는 게 아닐까 싶을 즈음, 옆자리에 앉아 있던 SR 통합미디어사업부 직원이 소주병을 들이밀었다. 늘 활달하게 회의 분위기를 끌어가 주어, 지서가 내심 고마워하는 사람이었다.

"아! 혹시 술 안 드시나요?"

뒤늦게 직원이 아차 하며 술병을 뒤로 뺐다.

"아뇨. 마십니다."

지서가 잔을 내밀자, 직원이 또르르 소주를 따르며 천연덕스럽게 말을 이어 갔다.

"저희끼리 이사님 이야기 많이 나눕니다."

"좋은 이야기였으면 좋겠네요."

지서가 가볍게 웃으며 대꾸했다.

"아, 그럼요. 좋은 이야기만 합니다. 언제나 좋은 분위기, 좋은 이야기만 하는 SR 아니겠습니까?"

남자의 천연덕스러운 대꾸에 지서가 작게 미소 지었다. 이제야 살 것 같았다. 재언과 아무 말 없이 마주 앉아 회만 먹을 땐 분위기에 짓눌려 도망치고 싶었다.

"다른 건 아니고 신기해서요. 젊다 못해 어려 보이시는데 직급이 이사셔서……. IJ가 몇몇 다른 회사처럼 사원들한테까지 전부 이사, 주임 직급을 주는 회사도 아니라고 알고 있거든요."

"스카우트되면서 직급이 높아졌어요. 감사하게도 운이 좋은 편이었습니다."

"아아. 어쩐지. 발표 실력이나 꼼꼼함이 남다르다고 생각했습니다. 이사님이 잘해 주셔서 저희끼리 SR에 오시면 참 좋겠다, 이러고 있었습니다. 하하!"

"안 돼요! 저희 이사님이에요!"

그러자 얼른 IJ 쪽에서 빠르게 대꾸했다.

"벌써 방어가 들어오네요! 하하!"

남자가 웃자, 대답한 직원도 웃었다. 그 가운데 껴 있던 지서도 작게 웃었다.

"한 잔 하시죠."

그러면서 남자가 소주병을 내밀었다. 지서가 한 번에 비운 술잔을 다시 내밀었다. 술잔이 빠르게 오갔다. 제게 따라붙는 재언의 시선이 불편한데, 회식 중에 왜 쳐다보냐고 물을 수도 없었다.

그래서 그의 시선을 떨치려 부산스럽게 움직였고, 자연스레 술을 많이 마시게 되다 보니 어지러웠다.

"잠시 실례하겠습니다."

지서가 몸을 일으켰다.

"도망가시면 안 됩니다!"

남자 직원의 말에 지서가 희미하게 웃어 보였다.

신발을 꿰어 신고 나가는 지서의 뒷모습을 보던 남자 직원이 마주 앉은 IJ의 직원에게 슬쩍 물었다.

"이사님 인기 많으시죠?"

"그럼요. 외근 나가실 때마다 애프터 받아 오세요. 다들 소개팅 갔다 왔냐고 놀려요."

"이야."

남자 직원의 시선이 다시 지서가 나간 방향을 향했다.

아름다운 외모에 우아한 분위기, 아나운서처럼 매끄러운 목소리를 가진 지서는 첫 회의 때 등장한 후, 직원들에게 끊임없이 회자되었다.

처음엔 연예인 같은 외모에 회자되었고, 그다음부턴 똑 부러지는 일 처리로 사람들의 칭찬을 받았다. SR이 입을 댈 게 없을 만큼, 철저하게 준비해 왔다. SR 주관인 컨퍼런스도 마찬가지였다.

오죽했으면 몇몇 직원들이 SR 경력직 채용 추천하면 안 되냐고 했을까.

"관심 있으세요? 우리 이사님한테?"

IJ 직원이 눈을 가늘게 뜨고서 물었다.

"예? 아휴, 아니라고는 말 못 하겠네요. 하하!"

남자 직원이 얼른 인정하자, IJ 쪽 직원이 웃으며 그의 빈 잔에 술을 따랐다.

"포기하세요. 우리 이사님 워커홀릭에 남자한테 관심 없기로 유명하거든요. 그거 때문에 저희 대표님이 엄청 좋아하세요. 같이 늙어 갈 동료가 생겼다고요."

"아아."

IJ 직원의 말에 남자 직원이 아쉬운 표정을 지었다.

"뭐, 얼굴 보다 보면 정들겠죠."

금세 넉살 좋은 얼굴로 말하는 남자를 보며 IJ 쪽 직원이 막 웃을 때였다.

"저는 그만 가 보도록 하겠습니다."

재언의 말에 사람들의 시선이 한곳으로 쏠렸다.

"벌써요?"

"굳이 아쉬운 표정까지 안 하셔도 됩니다."

재언이 예의상 웃으며 남자 직원에게 말했다. 그러자 남자 직원이 머쓱한 표정을 지었다.

"카드는 내일 돌려주시죠."

가장 연차가 많이 쌓인 직원에게 카드를 내민 재언이 몸을 일으켰다. 인사하려고 일어나는 사람들을 제지한 그는 구두를 신고는 인사를 남겼다.

"마음껏 드세요."

예의상 미소를 지은 재언이 습관처럼 직원들의 얼굴을 훑어보았다. 그러다 지서에게 관심을 보인 남자 직원과 눈이 마주쳤다. 평소보다 조금 더 오래 그를 쳐다보던 재언이 몸을 돌렸다.

저벅저벅 멀어지는 재언의 뒷모습을 바라보던 남자 직원이 고개를 갸웃거렸다.

자신이 실수한 게 있나 하는 얼굴로.

* * *

횟집 투명 문을 밀고 나온 재언은 깊게 숨을 들이켜다 말고 얼굴을 찌푸렸다. 후덥지근한 바람이 폐부로 밀려들었다. 횟집이 시원해서 잠시 날씨를 잊고 있었다. 잠깐 서 있었는데도 습기를 머금은 옷이 찝찝하게 느껴졌다.

"아, 대리."

그러다 자신이 대리 기사를 부르지 않았다는 사실을 깨닫고는 고개를 뒤로 젖혔다.

그는 본래 술을 마실 생각이 없었다. 그런데 직원이 따라 놓은 술잔을 물잔인 줄 알고 벌컥벌컥 마셔 버렸다. 그래서 계획에도 없던 대리를 부르게 생겼는데, 그마저도 잊어버렸다.

"하."

되는 일 없네.

왈칵 치밀어 오른 짜증에 재언이 미간을 확 좁혔다.

아니, 짜증은 그 전부터 나고 있었다.

'이사님 인기 많으시죠?'

속 보이는 남자 직원의 질문을 들었을 때부터.

아니, 그 전에 지서와 남자 직원이 도란도란 대화를 나눌 때부터.

어쩌면 그 전부터일지도 모르겠다.

지서의 옆자리에 앉아, 타이밍을 살피며 움찔거리는 남자 직원이 눈에 들어왔을 때부터일지도.

고개를 좌우로 기울이며 뒷목을 주무르던 재언이 잠시 마음을 정리하려는 듯 눈을 감았다.

이지서 인기 많은 거야 예전부터 알고 있었고, 다시 만났을 때도 알아챘다. 열여덟 살의 이지서도 예뻤지만, 꾸밀 줄 알게 된 이지서는 그때와 비교할 수 없이 예뻤다. 자연스럽게 어디에 있든 남자들 시선은 다 끌어모으겠구나, 싶었다. 머리부터 발끝까지 시선을 안 사로잡는 구석이 없으니 당연한 일이었다.

그러나 이지서의 인기가 하늘을 찌르든, 그래서 남자들에게 수많은 대시를 받고 살든 말든 자신과 상관없는 일이었다.

이제 아무 사이도 아니니까.

그래, 아니니까.

마지막 말을 느릿하게 속으로 중얼거리던 재언이 억지로 미간에 힘을 풀며 눈을 떴다. 한시라도 빨리 대리를 불러 귀가해야겠다고 생각할 때였다.

횟집 옆에 자리한 편의점에서 익숙한 얼굴의 여자가 문을 열며 나왔다. 편의점의 화려한 조명에 여자의 모습이 역광임에도, 누군지 단번에 알아보았다. 무채색을 입고도 빛나는 사람은 드무니까.

지서는 숙취 해소제로 보이는 작은 병을 한 번에 입 안으로 털어 넣고, 이어 작은 생수병의 뚜껑을 따더니 반 이상 들이켰다. 그러고는 서서 술기운을 떨치려는 듯 긴 한숨을 내쉬었다.

재언은 그 별것 아닌 행동을, 물끄러미 응시했다. 이제 그만 움직여야 한다는 걸 알면서도, 지켜볼 이유 없는데도, 그럼에도.

지서는 무표정한 얼굴로 정면의 먼 곳을 바라보고 있었다. 그 위로 열여덟 살의 이지서 얼굴이 겹쳤다. 가끔 지서가 저런 얼굴을 하고 있을 때면, 사라질 것 같아 괜히 툭 건드려 보곤 했었다.

하, 이제 와 그때 생각을 해서 어쩌자고.

상념에 잠겨 있던 재언이 얼굴을 찌푸리며 고개 돌렸다가, 우연히 길 건너편의 상점을 보았다. 상점은 이런저런 잡다한 물건을 파는 곳이었는데, 투명한 창문 가운데 캡 모자들이 줄줄이 진열되어 있었다.

재언의 시선이 다시 캡 모자에 사로잡혔다.

고개를 돌려야 한다는 걸 알면서도 쉽지 않았다.

12년이나 지난 일이다.

그럼에도……. 구겨질세라 조심스럽게 종이가방을 내밀던 지서의 하얀 얼굴이 떠오른다. 기대와 우려가 뒤엉킨 옅은 색의 눈이 유난히 빛났던 것도.

재언의 얼굴이 와락 찌푸려졌다. 색이 바래지 않는 기억이 있다는 게 지긋지긋하다.

지서는 제 예상과 달리 길 건너편 상점에 있는 캡 모자를 보지 못했을 수도 있다. 어쩌면 옛 생각은 조금도 하지 않을 수도 있다.

또, 자신만 이렇게 동요하는 걸 수도 있었다.

어린 날의 그때처럼.

와락 얼굴을 구긴 재언이 나오려는 욕지거리를 참으며 돌아서려 할 때였다.

때마침 거짓말처럼 고개 돌린 지서와 눈이 마주쳤다. 꽤 먼 거리에 있었음에도 지서의 눈이 살짝 커지는 게 보였다.

마치 생각지 못한 사람을 마주한 것처럼 얼어붙은 지서를 보던 재언의 턱이 툭 불거졌다. 울컥하고 치솟은 설명하기 힘든 감정을 삼키며 재언이 인사 대신 가볍게 고개를 끄덕일 때였다.

어색함을 억지로 숨기며 마주 인사할 거라는 예상을 깨고 지서가 성큼성큼 다가왔다. 술에 취했는지 살짝 비틀거렸다. 마침내 제 코앞에 선 지서를 재언이 물끄러미 내려다보았다.

방금 전까지도 코끝을 스치던 횟집의 비린내가 순식간에 사라졌다. 섬유 유연제인지, 비누인지, 샴푸인지 모를 향긋한 냄새가 주변으로 퍼지자, 막을 틈 없이 옛 기억이 툭 터져 나왔다.

교실 창문 너머로 바람이 불 때마다 맡을 수 있었던 이지서 향기. 저절로 시선을 잡아끄는 향기를 따라 지서를 몇 번이나 흘깃댔던 어린 날의 자신. 가끔은 너무 좋아서 아리기까지 했던 그날들.

그리움인지, 미련인지, 구분하기 힘든 진득한 기분이 제 발을
붙들었다. 재언이 넌덜머리 난다는 표정으로 미간을 문질렀다.
속절없이 과거로 끌려간 제 자신이 징글징글했다.

"먼저……."

먼저 가 보죠, 라는 말로 자신들을 에워싼 이 공기에서 벗어나
려 할 때였다.

"재언아."

지서가 툭 하고 뱉은 말에 재언은 잠시 숨을 멈췄다. 그러고는
제 귀를 의심하는 얼굴로 지서를 보았다.

일주일에 한 번씩, 총 세 번을 만나는 동안 지서가 제게 먼저
알은척한 적 없었다. 오히려 알은척을 할까 봐 두려운 사람처럼
필사적으로 피했다. 그런 그녀가, 오래전처럼 제 이름을 불렀다.

머릿속이 멍한 것도 잠시, 늪에 빠져들어 가듯 무섭게 기분이
가라앉았다.

이제 겨우 살 만한데 왜 나타났어. 왜, 대체. 적어도 눈 뜬 순
간엔 버틸 수 있게 됐는데, 왜.

뱉지 못할 말들이 입 안에 쌓여 갔다.

얼굴을 구기고 있던 재언이 손으로 얼굴을 쓸어내렸다. 그러다
언제 그랬냐는 듯 표정이 삽시간에 차갑게 돌변했다.

"할 말이 있어서……."

그사이, 지서가 입술을 달싹였다. 막상 말은 꺼냈는데, 뒷말이
쉽게 나오지 않아 잠시 머뭇거릴 때였다.

"무슨 말."

무심하다 못해 차가운 대꾸에 지서가 그를 쳐다보았다. 아무 말 없이 쳐다보기만 하는 지서를 내려다보던 그가 주머니에서 담뱃갑을 꺼내더니 담배 한 개비를 비스듬히 물었다. 꺼내 물긴 했는데 길거리에서 불을 피울 순 없어서, 이로 짓씹으며 지서를 계속해 내려다보았다.

"미안하다고? 아니면 모른 척해 달라고? 그것도 아니면 공사 구분하자고?"

"……."

매끄럽게 흘러나오는 말들이 지서의 가슴을 쿡 찔렀다. 그 때문에 아무 말 못 하는 사이, 재언이 비스듬히 웃으며 말을 꺼냈다.

"지서야."

다정하지만, 어딘가 차가운 부름에 지서는 숨을 멈췄다.

"열여덟엔 미친 듯이 화가 났거든."

재언의 눈이 지서의 얼굴을 더듬었다.

열여덟 살 가을, 그는 스스로 생각해도 미친놈 같았다. 이지서를 만나겠다고 2층에서 뛰어내리려다가 경호원들에게 붙잡힌 게 한두 번이 아니니까.

"스물셋이 되니까 그때의 상황이 조금 달라 보이더라."

스물셋이 되고서야 이지서에게 그럴 만한 이유가 있지 않았을까 생각했다.

"스물다섯이 되니까 네가 안타까웠고. 그런 상황에, 그렇게 살아야만 하는 게 쉬운 일은 아니니까."

사회에 나와 보니 어린 날의 자신이 얼마나 아늑하게 살았는지 알게 되었다. 그리고 이지서가 버텼어야 할 삶이 얼마나 가혹했는지, 자신이 이지서 눈에 얼마나 철없이 보였을지 또한.

"그런데 그게 널 이해한다는 건 아냐."

그럼에도 끝내 연락이 없던 네게 치밀어 오르던 원망.

"이렇게 마주 서서 아무렇지 않게 이야기를 나누겠다는 건, 더욱 아니고."

"……."

"먼저 갈게."

말을 마친 재언이 더 이상의 대화는 사절하겠다는 듯 지서를 빠르게 스쳐 지나갔다.

그 짧은 순간, 지서는 보았다. 자신을 스쳐 지나가기 전, 확 구겨지던 재언의 얼굴을. 홀로 남겨진 지서는 민망한 얼굴로 눈을 내리깔았다.

그래……. 저게 맞는 거지.

쓰게 웃던 지서는 입술을 꾹 다물었다.

혹시나 때를 놓친 '미안하다'는 말이 염치없이 튀어 나갈까 봐.

* * *

지서가 보이지 않는 곳까지 걸어간 재언은 음습한 골목에 들어갔다. 퀴퀴한 냄새가 올라왔음에도 그는 개의치 않았다.

제가 뱉은 말들이, 제가 지서에게 취했던 행동들이 더 별로였으니까.

그가 손가락이 하얗게 변한 손을 폈다. 손바닥 한가운데 담배 한 개비가 지그재그 모양으로 구겨져 있었다. 기가 찼다. 어이없는 눈으로 담배를 보다, 손을 털고서 재킷 안주머니를 뒤적거렸다. 주머니 어딘가에 걸린 담뱃갑이 쉬이 빠지지 않았다. 참지 못하고 확 잡아당기자 안쪽에서 지직 소리가 나며 찢어졌다.

"하."

한숨인지 비웃음인지 모를 소리가 잇새를 빠져나갔다. 옷자락이 너덜거렸다. 어이없다는 듯 찢어진 안주머니를 확인한 그는 성급하게 담배 한 개비를 빼내 입술 새에 물었다. 그러고는 급하게 숨을 들이켰다가, 뱉었다. 한시라도 빨리 안정을 찾고 싶어 하는 사람처럼.

'재언아.'

그러나 노력이 무색하게도 희뿌연 연기 너머로, 자신을 부르던 이지서가 보였다.

'할 말이 있어서…….'

답지 않게 머뭇거리는 목소리가 뒤따라 떠올랐다. 어떤 말이 나오든 제게 유해한 말일 것 같아, 하지 못하게 만들었는데…….

이제 와 궁금한 건 무슨 이유인지.

이로 담배 끄트머리를 물고서 질겅거렸다. 뭔가에 쫓기는 사람처럼 초조하게 서 있던 그의 몸이 한순간에 홱 돌아섰다. 성큼성큼 골목을 벗어난 그가 왔던 방향을 거슬러 걸어갔다. 그러다 얼마 가지 못해 우뚝 멈춰 섰다.

뭐, 무슨 말을 하고 싶어서, 아니. 무슨 이야기가 듣고 싶어서.

듣는다고 해서 뭐가 달라지는데.

　머릿속에서 솟구치는 의문들이 발길을 붙든다.

　듣는다고…… 이지서랑 뭘 어쩔 건데.

　사과를 한다고 해도, 그 마음을 이해한다고 해도, 이지서와 자신은 더 이상 아무 사이일 수 없는데.

　옛날 사춘기 때와 지금 상황은 판이하게 다르다. 더 이상 충동적으로 누군가를 만나고, 계획 없이 관계를 맺을 나이가 아니었다.

　"하."

　짧게 웃은 그가 손으로 머리를 쓸어 넘겼다.

　미친놈.

　구질구질하게 옛 감정에 취해서 한심하게 구는 놈.

　재언은 스스로를 향해 날 선 비난을 쏟아부으며 돌아섰다. 그러고는 무작정 앞을 보며 걸었다. 뒤늦게 주차장에서 꽤 멀리 걸어왔음을 알았지만, 개의치 않았다. 그에게 중요한 건, 이지서와 마주치지 않는 일이었으므로.

* * *

　현관문을 열고 들어온 지서는 거실 1인용 소파에 걸터앉았다. 얼마 전, 만기 된 적금 금액을 보태 새로 이사 온 복층 오피스텔이었다. 이곳에 들어설 때마다 지서는 아늑하고 깨끗한 집이 생겼다는 사실에 벅차올랐다.

　그러나 오늘은 창문 너머 야경도, 하얗게 통일성을 맞춰 놓은 인테리어도 눈에 들어오지 않았다. 온몸에 힘이 쭉 빠져 손가락 하나 까딱하기 어려웠다.

······나, 어떻게 집에 왔더라.

기억을 돌이켜 봐도, 떠오르는 건 자신을 차게 내려다보던 얼굴 하나뿐이다. 근사하고 우아한 얼굴과 달리 경멸과 힐난을 감추지 않던 눈빛. 그린 듯이 매끄러운 입술 새로 흘러나오던 차가운 말들.

재언이 저런 표정을 지을 수 있구나, 싶었다. 당연하다면 당연한 반응인데, 정작 제 말조차 듣지 않는 재언의 행동에 당황한 스스로에게 놀랐다.

내심 제 이야기를 들어줄 거라고······. 설령 납득하지 못해도 들어 주긴 할 거라고, 그렇게 믿었나 보다.

"하······."

한숨과 같은 웃음이 터져 나왔다.

그럴 리가.

이제 와 생각해 보니 그럴 리 없었다. 갑자기 문자 한 통을 남기고 사라진 제 이야기를 신재언이 왜 들어 줄까.

지서는 생각을 떨치려는 듯 몸을 벌떡 일으켰다. 그러고는 일부러 부산스럽게 움직였다.

휴대 전화를 내려놓고, 굳이 지금 하지 않아도 될 핸드백 정리를 마쳤다. 내일 해야 할 일들을 정리하고, 마지막으로 갈아입을 옷을 챙겨 샤워를 마치고 나오니 모르는 번호로 부재중 전화 한 통이 찍혀 있었다.

누구지, 다시 전화해야 하나, 스팸 전화인가, 급한 연락이면 상대방이 다시 하지 않을까.

그렇게 휴대 전화를 내리던 손이 흠칫했다. 휴대 전화를 들어 다시 액정을 확인했다. 다시 봐도 모르는 번호였다.

혹시……. 아주 정말 혹시나…….

아니라는 걸 알면서도, 마음은 미련을 놓지 못했다. 물론 재언과 옛날로 다시 돌아가겠다는 욕심을 부리는 건 아니었다. 그때의 아름다웠던 추억이 자신 때문에 너절하게 끝난 것이 줄곧 마음에 걸렸다.

미안하다는 한마디 할 시간만 있었으면.

조금만 더 욕심부려 옛날의 그때 제게 잘해 줘서 고맙다는 말도 더할 수 있었다면.

바라는 건 그뿐이었다.

지서가 초조하게 입술을 깨물며 휴대 전화를 만지작거릴 때였다. 휴대 전화가 또다시 길게 진동했다.

[늦은 시간에 죄송합니다. 집에 잘 들어가셨는지 궁금해서 연락드렸습니다.]

[아, 죄송합니다. 저 옆자리에 앉아 있던 SR 통합미디어사업무 정진호입니다.]

연달아 메시지가 도착했다.

"누구……."

잠시 고민하던 지서는 옆자리에서 서글서글하게 웃던 남자의 얼굴을 떠올렸다. 제게 유난히 말을 많이 걸며 웃었던 것도.

지서가 곤란한 표정으로 휴대 전화를 내려다보았다. 그녀는 정진호가 제게 관심 있다는 걸 눈치 못 챌 만큼 어리숙하지 않았다. 그래서 일부러 중간에 자리를 바꿨는데도, 남자는 알아채지 못한 건지 아니면 그럼에도 밀어붙이고 있는 건지 알 수 없었다.

지서는 고민할 것도 없이 휴대 전화 창을 껐다. 개인적인 연락에 답하면 상대방이 오해할 수 있으니, 적당히 내일 아침에 늦게 확인했다고, 좋은 아침 보내라는 말로 끝내면 될 일이었다. 이런일 한두 번도 아니고.

"그만하자."

한참 만에 그녀가 중얼거리듯 말했다.

상대가 원하지 않는 사과 같은 거 할 생각.

파도처럼 밀려드는 과거 생각에 물드는 것도…… 이제 그만.

휴대 전화를 손에서 내려놓은 지서가 책상에 앉았다. 그러고는 밀린 일을 시작했다. 지금 당장 하지 않아도 될 일인 데다, 술기운에 한 일은 다음 날 꼭 다시 해야 한다는 걸 알면서도 멈추지 못했다.

지금 생각을 지울 수 있는 방법은 이것뿐이었으니까.

* * *

정신없는 와중에도 지서는 일주일이 흘렀음을 꼬박꼬박 인지

했다. 매주 금요일마다 있는 SR 그룹과의 회의 때문이었다.

지서는 고개를 젖혀 끝이 보이지 않는 SR 미디어 본부를 보았다. 이 일대에서 가장 높은 빌딩이라고 했던가. 대표와 부대표가 쓰고 있다는 고층에서 아래는 보이지도 않을 것 같았다. 설령 보인다고 해도 점처럼 보일 테고.

여태껏 있는 힘을 다해 살았다. 남들보다 부족한 게 많아서, 남들보다 수배는 노력해야 한다는 생각에 지금껏 잠도 다섯 시간 이상 자 본 적 없었다. 그렇게 겨우 여기까지 왔는데…….

난 아직도 네 세상에선 까마득하게 작구나.

지서가 쓰게 웃으며 건물 안으로 들어섰다. 회의용으로 발급받은 임시 출입증을 보여 주자, 경비원이 가볍게 고개를 숙이며 한 걸음 물러섰다. 마주 인사하며 안으로 들어선 지서가 엘리베이터 앞에 섰다.

딩동, 소리와 함께 때마침 도착한 엘리베이터에 들어서려던 지서의 걸음이 뚝 멈췄다. 은색 엘리베이터 정중앙에 재언이 서 있었다. 지서가 들어오지 않자, 재언의 시선이 아래로 향했다. 허공에서 눈이 마주쳤다. 일주일 만에 만난 재언은 살이 빠져 있었다.

"먼저……."

먼저 올라가라는 말을 하려 할 때였다.

"안 탑니까?"

재언의 건조한 물음에 지서는 고민하다 마지못해 걸음을 옮겼다. 재언의 곁에 서 있는 직원들이 의아한 표정으로 자신을 쳐다보고 있는 상황이었다. 재언을 지나치게 의식하는 걸 보여 줘서 좋을

게 없다고 판단한 지서는 엘리베이터 계기판 가까이에 붙어섰다.

그럼에도 숨을 들이마실 때마다 재언에게서 나던 향이 코끝을 스쳤다. 그때마다 오래전 기억이 일렁거렸다. 마지막에 담배를 물며 차게 웃던 표정까지도.

동요하는 걸 감추려 지서가 더욱 딱딱한 표정을 지을 때였다.

딩동. 엘리베이터가 또 한 번 멈춰 섰다.

"오늘 우리 정진호 님 어떱니까? IJ 회의 있는데."

"그러게 왜 술기운에 연락하고 그래요? 무려 이사님인데, 일개 직원이 눈에 차겠냐고요."

"이사이기만 하냐고. 심지어 예쁘잖아요."

"아, 그만해요."

갑자기 들리는 말에 지서의 시선이 계기판에서 밖으로 옮겨 갔다. 진호를 비롯한 SR 통합미디어사업부 사원들이 들어서다 말고 재언과 지서를 발견하곤 당황해 눈을 굴렸다.

"안녕하십니까."

얼른 진호가 재언에게 인사한 후, 멋쩍은 얼굴로 지서에게 눈짓을 해 보였다. 그러자 다른 직원들이 진호와 지서의 눈치를 살피며 어쩔 줄 몰라 했다. 지서는 굳은 얼굴로 정면을 응시했다.

대충 흘려들어도 알 수 있었다. SR 통합미디어사업부가 일주일 전, 제게 메시지를 보낸 일을 놓고 이야기하고 있다는 걸.

입 싸게 그걸 다른 직원들과 공유했구나.

만약 자신이 상냥하게 답했다면 터무니없는 소문이 돌 뻔했다. 불쾌해진 지서가 조용히 입 안의 살을 씹을 때였다.

"방금, 무슨 이야기였는지 물어봐도 되겠습니까."

정적에 찬 엘리베이터 내부에 재언의 낮은 목소리가 깔렸다. 그 말에 정진호의 어깨가 눈에 띄게 흠칫했다.

뒤이어 직원들의 시선이 진호와 재언을 번갈아 보았다. 다들 어물거리며 아무 말 못 하자, 재언이 들릴 정도로 크게 숨을 들이마셨다. 불편한 심기가 고스란히 느껴지는 재언의 행동에, 엘리베이터의 분위기가 한층 무거워졌다.

"별거…… 아니었습니다."

가까스로 꺼낸 진호의 대답에 재언의 찬 시선이 그의 얼굴로 향했다.

"그 말을 업무 진행 중에 협력 업체 직원에게 사적인 연락을 취해 부담 주지 않았다는 걸로 이해해도 되겠습니까?"

"……아, 그게."

진호가 어쩔 줄 몰라 하는 얼굴로 눈을 내리깔았다.

"……네."

진호의 대답에 지서가 기가 찬 얼굴로 그를 물끄러미 쳐다보았다.

거짓말. 오늘 아침에도 메시지 보냈으면서.

그사이, 진호는 제가 한 거짓말이 찔리는지 지서의 시선을 피해 고개를 푹 숙였다.

"다행이네요. 그런 터무니없는 불상사는 일어나지 않아서."

어색한 공기가 흐르는 가운데, 재언의 덤덤한 목소리만 낮게 가라앉았다. 그 말에 진호는 더더욱 고개를 숙여야 했다.

딩동. 목적지에 도착한 엘리베이터의 문이 열렸다. 기다렸다는 듯 진호를 포함한 직원들이 썰물처럼 우르르 빠져나갔다.

마지막에 남은 재언과 지서 사이로 무거운 침묵이 흘렀다. 재언이 나가길 기다리며 서 있던 지서가, 그를 흘깃 바라보았다. 그는 요지부동이었다. 하는 수 없이 지서가 먼저 한 발 나섰다. 그때 동시에 움직인 재언과 어깨가 맞닿았다.

둘의 시선이 가까운 곳에서 마주했다.

말간 갈색 눈동자와, 새카만 정적인 눈동자가 서로를 담았다.

"……먼저 가시죠."

"아닙니다. 먼저 가세요."

"괜찮습니다."

재언의 가라앉은 목소리에 지서가 천천히 시선을 돌리며 한 발 내디뎠다. 등 뒤에서 시선이 느껴졌다. 온 신경이 등 뒤로 쏠리며, 등이 뻣뻣하게 굳었다.

그럴수록 그녀는 일부러 어깨를 반듯하게 펴고, 정면을 보며 꼿꼿하게 걸었다.

* * *

장시간의 회의가 끝났다. 컨퍼런스를 앞두고 마지막 회의다 보니 한껏 길어졌다. 그러는 가운데 지서와 재언의 시선은 번번이 엇갈렸다.

지서는 최대한 재언이 아닌 다른 사람을 보며 이야기했고, 재언을 봐야 할 땐 시선을 비스듬히 내려 그의 넥타이를 보았다. 그렇게 장시간 이어지던 회의는 오후 6시가 훌쩍 넘어서야 끝났다.

"늦었으니 오늘은 여기서 퇴근하실 분들은 퇴근하세요."

지서가 짐을 정리해 챙기며 직원들에게 말했다.

"네. 이사님도 퇴근하시는 거죠? 저번처럼 이사님만 또 사무실에 가셔서 일하시는 거 아니죠?"

"안 할게요. 신경 쓰지 말고 먼저 가세요. 전화 한 통 하고 가려고요."

"네. 알겠습니다. 그럼 수고하셨습니다."

직원들이 먼저 우르르 일어나 나갔다. 이후 SR 직원들이 뒤따라 나가며 미적거리며 서 있는 정진호를 흘깃거렸다.

지서는 회의실이 텅 비고서야 마지막까지 남아 있는 정진호를 보았다. 이럴 줄 알았다. 자신을 유난히 신경 쓰는 얼굴로 일부러 종이를 들었다 놨다 하는 게 보였으니까.

"하실 말씀 있으시면 하세요."

지서가 딱딱한 목소리로 말했다.

"저기…… 죄송합니다. 엘리베이터에서 제 동료들이 말한 건……."

"상관없습니다. 무슨 말씀을 하셨든지."

"……."

지서의 차가운 대답에 진호의 표정이 어둡게 가라앉았다.

"일에만 지장 없으면요. 다만, 앞으로 사적인 연락은 자제해 주시길 바랍니다. 더 하실 말씀 없으시면 먼저 가 보도록 하겠습니다."

"……죄송합니다."

진호가 멋쩍은 얼굴로 사과를 이었다. 지서는 아무 말 없이 가방을 챙겨 들고 회의실을 빠져나왔다. 그 뒤를 진호가 따라 나왔다.

저 멀리서 SR 통합미디어사업부 직원들이 흘깃대며 쳐다보았다. 어디서부터 어디까지, 또 어떤 소문이 퍼진 건지 알 수 없었다. 머리가 지끈거렸다. 그럴수록 지서는 무뚝뚝한 표정으로 앞만 보며 걸었다.

괜히 동요했다간, 또 다른 소문에 휩쓸린다는 걸 지긋지긋할 정도로 잘 아니까.

* * *

"정진호 씨, 표정 봤어요?"

"죽상이던데요. 어휴."

"그러니까요. 그러게, 왜 협력업체 이사한테 찝쩍거려서 이 사달을 만드냐고요."

늦은 시각, 탕비실에서 수군수군 새어 나오는 말에 재언의 걸음이 뚝 멈췄다.

회의를 마친 후, 파트장에게 할 말이 있어서 내려왔다가 사무실의 불이 꺼진 걸 보았다. 분명 야근 중이라는 말을 듣고 퇴근하는 길에 내려왔는데.

기운이 빠지다 못해 기가 찼지만 어쨌든 이왕 가지고 내려온 것도 있으니, 파트장 책상에 올려놔야겠다고 생각하며 걸어가던 중이었다.

"근데 좀 웃긴 게, 이지서 씨도 정진호 씨한테 관심 있는 것처럼 맨날 그쪽 보면서 이야기했잖아요. 웃는 얼굴로."

"그럼 같이 일하는 사람한테 웃어야지, 울어요?"

"아니. 그게 아니라 누가 봐도 그렇게 여우처럼 살살 웃으면, 헷갈릴 수 있다는 말이죠."

"뭐, 그렇게까지……."

"뭘 몰라서 그래요. 저런 여자들 종종 있어요. 다 흘려 놓고, 막상 누가 자기 좋다고 하면 왜 이러냐고 딱 잘라 거절하는 애들. 자긴 아니라는데, 옆에서 보면 질질 흘리고 다니더라고요. 아마 고등학교 때부터 상당했을 거예요. 그리고 우리 부대표님이랑도 뭔가 사연 있어 보이지 않았어요?"

"우리 부대표님? 하긴, 두 사람 좀 묘하죠? 사귀다가 차였나?"

"에이. 그럼 처음부터 이런 자리 안 만들었겠죠."

"아니면 사적으로 알고 지내다가 틀어졌다거나?"

"관상이 과학이라고, 이사가 우리 부대표님한테 살살 흘리다가 손절당했겠죠."

이어지는 대화에 재언이 고개를 숙였다. 그러고는 손끝으로 미간을 문질렀다. 세 명 중 한 명이 유난히 지서의 험담을 늘어놓았다.

재언의 뒤에 붙어 서 있던 남 비서가 난처한 표정으로 그를 흘 깃 보았다. 그러다 도저히 안 되겠는지 말리겠다는 듯 한 발 나서는 남 비서를 손을 들어 막아 세웠다.

우리 회사, 인성 테스트는 안 하는 건가.

재언이 짜증 섞인 표정으로 탕비실 문을 무섭게 노려보았다. 그러나 그것도 잠시, 금세 무표정한 얼굴로 탕비실 문을 똑똑 두드렸다.

"……누구……. 헙. 부대표님."

대체 누가 탕비실 문을 두드리냐는 듯 어이없다는 표정으로 문을 열어젖히던 사원 하나가 숨을 들이켰다. 뒤이어 사원 두 명이 재언을 발견하곤 당황한 표정으로 서로를 쳐다보았다.

"파트장님은 어디 갔습니까?"

재언이 대충 시선을 던지며 물었다.

"어……. 그게, 방금 퇴근하셨습니다."

"남은 분들은요?"

"저희는 남은 일이 있어서 야근합니다."

"야근이라……."

재언의 시선이 세 명이 쥐고 있는 커피 잔으로 향했다. 이미 몇 잔 마셨는지 빈 종이컵들이 여러 개 쌓여 있었다. 커피를 탄 후, 여기 서서 도란도란 대화를 나누며 야근 수당을 챙기고 있었다는 말이었다. 재언의 시선을 읽은 직원 세 명이 민망한 듯 얼굴을 붉혔다.

"부디 그 일이 탕비실에서도 잘 되었으면 좋겠군요."

재언의 뼈 있는 말에 세 명이 짠 듯이 입을 꾹 다물었다. 재언이 손을 뻗어 정수기 옆의 종이컵을 꺼내 물을 받았다.

또르르.

물소리가 침묵 속에 퍼졌다.

"그럼 저희는 이만……."

직원들이 눈을 굴리다 슬그머니 자리를 피하려 할 때였다. 재언이 종이컵을 들며 허리를 곧게 폈다. 그러자 키가 크고 어깨가 넓은 재언에 의해 문 입구가 완전히 막혔다.

도망치려다 되레 재언과 가까워진 직원들이 마른침을 꼴깍 삼키며 서로의 눈치를 살폈다. 그 모습을 재언이 내려다보며 물을 마셨다. 종이컵에 가득 찬 물이 단숨에 비었다. 한 손으로 와그작 구긴 종이컵을 쓰레기통에 던진 재언이 가장 목소리가 컸던 직원을 쳐다보았다.

"그리고 들으려고 들은 건 아닌데, 목소리가 꽤나 커서 세 분의 이야기 들었습니다."

"……아."

세 명의 얼굴이 흙빛으로 변했다.

"IJ 이사가 살살 홀린 적도."

재언의 시선이 셋 중 정면에 있는 여자에게로 향했다. 움찔한 여자가 어쩔 줄 몰라 하는 얼굴로 시선을 내리깔았다.

"내가 IJ 이사를 손절한 적도 없습니다."

"……."

"이지서 씨, 고등학교 때 줄곧 전교 1등 했고, 그 흔한 연애 한 번 안 했어요. 공부만 하는 그런 모범생이었습니다."

"부대표님이 그걸 어떻게……."

당황한 사원 하나가 중얼거리듯 말하다가 아차 한 얼굴로 제 입을 손으로 막았다.

"고등학교 동창이었거든요."

"……."

"그러니까, 내가 보증할게요. 적어도 이지서 씨 고등학생 시절은 건전하고, 대단했다고."

"……."

"누군가의 뒷담화도 함부로 하지 않고 말이죠."

재언의 차가운 시선이 나란히 줄지어 서 있는 세 사람을 훑었다. 그 말에 세 사람이 짠 듯이 입을 꽉 다물었다. IJ 이사뿐만 아니라 재언까지 들먹거리고 있던 상황이라, 입이 세 개라도 할 말이 없었다.

재언은 차가운 분위기를 풍기며 돌아섰다. 그러고는 굳은 표정으로 곁에 선 비서를 쳐다보았다.

"저 세 사람, 인적 정보 정리해서 팀장한테 주의 주라고 해요. 엘리베이터에서부터 지나치게 말이 많네요."

재언의 말에 비서가 가볍게 고개를 끄덕였다.

* * *

늦은 저녁이 되자 차창 너머로 현란한 간판들과, 삼삼오오 무리 지어 지나가는 사람들이 보였다. 재언은 그 광경에 시선을 두고 있었지만, 정작 그 무엇도 주의 깊게 보고 있지 않았다.

그는 그저 자신이 방금 저질렀던 일을 곱씹었다. 탕비실에서 무의미하게 시간을 낭비하며 이지서를 욕하던 직원들과, 그들에게 이지서를 변호했던 자신을.

물론, 자신과 이지서를 엮어 무의미한 루머를 양산하는 걸 차단할 필요가 있었다. 대기업 직원들이 협력 업체 뒷담화하다가 말이 새어 나가면, 요즘 같은 때에 충분히 문제가 생길 수 있으니까. 무엇보다 자신도 협력 업체 직원과 스캔들이 나서 좋을 게 없었다.

그럼에도 그는 가슴 한편이 찜찜했다.

정말 그 이유뿐이었을까.

그저 입조심하라고 언질만 주었어도 되었을 텐데, 굳이 고등학교 동창이라는 말까지 할 필요 있었을까.

선을 지나쳐도 한참 지나친 느낌이었다.

마치 감정에 못 이겨 이지서를 변호한 것처럼.

불쾌해진 재언이 손끝으로 구겨진 미간을 문지를 때였다.

"저…… 부대표님."

조심스러운 남 비서의 부름에 재언이 눈만 들어 그를 쳐다보았다.

"생각 중이신데 죄송합니다만, 아셔야 할 것 같아서요."

"무슨 일입니까."

남 비서는 재언이 다른 생각에 잠겨 있을 때를 기가 막히게 알아챘다. 그럴 때면 웬만한 일로 말을 걸지 않는 그였다. 그런 그가, 재언에게 운을 뗐을 땐 그만한 일이 있다는 말이었다.

재언의 대답에 남 비서가 차 안에 흐르던 음악 소리를 줄였다. 그러더니 고개를 뒤로 살짝 돌려 보고했다.

"태량 성 부사장님이 IJ 이지서 이사와 만났다고 합니다."

"⋯⋯."

뜬금없는 말에 재언의 고개가 모로 툭 기울어졌다.

"부대표님?"

제 보고에도 이렇다 할 만한 대답이 없자, 남 비서가 조심스레 그를 부르며 고개를 더욱 뒤로 젖혔다.

"누구랑, 누구요?"

재언이 뚝뚝 끊어지는 목소리로 물었다. 바닥에 가라앉은 저음의 목소리에 남 비서는 마른침을 삼켰다.

"태량 성 부사장이 IJ 이지서 씨와 청담동 텐에서 식사 중이라고 합니다."

태량으로 이직한 성 부사장이 사고 칠 걸 대비해 사람을 붙여 놓았다. 겸사겸사 SR에서 성 부사장이 꾸준히 만나는 사람이 있는지 확인할 생각이었다. 그런데 생각지 못한 사람이 걸렸다. SR 직원도 아니고, IJ라니.

그것도 하필이면 이지서.

생각지 못한 상황에 재언의 입술이 비틀어졌다.

"왜 만났는지⋯⋯. 아닙니다. 어디랍니까, 지금."

이유야 가서 알아내면 될 일이었다.

* * *

깔끔하고 단아한 분위기를 풍기는 퓨전 한식당인 텐은 복도 곳곳에 자리한 대나무가 특징이었다. 하얀 천장과 대비되게끔 바닥엔 검은 돌과 검은 대리석으로 포인트를 주었다.

직원의 안내를 받아 프라이빗 룸에 들어선 지서는 빈자리에 앉아 상대를 기다렸다. 약속 시간이 훌쩍 지나도 나타나지 않던 상대는, 기다림에 지친 지서가 자리에서 막 일어났을 때 문을 열고 들어왔다.

"늦어서 미안합니다. 차가 많이 막혀서요. 허허."

너털웃음을 터트리며 안에 들어선 태량의 성 부사장이 지서에게 손을 내밀었다. 두툼한 손을 맞잡은 지서는 예의상 미소를 지었다.

"이 근처에 차가 많이 막히던 거 알고 있습니다."

"역시 이해하시는군요. 허허!"

30분 늦었다고 해도, 상대는 태량이었다. 매출 1조를 예상하는 루키 기업의 이사라도 해도, 태량에 비빌 바 되지 못했다.

"처음 뵙겠습니다. IJ의 이지서라고 합니다."

지서가 군더더기 없는 동작으로 명함을 꺼내 내밀었다.

"이름도 예쁘시네."

명함을 받은 성 부사장이 씩 웃으며 명함과 지서의 얼굴을 번갈아 보았다. 그러다 성 부사장의 시선이 슬쩍 아래로 향하는 걸 느꼈지만, 지서는 내색하지 않았다. 이런 일 때문에 늘 펑퍼짐한 옷을 입고 다녔으니까.

"일단 앉으시죠. 식사 전이지요?"

"괜찮습니다. 바쁘실 텐데요."

"에이, 사람을 불러 놓고 식사도 안 하고 보내면 쓰나."

마주 앉자마자 직원을 불러들인 성 부사장은 과하다 싶을 정도로 많이 주문했다. 곁에서 보다 못한 지서가 넌지시 말려도, 성 부사장은 개의치 않았다.

"이렇게 미인과 마주 앉아 이야기를 나누는데, 이 정도는 접대해 드려야죠."

성 부사장의 말에 지서는 구겨지려는 얼굴을 간신히 폈다. 접대라고 하지만, 결국 돈을 지불하는 쪽은 자신이었다. 정확히 말해 소영이 쥐여 준 IJ의 법인 카드겠지만.

지서의 마음과 달리 전복조림, 보리굴비구이, 민어찜 등 상다리가 부러지도록 음식이 가득 차려졌다. 그녀는 다 먹지도 못할 음식을 아깝다는 눈으로 쳐다보았다.

"한 잔 하시죠."

성 부사장이 지서에게 따끈한 정종을 권했다. 거절할 수 없는 분위기인지라, 지서는 순순히 잔을 들었다.

또르르. 술이 떨어지는 맑은 소리가 조용한 가운데 퍼졌다. 고개를 틀어 술을 마신 지서는 입을 꽉 다물었다. 술이 식도를 타고 내려가는 게 그대로 느껴졌다. 이윽고 명치가 뜨끈해지다 못해 아렸다.

지서는 있는 힘을 다해 참았다.

"잘 마시네요. 한 잔 더 마셔요."

"괜찮……."

"젊은 사람이 간도 쌩쌩할 텐데. 한 잔 해요."

지서는 가라앉은 눈으로, 성 부사장에 의해 채워지고 있는 제 술잔을 바라보았다. 과할 정도로 빠르게 술을 먹이고 있다는 생각이 들었지만, 피할 방법이 없었다. IJ가 뻗어 나가려면 대기업과의 협업은 필수였다.

"젊은 나이에 벌써 이사 직급이시고."

"운이 좋았습니다."

"운이라는 말 요새 누가 믿나? 다 실력이지."

은근슬쩍 던지는 반말에 지서의 입매가 슬쩍 굳었지만, 그것도 잠시였다. 더 입꼬리를 끌어 올리며 지서가 단정하게 웃었다.

"이런 질문 실례라는 거 아는데, IJ는 연봉을 얼마나 줍니까? 듣자 하니 이지서 씨 태량에서 IJ로 이직했다던데. 얼마나 많이 줘야 제 발로 나가서 찾아갔을까 싶어서 물어봅니다."

실례라고 생각하면 묻지 않아야 하는 거 아닐까.

지서는 불쑥 치솟은 생각과 함께 입 안에 있던 민어찜을 꿀꺽 삼켰다. 그러고는 성 부사장을 보며 빙그레 웃었다.

"대표님의 뜻이 좋아 함께하게 되었습니다."

"하하! 젊어서 그런가, 패기가 보기 좋군요. 그래도 태량에서 월급 받다가 IJ에서 받는 월급이 마음에 차진 않을 텐데……. 월급과 패기를 둘 다 잡아 보는 건 어때요?"

성 부사장의 말에 지서가 의아한 눈으로 쳐다보았다. 그러자 입가를 닦은 냅킨을 내려놓은 성 부사장이 달라진 눈으로 그녀를 응시했다.

"요즘 SR 통합미디어사업부랑 업무 진행 중이라는 거 들었어요. 곧 있으면 컨퍼런스도 할 예정이라던데……."

성 부사장이 다 알고 있다는 듯 말끝을 늘이며 싱긋 웃었다. 지서는 웃는 낯과 달리 바짝 긴장했다.

업계에 몸담은 사람치고, SR과 태량이 1위 자리를 놓고 소리 없는 전쟁 중이라는 걸 모르는 사람 없었다. 자칫 자신이 무방비하게 흘린 대답이 충분히 문제 될 수 있는 상황이었다.

"뭐, 길게 이야기 안 하겠습니다. SR에서 하는 거, 우리 태량과도 해 봅시다."

"죄송합니다만, IJ는 이중 계약 하지 않습니다."

"IJ에게 하는 제안이 아니에요. 이지서 씨에게 정식으로 스카우트 제의를 하죠. 이지서 씨가 IJ의 실세라죠? 대표가 지극히 아끼는 인재라고. 일을 깔끔하게 잘한다고 들었어요. 나도 맨입으로 그냥 오라는 거 아니에요. 지금 받고 있는 IJ의 연봉 모두 보장할 겁니다. 그리고 태량의 복지는 말 안 해도 충분히 알 거라 생각합니다. 그거 말고도 내가 특별히 더 신경 쓰도록 하죠. 그러니 하던 업무도 SR과 협의하던 거, 그대로 태량에 와서 해 봐요."

"죄송합니다만……."

"아아, 무슨 말 할지 알아요. 물론, 지금 진행 중인 일에서 당장 빠지기 어렵다는 거 압니다. 그러니 지금 하는 일 진행하면서, 나랑 조금씩 의논하면 됩니다."

"……."

"태량에서 밑바탕 그려 놓고, 이직한 이지서 씨가 그대로 맡아서 하면 되는 겁니다. 이지서 씨가 편하게 일할 수 있도록 내가 전폭적으로 지지해 주도록 하죠. 지금부터, 앞으로도 쭉. 요즘은 여자들도 임원 하는 세상이에요. 잘 한번 생각해 봐요."

지서는 눈을 내리깐 채 성 부사장이 이어 가는 말을 들으며, 입술이 비틀어지려는 걸 간신히 참았다.

……이럴 줄 알았으면 나오지 않는 건데.

태량이 IJ에게 제안할 게 있어서 그녀에게 연락을 취한 거라 생각했다. 그러나 뜻밖에도, 제게 스카우트 제의를 하고 있었다. 그것도 정말 터무니없는 조건으로.

자신을 얼마나 무르게 봐야 저런 제안을 할 수 있을까.

정식 스카우트 제안이라지만, 정작 언제 입사를 해야 하는지 어떤 직급인지 말하지 않았다. 애매모호한 청사진을 제시하며, SR과의 협업 자료를 넘기라고 말하고 있었다. 자료를 넘겼다가 성 부사장이 잠적하면 끝이었다. 결국, 필요한 정보만 적당히 빼 먹다가 버리겠다는 말로밖에 들리지 않았다.

설령 이게 정식 스카우트 제안이라고 하더라도 지서는 옮길 생각 없었다.

"죄송합니다. 저는 그 제안을 받아들이기 힘들 것 같습니다. 현재 몸담고 있는 IJ에 충분히 만족하고 있어서요."

"큰사람이 될 거라 생각했는데, 이지서 씨 생각보다 작은 사람인가 봅니다?"

성 부사장이 거절당할 줄 몰랐다는 듯 고개를 갸웃거리며 말했다.

"다음에 더 커진 IJ로 인사드리겠습니다. 직접 연락 주셨는데 좋은 대답 드리지 못해 죄송합니다. 죄송하니 오늘 식사 대접은 제가 하겠습니다."

"이지서 씨."

예의 바르게 웃은 지서가 몸을 일으켜, 인사차 고개 숙였다.

"거참, 아쉬운 결정이네. 그래도 일단 앉아 봐요. 이렇게 술상
이 나왔는데 그냥 가면 쓰나. 이렇게 만난 것도 인연이니 술 한
잔 하고 가요."

성 부사장이 지서의 빈 잔에 술을 따랐다. 술이 잔을 타고 넘
쳐흘렀다.

"이런, 내가 잘 안 보여서 조절을 잘 못 했네. 마셔요."

성 부사장의 거듭된 제안에 지서는 선 채로 술잔을 들었다. 그
러고는 한 번에 탁 털어 넣은 후, 잔을 내려놓았다.

"주신 잔이니 마셨습니다만, 다음 잔부터는 마시지 못할 것 같
습니다. 먼저 가 보겠습니다."

지서가 단호하게 말한 후, 뒤돌아서려던 때였다.

"어이."

"……."

갑작스럽게 들린 말에 지서의 몸이 뻣뻣하게 굳었다. 그녀는
제 귀를 의심하는 얼굴로 고개를 들었다.

방금 전 감언이설을 늘어놓을 때와 달리, 성 부사장이 의자에
삐딱하게 앉아 그녀를 쳐다보았다. 벌어진 재킷 너머로 툭 튀어
나온 배가 보였다.

"하, 거참. 이래서 안 되는 거야. 대접해 주면 지가 뭐라도 된
줄 안다고."

성 부사장이 머리를 벅벅 긁더니 띠꺼운 표정으로 지서를 올려다보았다.

"……언행이 지나치십니다."

"지나쳐? 지나치긴 이지서 씨가 지나치지. 다 알고 나왔을 거아냐. 스카우트 자리인 거."

"아뇨. 태량 측에서 IJ 측에 할 말이 있으니, 대표자로 저를 보내 달라 하셔서 나왔습니다. 만약 이 자리가 스카우트 자리라는 걸 알았다면 나오지 않았을 겁니다."

"하. 기가 차네."

"……."

"이봐요. 이지서 씨. 기회가 왔을 때 잡을 줄도 알아야지. IJ 루키 기업? 좋아. 좋단 말이지. 근데 언제까지 루키겠어? 결국 SR에 기술 다 뺏기고 낙동강 오리알 신세 되는 거라고. 그럼 이지서 씨의 직급이 보장되겠어? 회사가 망할 판인데? 내가 구멍가게 벗어나게 도와준다잖아. 아직도 이해가 안 돼?"

성 부사장이 손으로 제 머리를 툭툭 치며 어이없다는 듯 물었다. 모욕적인 언사에 기분이 상했으나, 지서는 내색하지 않았다. 이런 모욕에 기분을 드러낼 정도로 그녀는 무르지 않았다. 무엇보다 그간의 경험을 통해, 뱀같이 교활한 성 부사장 같은 사람에게 트집거리를 제공해선 안 된다는 것도 알고 있었다.

지서는 빙그레 입가에 미소를 그리며 웃었다.

"좋은 답변 드리지 못해 죄송합니다."

"거참, 여자가 좀 사근사근한 맛이 있어야지. 예쁜 얼굴 하나

믿고 뻣뻣하게 구는 것도 이제 그만할 나이 되지 않았나? 어릴 땐 먹혀도, 나이 들면 안 먹힌다는 걸 알아야지."

"……조심히 돌아가시길 바랍니다."

가볍게 고개를 숙인 지서가 돌아섰다. 간결하게, 그러나 재빠른 움직임으로 문을 향해 걸어가던 지서의 손이 문고리에 막 닿았을 때였다.

"야!"

문을 열기도 전에, 팔을 잡아채는 억센 힘에 지서의 몸이 휘청거렸다. 빠르게 상을 짚었으나, 술기운에 몸을 제대로 가누지 못했다.

와장창창!

상 위의 그릇들이 요란한 소리를 내며 바닥으로 떨어졌다. 콩나물무침의 붉은 국물이 지서의 플랫 슈즈와 슬랙스 바지를 적셨다. 그와 동시에 엎어진 들깨미역국이 상을 타고 번지더니, 주저앉은 지서의 정수리로 똑 똑 떨어져 내렸다.

"아니, 지금 뭐 하는 거야?"

당황한 성 부사장이 버럭 소리 질렀다.

"이거 너무 할리우드 액션 아닌가?"

성 부사장이 기도 안 찬다는 듯 웃으며 목소리를 높였다. 지서는 입술을 꽉 다물었다. 당혹스러움과 수치심이 스치는 것도 잠시, 이내 굳은 얼굴로 지서가 몸을 일으켰다. 그러고는 손에 잡히는 대로 냅킨을 뽑아 정수리와 바지를 닦은 후, 휴지를 손에 꽉 움켜쥐고서 성 부사장을 마주 보았다.

"이걸로 기분은 다 푸셨으리라 생각합니다. 마저 식사하고 가세요. 저는 꼴이 이래서 먼저 실례하겠습니다."

엉망진창인 몰골로 싱긋 웃는 지서를, 성 부사장이 질린 눈으로 쳐다봤다. 대충 시비 걸어 저쪽에서 파르르 떨면 그걸 빌미삼아 공격할 생각이었는데, 눈앞의 이지서는 빈틈이 없었다. 되레 중소기업 직원 불러다가 괴롭힌 상황만 되었다.

"씨발, 별의별."

기어코 성 부사장의 입에서 험한 소리가 터져 나왔다. 돌아선지서의 표정이 싹 바뀌었다. 있는 힘을 다해 주먹을 꽉 쥐었다.

이것보다 더 험한 상황 겪어 봤다. 고작 이것쯤이야.

지서가 차게 웃으며 문을 열어젖혔다. 그런데 눈앞에 벽이 있었다. 의아함도 잠시, 숨을 들이켜자마자 익숙한 향을 맡았다. 상대가 누군지 알아챈 지서의 눈빛이 흐려졌다. 천천히 고개를 들자, 자신을 차갑게 내려다보고 있는 재언이 보였다.

어떻게 여기에?

의아함도 잠시, 지서는 제 꼴이 신경 쓰였다. 콩나물무침 국물이 묻은 슬랙스 바지, 들깨미역국이 몇 방울 떨어진 정수리, 헝클어진 머리와 구겨진 재킷 같은 것들.

다시 만난 신재언에겐 깔끔하고 멋진 모습만 보여 주고 싶었는데……. 헝클어진 모습을 보이는 건 과거로 충분했으니까.

지서가 쓰게 웃는 사이, 그는 눈만 움직여 지서의 어깨 너머를 보았다.

"……이게, 누구야?"

성 부사장이 당황한 목소리로 알은체를 하다 흉흉한 눈으로 지서를 쳐다보았다. 여기로 신재언을 부른 게 너냐는 듯이.

"때마침 약속이 있어서 여길 온 차에, 성 부사장님이 계신다는 말에 인사드리러 왔는데…… 상황이 썩 좋지 않았네요."

재언이 테이블 끄트머리를 잡고서 허리를 구부정하게 숙였다. 그러고는 의자에 반쯤 걸터앉아 있는 성 부사장을 보며 빙긋 웃었다. 상황에 맞지 않는 근사한 미소가 껄끄러운지 성 부사장이 얼굴을 구겼다.

"뭐 하고 계셨습니까?"

재언이 담백한 어조로 물었다.

"그냥 간단한 식사 하고 있었죠, 보다시피."

"문밖으로 시끄러운 소리가 넘어오도록 말이죠."

재언의 덤덤한 말에 성 부사장이 불편한 표정을 지었다.

"남의 식사 자리나 엿듣고 말이죠. 사람 그렇게 안 봤는데."

"예, 뭐. 길게 말씀 안 드리겠습니다. 얼굴 맞대기 싫은 건 피차 마찬가지니까요."

단정한 미소와 어울리지 않는 건조한 목소리가 재언의 입을 타고 흘러나왔다.

"이번이 마지막입니다. 다음은 이렇게 안 넘어갑니다."

"무슨 말인지 모르겠네요. IJ에 잘나가는 사원 있다고 해서, 스카우트하러 온 자리인데 오해가 있었던 모양이군요. 아무리 오해가 있어도 그렇지. 젊은 사람이 예의도 모르고 이렇게 막 나오면 되나요? 응?"

성 부사장이 눈을 치뜨며 차갑게 다그쳤다. 그러자 재언의 입술 새로 픽 하는 웃음과 함께 한숨이 새어 나왔다.

"사람이 변하지 않는다는 게 지긋지긋하게 싫었는데, 지금만큼은 고맙네요."

재언이 쥐고 있던 휴대 전화를 테이블에 내려 두었다.

-그러니 하던 업무도 SR과 협의하던 거, 그대로 태량에 와서 해 봐요.

-죄송합니다만······.

-아아, 무슨 말 할지 알아요. 물론, 지금 진행 중인 일에서 당장 빠지기 어렵다는 거 압니다. 그러니 지금 하는 일 진행하면서, 나랑 조금씩 의논하면 됩니다.

익숙한 대화가 휴대 전화에서 흘러나왔다. 성 부사장의 얼굴이 딱딱하게 굳었다.

"불법 녹음이라도 했다 이겁니까?"

"정확히 말씀하시죠. 불법 부정행위를, 녹음한 거죠."

재언이 싱긋 웃으며 휴대 전화를 챙겨 재킷 안주머니에 넣었다.

"조용히, 가만히 사시라는 게 그리 무리한 부탁은 아니었을 텐데."

"······."

"참 한결같으십니다."

성과에 집착하고, 성공에 목마른 나머지 바닷물까지 들이켜는 그 성격.

재언이 차갑게 웃으며 허리를 곧게 폈다.

"조만간 고소장 갈 겁니다."

"내가 무슨 잘못을 했다고!"

"그건 소장 보시면 알 겁니다."

"억울하다고!"

"그건 법정에서 알아서 변호하시고요."

"이봐! 신 부대표!"

성 부사장이 자리에서 벌떡 일어나 득달같이 재언에게 걸어왔다. SR에서 소장이 날아왔다는 걸 태량이 알게 되는 건 시간문제였다.

이미 성 부사장에게 필요한 정보를 거의 다 받은 태량에선, 성 부사장이라는 리스크를 더 이상 안고 있을 이유가 없어지니 버릴 게 분명했다.

"여기서 이러지 말고 대화를 좀……."

다급해진 성 부사장이 재언의 팔을 붙들었다.

"내가 일단 밥 살게요. 자리를 옮겨서 이야기를 좀 하자고. 나라고 고향 같은 SR한테 이러고 싶었겠어요? 하도 새로운 성과를 가져오라고 태량이 닦달하는 바람에……. 일단, 내가 미안해요. 앉아 봐요."

깁스한 것처럼 꼿꼿하던 목이 휘어졌다. 다급히 제 소매를 붙드는 성 부사장의 손을 떼어 낸 재언이 흘깃 차려진 상을 보았다.

성 부사장이 앉았던 자리의 근처 음식들은 다 헤집어져 있고, 젓가락엔 양념이 잔뜩 묻어 있었다. 그에 비해 지서의 수저는 깨끗했다. 속에다가 술만 때려 부었을 상황이 어렵지 않게 그려졌다.

재언이 가라앉은 눈으로 성 부사장을 쳐다보았다.

"저녁 식사 맛있게 하시죠."

더 이상 할 말 없다는 듯, 재언이 문을 열고 나섰다. 그러다 문 앞에 꼿꼿하게 서 있는 지서를 발견하곤 얼굴을 찌푸렸다.

어떻게 된 건지, 무슨 상황인지 물으려던 재언이 엉망인 지서의 꼴을 찬찬히 살펴보곤 입을 다물었다.

짙게 물이 든 바지. 구겨진 소매. 정돈해도 정리되지 않는 모습을 훑어보던 재언의 턱이 툭 불거져 나왔다.

자신을 물끄러미 바라보던 지서가 눈을 내리깔았다. 내색하지 않으려 애썼지만, 민망해하는 모습이 역력했다.

"뭐 합니까, 거기서."

"저도 관여된 일이니 일단 자리를 지키고 있어야 할 것 같아 기다리고 있었습니다. 그리고 이 상황에 대해 설명도 드려야 할 것 같아서요."

"그 꼴로?"

"이 꼴보다 더 험한 상태라도 있어야죠."

지서의 덤덤한 대답에 재언의 입꼬리가 비틀어졌다. 지서는 방금 전 당한 모욕을 잊은 것처럼 말끔한 표정을 짓고 있었다.

그럼 뭐 하나. 머리부터 발끝까지 꼴이 엉망인데.

비웃는 것도 잠시, 재언의 얼굴이 차갑게 식었다.

인간의 한결같은 면이 고마우면서도 싫은 순간이 있었다.

딱 지금 꼿꼿한 이지서와, 그런 이지서에게 눈길을 떼지 못하는 자신처럼.

"따라와요."

돌아서서 성큼성큼 걷는 재언의 뒤를 지서가 따랐다. 재언이 걸음을 멈춘 곳은 식당과 이어진 주차장 뒤편이었다. 오가는 사람이 없는 한적한 골목에 도착해서야 재언이 몸을 돌려세워 지서와 마주 섰다.

……어디서부터 무슨 이야기를 해야 할까.

어쩌다가 성 부사장을 만난 건지 닦달부터 해야 할지, 어디 가서 정리 좀 더 하고 오라고 해야 할지.

머리가 어지러울 정도로 생각이 정리되지 않았다. 사실 묻고 싶은 질문이 이게 아닐지도 모르겠다 싶을 정도였다.

윙. 윙.

고요한 가운데 지서의 핸드백에서 진동 소리가 들렸다.

"……일단 받으시죠."

순간, 긴장이 풀린 재언이 넥타이를 끌러 내렸다.

"감사합니다."

가볍게 고개를 끄덕인 지서가 핸드백에서 휴대 전화를 꺼냈다.

"네. 대표님. 방금 끝났습니다."

몸을 모로 돌려세워 통화하던 지서의 표정이 한순간에 바뀌었다.

"……네? 누구, 요?"

더듬거리며 묻는 목소리가 낮게 가라앉아 있었다.

"……지금 당장 회사로 갈게요."

통화를 마친 지서는 황망한 표정으로 먼 곳을 바라보다가, 빠르게 눈을 깜빡였다.

"정말 죄송한데……. 오늘 이 상황에 대해선 제가 따로 말씀드리겠습니다."

뭐라고 대답할 틈 없이 돌아선 지서가 빠른 걸음으로 걸어갔다. 그러다 그걸로 부족했는지 마지막엔 뛰었다. 그렇게 도롯가에 도착한 지서가 손을 휘저어 부른 택시를 타고 이내 사라지는 모습이 골목 틈으로 보였다.

지서가 사라지는 모습을 끝까지 바라보던 재언이 황당한 얼굴로 목뒤를 쓸어내렸다. 그러고는 긴 한숨을 내쉬며 고개를 뒤로 젖혔다.

무슨 이야기를 해야 하나 고민하는 동안 바짝 날이 서 있던 긴장감이 툭 끊기며 허무해졌다. 머릿속의 생각이 잡을 틈 없이 사라졌다.

또 날 이렇게 두고 가지, 이지서.

이렇게 내팽개쳐졌다는 사실에 기가 막히면서도, 귀신이라도 본 것처럼 사색이 된 지서의 얼굴이 신경 쓰인다.

……그만.

억지로 뻗어 가는 관심을 거둬들이며 한 발 내디딜 때였다. 발 아래 반짝이는 뭔가가 눈에 들어왔다. 허리를 숙여 집어 들고 보니 차 키였다. 키 홀더 끄트머리에 LJS 이니셜이 보란 듯 박혀 있었다. 방금 휴대 전화를 꺼내며 떨어뜨린 모양이었다.

'……지금 당장 회사로 갈게요.'

어디로 갔는지 행방도 알겠고.

모른 체할 수도 없고.

이걸 갖고 있어 봤자, 신경 쓰여 잠 못 잘 것도 뻔했다.

제 집에 이지서 물건이라니. 가당찮은 소리였다.

이런 상황이 짜증 난다는 듯 미간을 확 좁힌 재언이 성큼성큼 주차장으로 향했다.

* * *

술을 마신 탓에 어쩔 수 없이 택시에 탄 지서는 손바닥에 차오른 땀을 바지에 문질렀다.

손에서 땀은 나는데, 정작 손끝은 얼음장처럼 차가웠다. 흐르는 차창 너머 풍경 위로 사나운 기억들이 솟아올랐다.

한 번도 평탄한 적 없던 삶. 그 삶을 유난히 아프게 찢어발기던 기억들. 잊을 만해도 잊히지 않는…… 그런 기억들.

목적지에 도착한 택시에서 내려 땅을 딛고 서는데, 발에서 아무 감각이 느껴지지 않았다. 마치 허공에 둥실 떠 있는 기분이었다. 그럼에도 지서는 흔들림 없이 정면을 응시하며 걸었다. 그러자 회사 건물 앞에 난처한 표정으로 서 있는 소영이 보였다. 아래를 바라보고 있는 소영의 시선을 따라 고개를 돌린 지서는, 앉아 있는 누군가를 발견하곤 우뚝 멈춰 섰다.

가만히 서 있는데 멀미라도 하듯, 세상이 흔들렸다.

지나치게 충격받으면 이럴 수도 있구나.

지서는 그렇게 생각하면서, 바닥에 앉아 있는 여자를 보았다. 어린 시절의 얼굴이 어렴풋이 남아 있는 얼굴은 폭삭 늙어 있었다. 파마를 했지만 휑하니 드러난 두피를 다 감추지 못했다. 힘이 없어 바닥에 주저앉아 쭉 편 다리는 노인의 것처럼 앙상했다.

기껏해야 30대 중반일 텐데, 여자의 모습은 세월 풍파를 다 맞은 50대의 모습이었다.

"……지서야."

소영의 자그마한 부름에, 여자가 득달같이 고개를 돌렸다. 지서는 자신을 보고 서서히 웃는 효경을 말없이 쳐다보았다.

지서는 아주 오랫동안 효경과 다시 마주하길 바라면서, 다시는 보지 않길 바랐다. 끝까지 살아남은 제 모습을 보란 듯이 보여 주고 싶으면서도, 구질구질하게 제게 매달릴 효경을 알기에 죽을 때까지 만나고 싶지 않았다.

그러면서도 지서는 아주 가끔 효경과 재회하는 모습을 상상했다. 수많은 상상을 했지만, 결론은 하나였다.

효경이 제 예상보다 번듯하게 살고 있었으면.

그러나 그 모든 기대를 깨부순 꼴을 하고 있었다.

"지서야!"

일어나려던 효경은 몇 번이나 바닥을 헛짚고, 다리에 힘이 풀려 휘청거리다 마침내 바로 섰다. 그러나 효경의 허리는 구부정했고, 얼굴은 해골처럼 볼이 움푹 패어 있었다. 비틀거리며 걸어오던 효경이 지서 앞에 뚝 멈춰 섰다.

"지서야, 이게 얼마 만이야?"

효경이 입을 열자 역한 냄새가 났다.

"……어떻게, 여기 온 거야?"

지서가 억눌린 목소리로 물었다.

"어떻게 오긴. 내가 매일매일 네 이름 검색해 보고 찾아보고 했는데⋯⋯. 기사 보고 알았지!"

⋯⋯기사?

지서가 눈썹을 모으자, 소영이 아차 한 얼굴로 그녀에게 다가와 속삭였다.

"얼마 전에 SR에서 컨퍼런스 전에 실무진들 사진을 달라고 했어."

"그게⋯⋯ 기사에 실렸어요?"

"응."

소영이 이마를 짚으며 난처한 표정으로 대답했다. 지서는 말없이 눈을 감았다. 소영에게 제 사정을 말하지 않았으니, 사진을 올리면 안 된다는 걸 몰랐을 거다. 아는데도⋯⋯ 설명하기 힘든 억울함이 밀려 올라왔다.

겨우 도망친 그림자가 자신을 집어삼킨 기분이었다.

"지서야, 언니야. 언니."

술을 마신 건지, 정신을 놔 버린 건지 효경이 상황에 맞지 않게 실실 웃으며 그녀를 붙들었다. 팔을 타고 오소소 소름이 돋아 올랐다.

"⋯⋯여긴 왜 온 건데."

지서가 가라앉은 목소리로 물었다. 대화하기에 적합한 장소가 아니라는 걸 알면서도, 이런 몰골의 효경을 데리고 제 집에 가고 싶지 않았고, 다른 곳으로 장소를 옮기고 싶지도 않았다. 그나마 다행인 건 늦은 시간인 데다, 사무실이 외곽이라 오가는 사람이 드물다는 점이었다.

"왜긴. 하나뿐인 동생 찾아오는 게 뭐 잘못이라고…… 근데, 너희 집 어디야? 춥다. 배도 고프고……"

"……"

"근데 너 예뻐졌다. 우와. 결국 성공했네. 판자촌에서 살던 이지서가 번듯한 직장인도 되고……. 막 검색하면 뉴스에도 나오고……"

효경이 실실 웃으며 지서를 아래위로 훑었다.

"난 이렇게 거지같이 사는데…… 넌 참 번듯하네. 여전히."

"집 어디야? 데려다줄게."

지서가 가라앉은 목소리로 말했다.

"집? 없어. 노숙했어. 노숙."

"……"

효경의 말에 지서의 표정이 한순간에 사라졌다.

"그 씨발놈들이 나 데려다가 여기저기 팔아 치우더니 마지막에는 섬에 갖다 팔려고 하잖아. 분명히 빚을 다 갚고도 남았을 만큼 뛰었거든? 하루에 30탕도 뛰었어. 씨발. 밑에가 너덜너덜해질 정도로 뛰었는데, 빚의 이자만 갚았다잖아. 좆같은 새끼들. 그래서 내가 그 씨발들 거시기를 콱 물고 도망쳤지. 근데 이건 뺏겼어."

효경이 목이 다 늘어난 티셔츠를 확 들어 길게 이어진 흉터를 보여 주었다. 그 끔찍한 상처를 보다 못한 지서가 시선을 돌려

피했다. 설명하기 힘든 감정이 울컥 치고 올라와 지서는 입술을 꽉 깨물었다.

"근데, 너 왜 내 연락 안 받았어? 왜 자꾸 내 전화도 씹었을까? 응?"

그러자 효경이 거머리처럼 달라붙어 지서에게 고개를 들이밀었다. 역했다. 효경에게서 풍기는 냄새가, 그녀가 걸어온 삶이, 자신을 다시 찾아온 염치없는 꼴까지도.

지서는 벌게진 눈으로 효경을 내려다보았다.

"돌아가. 할 말 없어."

"지서야. 그럼 안 돼. 내가 너 업어 키웠는데. 내가 몸 판 돈으로 너 여기까지 온 거야. 응? 사람이 그러면 못써."

"······하, 못써?"

지서가 핏발 선 눈으로 비틀어진 웃음을 지었다. 그러더니 더는 못 참겠다는 듯 고개를 핵 돌려 효경을 무섭게 쳐다보았다.

"하나만 묻자."

늘 묻고 싶었지만, 효경을 마주하고 싶지 않아 꾹 참았던 질문이었다.

"너······. 나한테 조폭 오니까 피하라고 했던 그날. 그때 알았던 거 아니지? 네가 사기당한 거 그 전부터 알고 있었지?"

언젠가부터 그런 생각이 들었다. 이효경이 도망치기 며칠 전부터, 급하게 명품 가방을 팔아 치우던 게 무심코 떠오른 순간부터였다. 그렇게 좋아하는 명품을 왜 파는 거지, 의아해하면서도 시험이 바빠 무심코 넘겼었다.

"어? 글쎄. 워낙 오래전 일이라 기억이 안 나네⋯⋯."

"⋯⋯."

효경이 탁한 눈을 데굴데굴 굴렸다.

"⋯⋯언니, 너 내가 잡히지 않길 바란 건 맞아?"

지서가 가볍게 떨리는 목소리로 물었다.

"그럼. 당연하지. 그러니까 내가 너한테 피하라고 전화했겠지. 안 그래? 응?"

"왜 그때 갑자기 전화해서 나한테 시외버스 터미널로 가랬어?"

그때, 효경은 꼭 그곳으로 가야 한다고 말했다.

"그래야 도망치지! 안 그래?"

"아니. 내가 대신 잡히길 바랐잖아. 안 그래?"

술집에서 조폭들과 어울려 지내면서 그들이 사람들을 어떻게 잡는지 효경이 모를 리 없었다. 알고서 제게 시외버스 터미널로 가라고 한 거였다. 대신 잡히길 바라는 마음으로.

"오해야, 오해. 지서야. 응?"

효경이 제 팔을 붙들고 늘어졌다.

"아니. 오해 아니야."

지서가 확신에 찬 목소리로 대꾸했다.

효경과 처음 연락이 닿은 건 지서가 스물세 살 되던 해였다. 혼자서 죽을힘을 다해 살아가던 즈음 지서의 연락처를 어떻게 알았는지, 전화한 효경이 대뜸 던진 첫마디는 그거였다.

'씨발, 너 그때 대체 어떻게 도망친 거야? 대체 어떻게 한 거냐고?'

마치 자신이 잡히지 않은 게 말이 안 되는 것처럼, 그게 분해서 미칠 것처럼 효경은 소리쳤다.

'너 때문에 내가……! 씨발!'

효경이 뱉지 않은 말이 들리는 듯한 착각이 들었다.

너 때문에 내가 잡혔잖아.

효경은 그렇게 말하고 있었다. 순간, 귀에서 이명이 들리고 눈앞이 어지러울 정도로 흔들렸다. 제 앞에 드러난 참혹한 진실 앞에 지서는 울음조차 나지 않았다.

'……네가 한 짓이니까 네가 수습해.'

그저 가라앉은 목소리로 한마디 뱉었을 뿐이었다.

'야! 야! 이지서! 돈 있으면 돈 좀. 많이도 아니고 딱 3천만 일단 주면 내가 다음에 갚…….'

지서는 전화를 끊은 후, 다음 날 곧바로 번호를 바꿨다.

혹시나 효경이 찾아올까 봐 아주 허름한 지하방을 구해 그곳에 전입 신고를 해 두고, 자신은 혹시 모를 일에 대비해 월세로 살았다. 그렇게 피하면서 살았는데 이렇게 맞닥뜨리는 운명이 얄궂다.

"지서야, 다 지난 일이잖아."

"……다 지난 일?"

지서의 눈이 가늘게 떨렸다.

"그래. 살다 보면 이런 일도 있고, 저런 일도 있고, 그런 거지. 안 그래? 응? 이제 잊고 언니랑 같이 잘 살아 보자. 이제 예전처럼 그렇게 안 할게. 집안일도 할 거고……. 오순도순."

"지금…… 지난 일이라고 했어?"

지서가 이를 갈듯이 물었다.

"그럼? 그게 지난 일이지. 다가올 일은 아니잖아. 안 그래?"

효경이 썩어서 검게 된 이를 드러내며 웃었다.

순간, 머릿속에 팽팽하던 뭔가가 뚝 끊어졌다. 간신히 지키던 이성이 사라지자 아무것도 눈에 보이지 않고, 어떤 것도 들리지 않았다.

어두컴컴해진 눈앞에, 열여덟 살의 신재언만이 떠올랐다. 자신을 보면 푸르게 웃던 그와, 그런 그를 벅차오르게 좋아했던 자신이.

"나…… 아직도 심장 소리를 들어."

지서가 흐려진 눈으로 자그맣게 중얼거렸다.

"뭐? 무슨 말이야?"

효경이 얼굴을 찌푸렸다. 지서가 표정이 사라진 얼굴로 그런 그녀를 바라보았다.

"미친 사람처럼 한 번씩 듣는다고."

조폭을 피해 쉼 없이 뛰던 그날, 뛰었던 심장 소리를. 쿵쾅거리는 심장 소리엔 살아 있다는 안도와 함께, 살겠다고 모든 걸 등지고 도망치는 제게 치밀었던 혐오감, 이렇게라도 살아남으려는 구차함, 그리고 매 걸음마다 멀어지는 신재언을 향한 죄책감이 뒤엉켜 있었다. 박동 한 번마다 보이지 않는 못이 가슴에 박혔다.

이지서.

자신을 부르던 재언의 목소리가 그때마다 아프게 들렸다. 울컥한 지서가 별안간 소리를 질렀다.

"사정없이 뛰면서…… 내가 뭘 버렸는데! 내가 얼마나 걔한테 미안해하면서 살았는데! 내가 대체 얼마나 매 순간 후회를……!"

말을 마친 지서가 입술을 꽉 깨물었다. 울컥하고 울음이 터져 나왔다. 그러나 지서는 있는 힘을 다해 참고서, 눈물이 그렁그렁하게 차오른 눈으로 효경을 사납게 내려다보았다.

"너한테 줄 돈 없어. 나한테 기생할 생각 하지 마. 신고할 거니까. 나한테 언니는 이제 없어."

지서의 말에 서서히 효경의 얼굴에서 웃음이 사라졌다. 눈을 한 번 깜빡이는 사이, 효경의 얼굴이 싹 달라졌다.

"야, 이 씨발. 퉤. 이지서. 대가리 잘 굴려. 너 똑똑하잖아. 응? 잘 생각해. 내가 눈 돌아서 내일 여기서 '내가 이지서 언니다' 하고 옷이라도 벗으면 어쩌려고? 응? 그게 아니면 '이지서 씨발년아' 하고 소리 지르는 건? 네가 여길 다닐 수 있겠어? 그러니까 그냥 매달 백만 원씩만 줘. 너한텐 푼돈 아냐? 응?"

말을 마친 효경이 비리게 웃으며 킬킬거렸다. 그 말에 곁에서 상황을 주시하고 있던 소영의 낯빛이 어두워졌다. 당황한 소영이 효경을 말리려고 한 발자국 다가섰다가, 지서의 손에 가로막혔다. 소영이 지서의 옆얼굴을 보았다. 오금이 저릴 정도로 무표정한 얼굴로 효경을 내려다보고 있었다.

"해."

잠잠한 가운데 지서가 툭 말했다.

"……뭐?"

효경이 고개를 비틀더니 번들번들한 눈을 하고서 물었다.

"내일 와서 드러눕고, 욕하라고."

"하, 씨발. 너, 내가 못 할 것 같아?"

"아니. 할 것 같아. 해. 그 옆에서 나도 소리쳐 줄 테니까. 이 술집 여자 때문에 내가 얼마나 결벽증에 걸렸었는지."

지서의 바짝 마른 눈동자에 서서히 차가운 빛이 돌았다.

"이 미친 여자 때문에 내가 얼마나 절박하고 절실하게 살아왔는지, 또 얼마나 이를 악물고 살아왔는지!"

한 자 한 자 짓씹어 말하던 지서가 효경에게 한 발자국 다가갔다. 새빨갛게 핏발 선 눈으로 찍어 누르듯 쳐다보자, 효경이 저도 모르게 한 발 물러섰다.

"……이, 이년이."

"사람들이 나보고 어쩜 그렇게 독하냐고 묻더라고. 산증인이 되어 주면 되겠네."

"……"

"내가 왜 독해질 수밖에 없었는지."

말을 마친 지서가 있는 힘을 다해 입꼬리를 끌어 올렸다.

"그리고 그게 네가 날 보는 마지막이 될 거야. 이젠 널 신고하는 게 아니라, 정신 병원에 집어 처넣을 테니까."

"너……!"

효경의 몸이 부들부들 떨렸다. 분을 참지 못하고 벌게진 눈으로 집어 던질 거리를 찾아 바닥을 훑어보았다. 그때, 사이렌이 울렸다.

"내가 신고했어요."

다가온 소영이 꺼낸 말에 효경이 흠칫했다.

"이, 이것들이……!"

"경찰 앞에서 지서, 칠 건가요? 치더라도 내가 가만히 안 두고 볼 거긴 하지만요."

"……으, 으익!"

효경이 잇새로 분하다는 소리를 내지르더니, 홱 돌아섰다. 그러고는 사이렌 소리가 들리는 반대편 방향으로 허겁지겁 뛰었다.

자갈 바닥에 휘청하며 중심을 잃고 넘어진 효경이 오뚝이처럼 벌떡 일어나 바닥을 기다시피 손을 짚었다. 뒤도 안 돌아보고 도망치는 게 익숙하다는 듯, 소리를 피해 멀어지는 추잡하고 구차한 모양새를 지서는 눈도 깜빡하지 않고 바라보았다. 그사이, 경찰차가 회사 건물 앞에 멈춰 섰다.

"내가 해결할게."

소영이 경찰차에서 내린 경찰관들과 대화를 나누는 동안, 다리에 힘이 풀린 지서가 무릎을 접고 바닥에 앉았다. 지서는 손바닥에 얼굴을 파묻은 채 울음을 터트렸다. 손바닥으로 얼굴을 가리자, 울음소리가 더 크게 들렸다.

쿵, 쿵.

그리고 심장 소리도.

살겠다고 뛰었고, 기어코 살아남았지만, 그날 제 뜀박질에 삶의 어딘가가 찢어진 듯했다. 기쁨도, 행복도 오래 고이지 않고 매번 스르륵 사라졌으니까.

"일단 회사에서 쉬다가 갈래?"

경찰에게 상황을 이야기하고 돌려보낸 소영이, 바닥에 무릎을 접은 채 앉아 멍하게 먼 곳을 바라보는 지서에게 조심스럽게 물었다.

"아뇨. 가 볼게요. 죄송해요. 대표님."

"우리 사이에 별말을 다 한다."

"어서 귀가하세요. 혹시 또 쫓아와서 해코지할지도 몰라요."

"됐어. 누굴 걱정해, 지금."

"……."

"휴, 일단 기다려 봐. 택시 불러 줄 테니까."

"……아니에요. 제가 알아서."

"기다려, 좀."

소영이 더는 군말하지 말라는 듯 휴대 전화를 들었다.

"……고맙습니다."

자신이 부르면 되지만, 지금은 휴대 전화 잡을 힘도 없었다. 지서는 긴장이 풀린 얼굴을 쓸어내렸다.

이제 효경이 걸핏하면 나타날 텐데 어떻게 해야 할지…….

아니, 그보다도 쏟아진 마음은 또 어떻게 정리해야 할지…….

모든 것들이 막막했다. 지친 지서가 가만히 눈을 감았다.

* * *

한적한 교외 부지에 사이렌 소리가 퍼진다. 어두운 골목에 정차한 경찰차에서 내린 경찰이 소영과 대화를 나누다 돌아갔다.

소영의 발길이 주저앉아 있는 지서에게로 향했다. 그녀에게 몇

마디 말을 한 소영이 휴대 전화를 두드린 지 얼마 되지 않아 택시 한 대가 도착했다.

소영이 지서를 택시에 태워 보내는 모든 광경을, 재언은 한자리에 서서 꼼짝없이 바라보았다. 마치 막장 드라마를 한 편 본 것 같기도 하고, 영화의 촬영 장면을 본 것 같기도 했다.

눈을 빠르게 깜빡이던 재언이 손으로 이마를 짚었다. 그러고는 멍한 머릿속으로 방금 전의 상황을 되짚었다.

내가 여기 왜 왔더라.

무심히 생각하던 그는 뒤늦게 제 손에 쥐어진 차 키를 보았다.

아, 그랬지.

이 차 키를 지서에게 돌려주려고 택시를 타고 왔다가, 기사가 잘못 내려 주는 바람에 한 블록을 걷게 되었다. 그러다 IJ 회사 야외 주차장에 서서 누군가와 마주해 있는 지서를 보았고. 도저히 차 키를 가져다줄 분위기가 아니라서, 이거 어쩌나 하며 고민했다.

그러는 사이 원치 않게 그들의 이야기를 들었다. 거리가 제법 멀었음에도 감정이 격해진 두 사람의 목소리가 높아졌다.

구질구질한, 지나간 옛이야기들.

그런 이야기들을 왜 저렇게 악쓰며 이야기하는지.

그렇게 차갑게 조소하고, 비웃었다.

'근데 너 예뻐졌다. 우와. 결국 성공했네. 판자촌에서 살던 이지서가 번듯한 직장인도 되고……. 막 검색하면 뉴스에도 나오고…….'

그런데 그깟 별거 아닌 옛이야기에 속이 뒤틀리는 건 왜인지.

'……언니, 너 내가 잡히지 않길 바란 건 맞아?'

덜덜 떨리는 이지서의 목소리가 왜 머릿속을 헝클어뜨리는지.

'사정없이 뛰면서…… 내가 뭘 버렸는데! 내가 얼마나 걔한테 미안해하면서 살았는데! 내가 대체 얼마나 매 순간 후회를……'

고름처럼 터져 나오는 목소리에…… 나는 왜 또 너를 보고야 마는지.

그 짧은 순간, 네가 말한 '걔'가 나이길 왜 또 바라는지.

속을 긁어내리는 듯한 울음소리를 뱉은 지서의 얼굴을 가만히 보았다. 난생처음 보는 이지서의 얼굴이었다. 깊은 절망과 어두운 고통밖에 남지 않은 얼굴은 가려져 있던 상처를 드러냈다. 스스로 치료하지 못하고, 아물지도 못한, 고름뿐인 상처 위로 눈물이 떨어지는 모습이 선명하게 눈에 들어왔다.

낯설었다.

자신이 아는 이지서는 언제나 꼿꼿했으니까. 구질구질한 분식집에 들어설 때도, 제 어머니 앞에서도, 비굴하거나 비참하지 않았다.

그런 그녀가 길 잃은 아이처럼 울었다.

지서가 택시를 타고 사라진 후에도 재언은 그녀의 잔상을 지우지 못했다. 아니, 지울 수가 없었다. 그런 방법은 알지 못했다.

알았으면…… 내가 이렇게 되지도 않았겠지.

재언이 또다시 손으로 눈가를 꽉 누르며 차게 조소할 때였다.

"신재언 부대표님, 맞으시죠?"

어둠을 가르는 목소리에 눈을 뜬 재언이 천천히 고개를 돌렸다. 어느새 곁에 다가온 소영이 자신을 가만히 쳐다보고 있었다.

순간, 현실이 느껴졌다. 스스로가 막이 내린 연극 무대 아래선 관객 같았다. 그것도 연습 중이던 무대를 함부로 난입해 훔쳐본 질 낮은 관객.

재언이 눈을 꾹 감았다. 그러고는 손으로 눈가를 문질렀다. 그러나 그것도 잠시, 언제 그랬냐는 듯 말끔한 표정으로 돌아온 재언이 차 키를 내밀었다.

"죄송합니다. 차 키를 떨어뜨렸길래 가져다주려고 왔다가 봐 버렸네요."

"우리 지서 거네요."

우리 지서.

지서를 부르는 대표의 목소리는 다정했다.

그 목소리에 재언은 아주 조금 안도했다.

황무지 같았던 이지서의 삶에 그래도 좋은 사람 하나쯤은 있는 것 같아서.

그러다 제 안도감을 털어 버리려는 듯 가볍게 혀를 찼다. 이지서한테 좋은 사람이 있든 없든. 그게 자신과 무슨 상관이라고. 모질고 차갑게 털어 낸 재언이 웃었다.

이지서가 지금 후회한다고 해서, 과거에 있던 일이 없어지는 건 아니니까.

"그럼 그만 가 보겠습니다."

"커피 드시고 가실래요? 회사에 시원한 커피 있는데."

"말씀은 감사합니다만, 시간이 늦어서요."

"그러게요. 이렇게 늦은 시간에 굳이 차 키를 가져다주러 오셨네요."

뼈 있는 말에 재언의 고개가 비스듬히 기울었다.

"다른 것도 아니고 차 키니까요."

"정말요?"

소영의 물음에 재언이 말없이 응시했다.

"초면에 왜 이런 이야기를 하나 싶어요?"

소영이 빙긋 웃었다.

"아니라고 말씀 못 드리겠네요."

"저랑은 초면이지만, 우리 지서랑은 초면이 아닌 것 같아서요."

"……."

예리한 말에 재언의 입꼬리가 굳었다.

"비서한테 부탁해도 되고, 회사로 연락해도 되고, 하다못해 직원 통해서 지서 연락처 알아내도 될 텐데……. 굳이 여기까지 가져오신 이유가 따로 있을 것 같아서요."

"……."

"요즘 우리 지서가 정신을 놓고 다니는 이유랑도 일맥상통할 것 같고."

마치 지서와 재언 사이에 무슨 일이 있었는지 대충 짐작 간다는 투였다.

재언이 얼굴에 그린 듯이 짓고 있던 정중한 미소가 순식간에 사라졌다. 무표정하다 못해 차가운 표정이 된 재언이 소영을 쳐다보았다. 그 표정의 간극에 소영이 저도 모르게 흠칫했다.

"지서는……."

그럼에도 용기 내어 한마디 꺼낼 때였다.

"대표님."

재언이 소영의 말을 잘랐다. 그는 그녀를 차갑게 내려다보았다.

"어떤 이야기든 대표님과 나눌 건 아닌 것 같습니다. 할 말이 있더라도, 이지서가 제게 하겠죠. 다음엔 회사 일로 뵙죠."

사적인 선을 넘지 말라는 말을 남긴 재언이 돌아섰다. 그러고는 어두컴컴한 길을 따라 걸어갔다. 걸음이 점점 빨라졌다.

여기가 어딘지, 어디로 나가야 도로인지 알지 못한 채 한참을 걷던 그는, 개발이 덜 된 신도시의 필지 한가운데서 멈춰 섰다.

텅 빈 골목에 우뚝 멈춰 선 재언이 고개를 뒤로 젖혔다.

'사정없이 뛰면서…… 내가 뭘 버렸는데! 내가 얼마나 걔한테 미안해하면서 살았는데! 내가 대체 얼마나 매 순간 후회를…….'

이명처럼 목소리가 맴돈다.

어떤 후회를 했을까.

'나…… 아직도 심장 소리를 들어.'

"뭐야, 그건 또."

머릿속에 맴도는 목소리라는 걸 알면서, 묻고야 만다.

그 심장 소리가 대체 뭐냐고. 그게 혹시 나와 관련이 있는 거냐고.

속말을 삼키려 재언이 어금니를 꽉 깨물었다. 그러고는 눈을 질끈 감았다. 그러자 이지서의 우는 모습이 눈앞에 아른거렸다.

12년 전, 이지서와 헤어진 후에 수많은 생각을 했다. 지서를 향한 걱정과 원망에 타오르고 나면 늘 잿가루처럼 뒤따르는 생각이 있었다.

'내가 너무 애새끼 같아서 이지서가 믿지 못한 걸까.'

그 생각에 그는 변화를 택했다. 만약 언젠가 지서를 만나게 된다면 달라진 모습을 보여 주고 싶었으니까.

그래서 더 이상 욕하지 않았고, 분노를 미소로 대신하며, 감정을 쉽게 타인에게 노출하지 않는 연습을 했다. 그렇게 꽤 괜찮은 어른이 되었다고 생각했는데.

"씨발."

……결국 열여덟 살이 된다.

이지서 앞에서는.

8

택시에서 내린 지서는 뒤도 돌아보지 않고 빠르게 집에 뛰어들어갔다. 문을 잠그고, 그러고도 불안해 걸쇠까지 잠근 후, 숨죽인 채 문 너머의 소리에 귀 기울였다.

아무 소리도 들리지 않는데도 지서는 손으로 입가를 틀어막은 채 숨소리를 죽였다. 효경이 쫓아올 것 같았다. 과거의 기억들을 주렁주렁 달고서.

일단…… 방으로 들어가자.

비틀거리며 플랫 슈즈를 벗던 지서는 손끝이 축축해지고서야 제 신발이 젖어 있다는 걸 알았다. 그제야 머리부터 발끝까지 불쾌한 반찬 냄새가 났다. 왜 택시 기사가 운전하다가 창문을 열었는지 알 것 같았다.

제 상태를 눈으로 살피다 쓰게 웃었다.

이런 꼴로 신재언 앞에 서 있었구나.

가장 반듯한 모습으로 서 있어도 부끄러운데, 이런 엉망진창인 꼴이었으니 얼마나 우스웠을까.

픽 웃으며 샤워를 하러 욕실로 들어서던 지서의 걸음이 뚝 멈췄다. 재언에게 나중에 이야기하자고 한 뒤 돌아선 게 기억났다. 잠깐 머뭇거리던 지서는 가방 안주머니에서 명함을 꺼내 바라보다 입술을 깨물었다.

명함을 받고 가끔 들여다보긴 했지만, 한 번도 따로 연락한 적 없었다.

하지만 회사 메일로 연락하기엔 민감한 상황인 데다, 지금 연락하지 않으면 성 부사장과 따로 독대했던 상황을 오해할 것 같았다.

만에 하나 성 부사장이 제게 불리한 발언을 했을지도 모르고……

자신의 이미지뿐만 아니라, IJ와 SR 사이의 신뢰도 달려 있는 문제였다.

머뭇거리던 지서의 손이 휴대 전화 액정을 툭툭 두드렸다. 숫자 하나를 두드릴 때마다 손끝이 묵직하다. 마침내 열한 개의 번호가 다 찍혔다.

해도 될까.

걱정되면서도……

……듣고 싶다, 목소리. 감히, 내가 네 목소리를.

휴대 전화를 꽉 움켜쥔 지서는 바짝 마른 입술을 깨물었다.

이렇게 과거가 자신을 덮쳐 올 때면, 재언이 떠올랐다. 휘어지는 눈매와, 선선하게 웃던 미소, 여유로운 분위기와, 때때로 옷깃에 묻어 있던 청량함 같은 것들.

그때의 자신은 재언의 그늘 아래서 숨을 쉬었고, 희망을 그렸으며, 때때로 그가 부어 주는 마르지 않는 다디단 애정을 마셨다.

그게…… 지금처럼 제 목을 타게 만드는 소금물이 될 거라는 걸 알면서도.

지서의 입술이 희미하게 휘었다가 제자리를 찾았다.

툭.

엄지손가락이 액정을 툭 쳤다. 신호음과 동시에 액정이 바뀌었다. 제 휴대 전화에 저장되지 않은 열한 개의 번호가 순식간에 눈에 들어왔다. 일정하게 흐르는 신호음 위로 제 심장 박동 소리가 겹쳐졌다.

쿵, 쿵, 쿵.

신호음보다 더 빠르고 거친 심장 박동이 이 세상 모든 소리를 집어삼킬 즈음이었다.

-지금은 전화를 받을 수 없어, 소리샘으로…….

"하."

참았던 숨을 내쉰 지서가 무너지듯 주저앉았다. 한 박자 늦게 통화 종료 버튼을 눌렀다. 그제야 9시가 넘은 시각이 보였다.

연락하기엔 너무 늦었구나.

뒤늦게 정신이 든 지서가 메시지를 써 내려갔다.

손이 덜덜 떨려 한 번씩 삐끗했지만, 다행이었다. 신재언은 모를 테니까. 자신이 몇 번이나 메시지를 고쳤는지, 몇 번이나 오타가 났는지, 몇 번이나 손가락이 허공에서 맴돌았는지.

마침내 메시지를 전송한 지서는 소영에게 무사히 잘 도착했다는 메시지를 보낸 후, 욕실로 들어갔다.

얼른 씻어 내고 싶었다.

고단한 오늘 하루를.

* * *

씻고 나와 머리를 말린 지서는 지친 듯 바닥에 누웠다. 냉기가 몸을 찔렀으나, 손가락 하나 까딱할 힘이 없었다.

머릿속으로 오래된 필름이 흘러가듯, 오늘의 일이 지나갔다. 그렇게 필름은 오늘을 지나쳐 오래전의 기억으로 거슬러 갔다.

하루에 네 시간씩 자면서 공부해 장학금을 받고, 아르바이트를 해서 돈을 벌었던 고단한 대학 시절. 장기 보호 시설에서 독립해야 될 시기가 되어 느꼈던 막막함. 맥없이 쓰러지고 싶을 때마다 안간힘을 다해 일어났던 모든 시기들…….

이상한 일이었다.

아주 힘든 시기를 거쳐 지금의 평안한 때에 도달했는데……. 자신이 생각한 행복의 조건은 모두 갖추었는데…… 행복하지 않은 게.

뭘 더 해야…… 행복해질 수 있을까.

왜…… 모든 게 불안했음에도 신재언과 함께 있었던 그때가 더 행복하게 느껴질까.

어쩌면 행복은 불안과 불안정이 거세된 상태에서 찾아오는 게 아니라, 다른 조건이 있어야 하는 건 아닐까.

멍하게 생각이 흘러갈 때였다.

윙. 윙.

갑작스럽게 울리는 진동 소리에 지서의 손끝이 움찔했다. 누가 듣는 것도 아닌데 빠르게 몸을 일으킨 지서가 휴대 전화를 들었다.

[집에 잘 도착했다니 다행이다. 푹 쉬어. 내일 마저 이야기하자.]

소영이었다. 감사하다는 답을 하다 발견한 부재중 전화 아이콘에 상대를 확인했다. 당연히 소영이라 생각했다. 그러나 찍힌 건, 저장되지 않은 열한 개의 번호였다. 이어 메시지가 도착했다.

[얼굴 좀 봤으면 좋겠는데]

읽고, 또 읽었다. 한 문장을 수없이 읽는 동안, 눈앞이 아득해지고 손끝이 제멋대로 움찔거렸다.

재회한 후, 재언은 단 한 번을 제외하곤 일관되게 존댓말을 하며 선을 그었다. 마치 다시는 과거로 돌아가고 싶지 않은 사람처럼.

……내가 잘못 보낸 건 아닐까. 아니면 재언이 잘못 답을 했던지.

그러는 사이, 액정 화면이 바뀌며 저장되지 않은 번호가 떠올랐다. 머뭇거리던 지서가 휴대 전화를 귀에 조심스레 가져다 댔다.

"······네."

-어디야.

잔뜩 갈라진 목소리가 귀를 통해 넘어왔다. 낮게 깔린 목소리에 지서는 왠지 모르게 목이 멨다.

"······집이야. 넌?"

-얼굴 좀 보자. 보고 이야기해. 할 말 많잖아. 너랑 나.

지서가 고개를 뒤로 젖혔다.

너랑 나.

별것 아닌 말을 곱씹던 지서가 울컥하고 치솟아 오른 뭔가를 꿀꺽 삼켰다.

"······지금?"

-응. 지금.

"어디로 갈까?"

-거기 있어.

"······."

-내가 갈게. 주소 알려 줘.

"······응. 근처 카페 알려 줄게. 한적해서 대화 나누기 괜찮을 거야."

-그래. 알려 줘. 지금 당장.

통화를 마친 후, 지서는 메시지를 보냈다. 이번에도 몇 번이나 손가락이 삐끗거리고 허공에서 멈칫거렸다. 수도 없이 써 내려간 주소임에도.

* * *

오피스텔 근처 대로변에 자리한 카페는 한산했다. 종종 들르는 카페임에도 지서는 마치 처음 온 사람처럼 카페 내부를 둘러보았다. 어디에 앉으면 좋을지 살피며 창가에 앉았다가, 텅 비다시피한 2층의 구석진 자리로 옮겼다. 한쪽은 벽으로 막혀 있고, 반대편은 투명한 통창 아래로 좁은 골목길이 보여 답답하지 않았다.

푹신한 자리에 앉은 지서는 어지러운 머릿속에 널려 있는 말들을 주섬주섬 주워 들었다. 어떤 인사가 괜찮을지, 어떤 이야기를 해야 할지, 어떤 표정을 지어야 덜 어색할지. 그러나 모든 노력들은 2층 계단을 올라오는 재언을 본 순간 무색해졌다.

성큼성큼 걸어 들어온 그는 마치 자신이 어디 있었는지 알고 있었던 사람처럼 단번에 고개 돌려 쳐다보았다. 몇 시간 만에 다시 본 그의 얼굴엔 늘 짓던 예의상의 미소나, 드문드문 새어 나오던 차가운 비웃음이 사라져 있었다. 마치 다른 사람이라도 된 것처럼 무표정한 얼굴로 다가왔다.

지서는 그가 제 맞은편 자리에 앉는 모습을 눈 한 번 깜빡이지 않고 쳐다보았다. 그리고 마침내 정면에서 얼굴을 마주했다. 분명 신재언이 눈앞에 있는데 믿기지 않아 바라보는 사이, 지서는 재언 또한 자신을 관찰하고 있다는 걸 알았다.

카페에 흐르고 있는 음악이 두 번 바뀔 동안, 누구도 먼저 말을 꺼내지 않았다. 마치 처음 재회한 사람들처럼, 서로를 바라보며 상대의 감정을 유추하고 제 감정을 들여다보았다.

그러다 어디선가 열린 창문 틈으로 가을바람이 몰아쳤을 때, 마침내 지서가 입을 열었다.

"무슨 말이 듣고 싶어서 왔어?"

"……."

"해명할까? 아니면…… 사과할까?"

"……."

제 물음에도 재언은 아무 말 하지 않았다. 긴 다리를 꼬고 앉아 지친 표정으로 고개를 비스듬히 기울인 채 가만히 들여다보았다. 무표정해서 그가 무슨 생각을 하는지 도무지 알 수 없었다.

"재언아."

숨이 막힐 것 같은 기분에 지서가 재언을 자그맣게 부를 때였다.

"사과하면."

"……."

"어떤 이름으로 하는 건데."

"……."

"IJ의 이지서야, 아니면 12년 전에 도망간 이지서야?"

고저 없는 목소리가 던진 물음에 지서는 잠시 숨을 멈췄다. 더이상 재언을 마주 보지 못하고 턱 언저리에서 머물던 시선이 다시 그의 얼굴로 향했다. 어느새 재언은 피곤한 표정을 싹 감춘 채 날 선 얼굴로 자신을 보고 있었다.

"……아니, 내가 나한테 묻고 싶다."

"……."

"내가 뭘 들으러 여기 온 건지."

재언의 혼잣말 같은 중얼거림에 지서는 잠시 눈을 내리깔았다.

재언은 자신만큼이나 혼란스러워하고 있었다. 이러지 않으면 못 견딜 것 같아 충동적으로 여기까지 왔지만, 막상 여기 오니 뭘 해야 할지 모르는 사람 같았다. 그런 재언의 상태를 알고 나니 지서는 한결 마음이 놓였다.

그의 상태가 제 상태와 크게 다르지 않았으므로.

"그럼…… 둘 다 들어."

지서는 멀미라도 하는 것처럼 울렁거리는 속을 다잡으며 입을 열었다. 그러고는 마음먹은 듯 고개를 들어 재언과 마주 보았다.

재언은 놀란 건지 아니면 기가 막힌 건지 알 수 없는 표정으로 쳐다보고 있었다.

"얼마 전 태량에서 연락이 왔고, 당연히 업무 때문에 미팅하자는 건 줄 알았어. 알다시피 저녁 식사 때 간단히 의논하고 다음 날 제대로 협의하는 경우도 있으니까. 무엇보다 모바일 데이터 분석에 대해 관심이 있다고 해서 그쪽 사업인 줄 알았고. SR의 스파이 짓을 요구하는 건 줄 알았다면 나가지 않았을 거야. 미흡한 대처로 신경 쓰이게 해서 미안해. 그리고……."

마치 아나운서처럼 매끄럽게 이어지던 말이 뚝 멈췄다. 입술을 달싹거리지만 정작 아무 말도 나오지 않았다. 그사이, 재언은 지서의 표정이 시시각각 변하는 걸 보았다.

구겨지는 미간과, 달싹이는 입술, 어두운 밤처럼 짙어지는 눈동자, 맑은 피부에 번져 가는 묵은 감정들.

마침내 잠시 다물렸던 입술이 개화하는 봉우리처럼 열렸다.

"⋯⋯미안해."

그 안에 머금고 있던 말이 톡 터지듯 흘러나온다.

"그때 그렇게⋯⋯ 사라져서."

오래전엔 본 적 없는 표정을 한 이지서가.

"⋯⋯못 찾아가서."

오래도록 물고 있던 말을 하며 울음을 참고 있었다.

눈을 부릅뜬 채, 꽉 쥔 주먹에 제 옷자락이 구겨지는지도 모른채, 꼿꼿한 자세 그대로 굳어 버린 사람처럼.

재언의 얼굴이 조금씩 허물어지듯 구겨졌다.

"⋯⋯왜."

목이 졸린 사람처럼 겨우 소리를 내어 물었다.

"왜 연락도 안 했어? 어디에 있는지, 어떻게 지내는지, 이야기해 줄 순 있었잖아. 상황이 정리되면 연락 한 번 정도는 해 줄 수 있었잖아. 적어도 네가 무사하다는 소식은 직접 전할 수 있었잖아!"

차분하게 이어지던 말은 어느새 사납게 날이 섰다. 시간이 흘러 이제는 잊었다고 생각한 감정들이 터져 나와 머릿속을 헤집고, 속을 뒤집어 놓는다.

"네 목소리를 듣다가⋯⋯ 널 붙들면?"

어지러울 정도로 날 선 분위기와 어울리지 않게 지서가 차분하게 물었다.

"⋯⋯뭐?"

"내 주제도 모르고⋯⋯. 내가 널 붙들면?"

다디단 애정에 취해 결국 신재언을 붙들었던 자신이다. 또 한 번, 재언이 뻗은 손을 거절할 수 있을 리 없었다.

내가 살겠다고, 내가 외롭다고, 너를 붙들고 늘어지겠지. 그렇게 내 이기심에 네가 멍들도록.

지서의 얼굴이 서서히 무너져 내렸다.

"차라리 그러지 그랬어. 나한테 어떻게든 해 달라고 붙들지."

재언이 꽉 깨문 잇새로 씹듯이 말을 뱉었다.

"……그러다, 내 불행이 너한테 옮겨 가면?"

"……."

지서의 자그마한 물음에 재언의 말이 멈췄다. 생각지 못한 말을 들은 듯 그의 눈이 크게 벌어졌다.

"만에 하나……. 네가 나 때문에 다치면?"

"……."

"그럼…… 나는 더 못 견딜 것 같던데."

자그맣게 말을 이어 가던 지서의 맑은 눈에 눈물이 차올랐다.

오래전, 꿈을 꾸었다. 재언이 자신 때문에 조폭들에게 끌려가는 꿈을. 깨어나자마자 꿈이라 안도하다 울었던 때를 떠올리던 지서가 희미하게 웃었다.

"내 불행이 너한테 옮겨 가는 것도…… 너를 잃는 것도……. 내 불행에 지쳐 네가 나를 싫어하는 것도 다 무섭던데."

"……."

"도망치는 것 말고는 할 수 있는 게 없었어. 그때의 나는…… 그랬어. 못되고 이기적이게도."

먼 곳으로 보이지 않게, 내 불행이 널 찾지 못하게, 그렇게 숨는 것밖에는.

그러다 어느 날 무사할 너를 상상하며 안도하는 것밖에는.

너의 무사함에 안도하다, 그리움에 울지언정 제게 허락된 건 그뿐이었다.

"……미안해."

겨우 웃고 있던 지서의 입매가 무겁게 가라앉았다. 그 틈으로 목 졸린 사람처럼 자그마한 목소리가 새어 나왔다.

"그리고 듣고 잊어버려. 이건 열여덟 살의 신재언한테 하는 사과니까. 이 말은 꼭 해야 할 것 같아서. 어쨌든, 기다렸을 너를 배려하지 못한 건 내 실수였어. 도망쳐서 미안해. 기다리게 해서 미안하고. 그리고……."

"……."

"정말 고마웠어. 열여덟 살에 너를 만나서…… 행복했어."

지서가 납처럼 무거운 입꼬리를 간신히 끌어 올려 웃었다.

제게 눈부신 시간을 선물한 사람에게 웃는 얼굴 정도는 보여줘야 할 테니.

가만히 그녀를 바라보던 재언이 별안간 허물어지듯 상체를 앞으로 숙였다. 그러고는 큰 손에 제 얼굴을 파묻었다.

무너지는 재언을 보자마자 지서는 입술을 꽉 다물곤 목 안 가득 찬 울음을 삼켰다. 언젠가 토해 낼 울음이지만, 여기선 절대 보여선 안 되니까.

"……이제야 해서 미안."

자신은 사과를 건넸다. 이걸 버릴지, 이해하고 받아들일지는 재언의 몫이었다.

숨을 들이켠 지서가 천천히 뱉었다. 사과한다고, 재언과 제 사이가 바뀔 거라 생각하지 않았다. 이건 오래전에 찍지 못한 마침표를 다시 찍는 일이니까.

입꼬리를 다시 끌어 올려 웃은 지서가 재언을 보았다.

"다음에 만날 땐 다시 부대표님이겠네. 멋지더라. 네 모습."

지서는 잠시 말을 멈추고서 재언을 보았다. 오랫동안 상상했다. 재언은 어떤 모습일까. 그의 배경을 생각하면 걱정 없다 싶으면서도, 때때로 그의 충동적이고 직설적인 성격을 떠올리면 우려스럽기도 했다. 그런데 제 생각보다 더 멋지고, 번듯한 모습이 되어 있었다.

이만하면 꽤 근사한 이별이 아닌가.

번듯하게 자란 성인이 되어, 빛나는 시기를 마무리할 수 있었으니까.

"……이제 그만 가 볼게."

지서가 울컥한 감정을 삼키며 자리에서 일어나 테이블을 지나쳤다. 겨우 두 걸음 남짓한 거리가 지나치게 멀게 느껴지기도 하고, 또 가깝게 느껴지기도 했다.

한 걸음, 또 한 걸음 걷자 마침내 재언이 시야에서 더 이상 보이지 않았다. 허무함과 허탈함이 빠르게 교차하며, 동시에 설명하기 힘든 안도감이 들었다.

또 한 번 카페 안을 휩쓰는 바람에 숨을 들이켜며 한 발 내디딜 때였다. 갑작스럽게 느껴지는 묵직한 무게감에 흠칫한 지서의 시선이 대각선을 그리며 아래로 떨어졌다.

재언은 한 손으로 얼굴 한쪽을 덮은 채 곁눈질로 자신을 쳐다보고 있었다. 자신을 향한 시선이 곧다 못해 따갑게까지 느껴졌다.

지서의 시선이 조금 더 아래로 향했다. 그러자 제 손목을 꽉 붙든 재언의 큰 손이 눈에 들어왔다. 이게 무슨 상황이냐는 듯 눈을 크게 뜬 지서가 재언을 바라보았다. 혹시 환상인가 싶어 손을 움직였더니 묵직한 재언의 팔이 따라왔다.

오히려 지서가 빠져나갈까 봐 재언이 손에 힘을 더 준 탓에 여실히 느껴졌다.

"……약속 기억해?"

"……."

"나, 한국대 가면 만나자고 했던 거."

재언이 가라앉은 목소리로 말했다. 혼란스러운 표정과, 그보다 더 복잡한 목소리를 내며 재언이 지서를 바라보았다.

"나, 한국대 갔어. 유학 갔다가 편입해서."

"……!"

"한국대 가면 사귀겠다던 그 약속, 지키라는 거 아냐."

"……."

"몇 번만 만나 보자, 우리."

재언의 말에 지서의 표정이 한순간 탁 풀렸다. 상상도 하지 못한 말이 재언의 입에서 흘러나오고 있었다. 재회 후, 자신과 재언 사이에 남은 거라곤 사과 말고는 없다고 여겼으니까. 당황스러운 가운데 마음이 동요했다.

······안 돼.

그러다 다급히 부푸는 제 마음을 꺼트렸다. 이건 한낱 지나간 청춘의 잔여물이었다. 여기에 휩쓸리는 건 어리석었다.

"······재언아."

지서가 만류하듯 그를 불렀다. 거절의 낌새를 눈치챘는지 재언이 빠르게 말을 이었다.

"알아. 당황스럽다는 거. 아는데······."

재언이 몸을 벌떡 일으켰다. 그러고는 지서의 앞에 마주 서서 어금니를 꽉 깨물었다.

"······아무래도 아직 안 끝난 것 같아, 나는."

재언의 말에 지서의 어깨가 아래로 축 처졌다. 머릿속이 멍해지며 겨우 꺼트린 마음이 들썩였다.

"······재언아."

"내가 싫은 거 아니라면, 오늘 이 이별······ 한 달, 아니. 보름만 미루자."

"······."

재언의 말에 지서는 입을 열었다. 안 된다고. 헷갈리고 있는 거라고. 예쁜 기억마저 헝클어뜨리지 말자고 말하려 했다.

그러나 훅 부는 바람 한 줄기에 실린 재언의 향기가 온몸을 덮는 순간, 머릿속이 아득해졌다. 바람보다 한 박자 늦게 온기가 퍼졌다. 그제야 지서는 자신이 재언에게 안겨 있음을 알았다.

"아니, 열흘만이라도."

"……."

"12년 견뎌 냈는데 열흘 정도는 양보할 수 있잖아."

재언의 말에 세상이 하나의 점처럼 좁아졌다가, 끝없이 펴져 간다.

실제로 그럴 리 없다는 걸 알면서도, 제 세계가 전복되는 듯했다. 묻어 놓은 추억이 흘러나와 일렁거리는 탓에 지서는 그만 울음을 터트렸다.

* * *

카페를 나서려던 지서가 멈칫했다. 카페 문을 열고 있던 재언이 의아한 얼굴로 그런 그녀를 내려다보았다. 뭐 해, 라고 얼굴로 묻고 있는 재언이 문득 낯설게 느껴졌다. 어제까지만 해도 서로의 눈을 피하기 바빴는데. 희미하게 웃은 지서가 재언이 열어 준 문으로 나섰다.

평일의 늦은 밤 시간 거리는 한산했다. 천천히 몸을 돌려세운 지서가 재언과 마주 섰다. 바지 주머니에 손을 찔러 넣은 재언이 그녀를 가만히 내려다보고 있었다.

"그만 가 봐. 나도 가 볼게."

"집이 어딘데?"

"이 근처야."

"그러니까 어디."

재언의 집요한 물음에 지서가 난처한 표정을 지었다. 지서의 집은 이 카페 바로 뒷건물이었다. 그럼에도 쉽게 말이 나오지 않았다.

"예전이나 지금이나 집 숨기는 건 여전하네."

재언의 가라앉은 목소리에 흠칫한 지서가 반사적으로 손을 뻗었다. 그러자 재언이 손을 따라 고개를 들었다.

"바로 저 건물이야."

"그런데 왜 숨겨? 이제 좋은 데 살면서."

"그냥……. 집 앞에 나온 것치곤 너무 꾸민 것 같아서."

결국 지서는 이실직고했다. 이런저런 변명이 상황을 더 악화시키고, 자칫 불필요한 오해를 만들 것 같아서. 오늘만큼은 그에게 더 이상 상처 주고 싶지 않았다.

말을 마친 지서는 블라우스를 손으로 붙들었다.

"그게 왜."

여상한 목소리로 대꾸한 재언이 허리를 숙였다. 키가 큰 탓에 그가 꽤 허리를 숙이고서야 눈높이가 맞아떨어졌다. 그의 까만 눈이 사람을 꿰뚫어 볼 것처럼 반질반질 빛이 났다.

"그래도 난 좀 민망해."

지서가 옅게 웃으며 말하자, 재언이 가만히 그녀를 쳐다보다 느릿하게 입술을 열었다.

"난 넥타이핀만 10분 고민하는데."

벌어진 입술 새로 낮은 목소리가 흘러나왔다.

"……."

"슈트는 30분 고민해."

"……."

"JJ 미팅 있는 날엔."

말을 마친 재언의 얼굴엔 웃음기 하나 없었다. 농담이 아니라 진실을 말하는 것처럼. 그런 재언의 반응에 지서는 흔들리는 눈빛을 다잡으려 애썼지만, 쉽지 않았다.

지금의 재언에게서 제 감정을 거침없이 말하던 열여덟 살의 재언이 겹쳐 보였다.

그땐 늘 머뭇거리다가 입을 다물곤 했지만, 이젠 그러고 싶지 않았다.

"……나도 신경 써. 꽤 많이."

지서의 대꾸에 재언은 원하는 대답을 얻은 사람처럼 흡족한 미소를 지으며 허리를 세웠다.

"다행이네. 가자. 데려다줄게."

"……그래."

사귀는 것도 아닌데. 고작해야 열흘 만나는 건데, 마치 데이트 마친 후의 커플 같았다. 그 생각에 잇닿자 지서는 제 주먹을 꽉 움켜쥐었다.

지금은 과거의 감정을 청산하는 중이었다. 과거의 그림자 아래 들떠서 이러는 걸 수도 있어. 그러니까 너무…… 들뜨지 말자.

제 오피스텔로 걸어가던 지서는 문득 옆자리가 휑한 걸 느끼고는 고개를 돌렸다. 그러자 두 발자국 뒤에 서 있는 재언이 보였다.

"집에 개나 고양이 키워?"

재언이 불쑥 물었다.

"아니."

"그럼 금붕어라도 키워?"

"아니. 아무것도 안 키워."

지서가 고개를 가로저었다.

"그런데 왜 이렇게 급해?"

"……."

"안 그래도 집도 가까운데."

재언이 얼굴을 찌푸린 채 코앞에 있는 오피스텔 건물을 쳐다보았다.

"다음엔 번화가에서 볼까? 멀리서 만나자."

"……."

재언의 말에 지서는 저도 모르게 픽 웃었다.

"왜 웃어?"

"변한 게 없다 싶어서."

찌푸린 표정이나, 툭 하고 뱉는 말투 같은 것들이 여전했다.

그런 말들이 제 가슴을 들뜨게 하는 것 또한.

"사람이 변하면 안 되지."

재언의 말에 지서는 또 한 번 웃었다.

"그런데 넌 변했네."

"내가?"

지서가 놀라 손가락으로 자신을 가리켰다.

"응. 예전보다 잘 웃는 것 같아서."

"아……. 그런가."

수긍하는 척했지만, 사실 아니었다.

소영에게 늘 듣는 말이 '환하게 좀 웃어. 넌 예의상 웃을 때 말곤 웃질 않더라.'였다. 그러나 지서는 굳이 그 말까진 하지 않았다. 제 말이 겨우 열흘 만나 보기로 한 이 관계를 너무 무겁게 만들 수 있으니까.

"그냥……. 어쩌다 보니. 가자."

지서는 일부러 느릿느릿 걸어가는 재언을 따라 발 맞춰 걸었다. 그러나 워낙 거리가 가까운 탓에 몇 분 되지 않아 집 앞에 도착했다.

"그만 가 볼게. 넌 어떻게 왔어?"

"택시."

"차는?"

"……어딘가에 있어."

애매한 대답이었지만, 지서는 굳이 캐묻지 않았다.

"그만 가 볼게."

지서가 손을 흔들며 돌아섰다. 재언은 입술을 달싹였다. 무슨 말이라도 해서 지서를 돌려세우고 싶은데, 아무 말도 떠오르지 않았다.

오피스텔 투명 문 사이로 사라지는 모습을 바라보던 재언은, 지서가 더 이상 보이지 않게 된 후에도 꼼짝하지 않았다. 몇몇 사람들이 재언을 흘깃거리며 오피스텔 안으로 들어갔다.

"……아직도 커튼콜을 모르네, 이지서."

다시 나와서 인사해 줄 거라 생각했던 재언은 아쉬운 표정으로 걸음을 돌려세워 도롯가로 향했다. 선선한 바람이 기분 좋게 불어 옷자락을 스쳤다.

자동차는 지서의 회사 근처에 주차해 두었다. 소영을 만난 후 무작정 걷다 정신을 차렸을 땐, 이미 지서의 회사에서 한참 벗어난 후였다. 다시 돌아가야 할지, 택시를 타고 가야 할지 고민하는 사이 지서의 연락을 받았다. 그 후엔 미친놈처럼 여기까지 달음박질쳐 오느라 정신이 없었고.

택시를 부르려고 휴대 전화를 꺼낸 재언은, 뭔가 떠올랐다는 듯 전화 목록으로 들어갔다. 저장되지 않은 열한 자리 숫자가 눈에 보였다. 예전 휴대 전화 번호랑 조금도 겹치지 않았다.

가만히 바라보던 재언이 손가락을 움직였다.

[이지서]

12년 만에 저장한 이름이었다.

* * *

키보드 위에서 바쁘게 움직이던 손이 한순간 멈췄다. 휴대 전화 액정에 메시지가 떠올랐다.

[오늘 저녁 같이 먹자 -재언]

지서는 다시금 낯선 눈으로 제 액정을 쳐다보았다.

오늘 아침 눈을 떴을 때, 여러모로 놀랐다. 효경을 만나 밤새 뒤척일 거라는 예상과 달리 숙면했다는 사실과, 이상하리만치 몸이 가볍다는 사실. 그리고 재언과 열흘간 만날 수 있다는 사실에 들뜨면서도 어색했다. 효경을 향한 부담감보다 재언을 만난 기쁨이 더 크다는 사실에 그녀는 더더욱 당황했다.

어쩌면 꿈이 아닐까. 자신의 간절함이 지나쳐 만든 망상이 아닐까.

그런 의심마저 들 정도였다.

회사에 멀쩡하게 출근해 아무 일 없다는 듯이 일하면서도 그 의심은 지워지지 않았다. 그런데 지금 재언과의 재회가 현실이 맞다고 알려 주는 메시지 한 통이 도착했다. 휴대 전화를 든 지서는 메시지를 가만히 바라보다 답장을 썼다.

[어디서?]

너무 간결한가.

[좋아]

이것도 크게 다르지 않은 것 같은데…….

[뭐 좋아해?]

잠시 고민하던 끝에 메시지를 보냈다. 고민한 시간이 무색하게 답장은 무척 빨리 돌아왔다.

[떡볶이]

"⋯⋯."

뜬금없는 답변에 지서는 잠시 숨을 멈추곤, 먹먹한 눈으로 액정을 바라보았다.

아직 기억하고 있구나, 그걸.

감정만 희미하게 남아도 이상할 게 없을 정도로 많은 시간이 흘렀는데, 그가 작은 추억까지 기억하고 있다고 생각하자 가슴이 울렁거렸다.

[그걸로 되겠어?]

숨을 삼킨 지서가 고민 끝에 메시지를 보냈다.

[충분히]

재언의 메시지에 지서의 입술이 느슨하게 늘어났다.

[알았어. 그럼 내가 살게]

지서가 서둘러 회사 건물을 빠져나왔다. 지금 출발해도 약속된 시간보다 한 시간 늦었다. 컨퍼런스가 열흘 뒤였기에, 해야 할 업무들이 많았다. 엄연히 주최 측은 SR이지만, IJ가 협력하고 참여하는 이상 주최 측이나 다름없었다.

이번 컨퍼런스의 중심 업무를 맡은 지서에게 중요한 업무들이 몰렸다. SR 쪽이 제공하는 컨퍼런스 틀에 보강 자료를 삽입하고, IJ와 관련된 내용 중 틀린 것은 없는지 확인했다. 그러면서 IJ를 홍보할 수 있는 틈을 만들어야 했다.

SR과 IJ는 협력 관계지만, 보이지 않는 기 싸움이 있었다. IJ의 도움을 받지만 컨퍼런스의 공로를 독차지하고 싶은 SR과, 눈치껏 스스로를 피력해야 하는 IJ의 기 싸움. 컨퍼런스의 시간과 참여자들의 주목도가 한정적이니 어쩔 수 없는 일이었다.

지서가 서둘러 주차장에 세워진 차로 다가가며 휴대 전화로 재언에게 전화를 걸었다.

"지금 출발해. 늦어서 미안해."

최악이었다. 만나기로 한 첫날, 약속 연기라니. 지서가 이마를 짚었다.

-미안할 건 없고. 기다려.

번쩍.

헤드라이트의 빛이 쏟아지는 방향으로 지서의 고개가 돌아갔다. 눈이 부신 탓에 가만히 눈을 감고 있는 사이, 자갈을 밟고 오는 걸음 소리가 들렸다. 보폭이 꽤 큰지 자갈 소리가 순식간에 가까워졌다.

마침내 지서가 눈을 떴을 때 재언이 코앞에 있었다. 헤드라이트 빛 때문에 그의 실루엣밖에 보이지 않았지만, 재언이 웃고 있다는 걸 알았다. 지서는 빛을 피해 시선을 내리깔았다.

"미안해. 늦었지?"

"누가 이렇게 일을 많이 시켜?"

"SR이."

지서의 대답에 재언이 소리 내어 웃었다. 그 웃음소리가 비눗방울처럼 귓가에서 톡톡 터지는 기분이 들어 지서는 저도 모르게 귓가를 문질렀다.

"떡볶이 어디서 먹을 거야? 멀어? 차에 탈까, 아니면 걸어갈까."

재언이 웃음기 남은 목소리로 물었다.

"어떤 맛을 좋아해?"

제 질문에 대한 대답이 돌아오지 않자, 지서가 눈을 가느스름하게 뜬 채 그를 올려다보았다.

"네가 제일 자주 가는 집으로 데려가 줘."

그제야 재언이 답했다.

"괜찮겠어? 그다지 좋은 곳은 아닌데."

"대신 맛있겠지."

"그건 그래. 나한텐 그런데 너한테 그럴 거라 장담할 순 없으니까."

"괜찮아."

"그럼 걸어가자. 여기서 얼마 안 멀어."

재언이 차에 건 시동을 끄고 돌아온 후, 둘은 나란히 길을 따라 걸었다. 아직 개발되지 않은 부지여서 잡초들이 무성한 필지가 많았다. 그 때문인지 어디선가 귀뚜라미 소리가 들렸다. 꼭 오래전으로 돌아간 듯했다. 그 사이로 대화는 드문드문 이어졌다. 공부가 전부였던 12년 전과 달리, 대부분 회사와 관련된 것들이었다.

"여기야."

15분쯤 걷고서야 도착했다.

"여전히 멀리 있는 떡볶이집을 좋아하는구나."

"여전히 맛있는 집을 좋아하는 거지."

지서의 대꾸에 재언이 가볍게 웃었다.

떡볶이집은 새로 만들어진 지 얼마 안 됐는지 깨끗하고 깔끔했다. 지서가 테이블 위에 놓인 주문서를 자연스럽게 들었다.

"뭐 먹을래? 여기 떡볶이랑 김밥이 맛있어. 튀김도 있고. 먹고 싶은 거 있으면 말해."

"떡볶이랑 어묵이랑 김밥."

지서가 주문서를 직원에게 가져다주었다. 그사이, 재언은 컵에 물을 받아 왔다. 얼마 뒤, 빨간 떡볶이와 김밥, 어묵탕, 순대가 줄지어 나왔다. 지서는 자연스럽게 오목한 빈 그릇에 어묵 국물을 담아 재언에게 내밀었다. 이어 포크를 쥐는데, 기분이 이상했다.

재언과 자신이 입고 있는 오피스 룩이 교복으로 변하고, 깨끗한 벽지는 누런 벽지로 탈바꿈되는 듯했다. 마치 오래전으로 돌아간 것처럼.

재언도 이상했는지 아무 말 없이 지서를 응시했다. 시선이 얽혔다. 그는 할 말 많은 얼굴을 하고 있었다.

"먹어."

그럼에도 아무것도 묻지 못했다. 혹시 오래전 이야기를 나누다가 불편한 주제가 나올까 봐 겁이 났다. 이야기는 식사 후에 하는 게 좋으니까. 적어도 밥은 먹어야지.

그렇게 생각하는 사이, 재언이 포크로 탱글탱글한 떡볶이를 찍었다. 붉은 국물이 뚝뚝 떨어지는 떡볶이가 재언의 입 속으로 사라졌다.

지서도 따라 포크를 들었다.

늘 먹던 떡볶이였는데, 오늘따라 아무 맛도 느껴지지 않았다. 마치 신경이 다른 곳에 쏠려 버린 사람처럼.

* * *

떡볶이집에서 나와 근처 카페까지 또 10분을 걸었다. 배가 불러 곧바로 커피를 마시기 어려웠다.

재언은 오늘도 어제와 다름없이 느릿하게 걸었고, 지서는 이제 이유를 묻지 않고 발 맞추어 걸었다. 휘영청 떠오른 달은 밤하늘을 비추고 있었고, 멀리서 귀뚜라미가 울었다.

둘은 잠시 말없이 걸었다. 신기한 일이었다. 얼마 전까지만 해도 눈 마주치기가 힘들었는데, 지금은 함께 걸어도 크게 어색하지 않다는 게.

"어떻게 거기서 도망쳤어? 조폭들이 판을 치고 있었다던데."

선선한 바람이 부는 가운데, 재언이 넌지시 물었다.

12년 전의 일을 말하고 있다는 걸 깨달은 지서의 얼굴이 미미하게 굳었다가 풀어졌다. 재언과 재회하며 언젠가 이런 시간이 올 거라 예상하고 있었다.

"힘들면 굳이 안 해도 돼."

재언의 덧붙이는 말에 지서는 고개를 가로저었다.

"아니. 괜찮아."

대꾸한 지서가 숨을 들이켰다. 언젠가 재언에게 모두 이야기할 생각이었다. 원래라면 12년 전에 알았어야 할 사실이었으니까.

잠깐 미안함에 입술을 달싹이던 지서가 천천히 말문을 열었다.

"시외버스 터미널에 가는데 길 곳곳에 조폭들이 깔렸더라. 그래서 콜택시 불러서 무작정 탔어. 그렇게 서울 가서 바로 경찰서로 향했어. 거기서 가출 청소년 쉼터 소개받아서 단기로 있다가, 상담받고 이런저런 절차 받아서 장기 쉼터까지 가서 지냈어. 대학은…… 4년 전액 장학금 주는 곳으로 갔고."

말을 하는 내내 지서는 허무함을 느꼈다. 자신이 겪었던 외로움과 서러움이 거세된 제 12년의 시간은 너무도 단출했다.

그렇다고 구질구질하게, 몸살에 걸려 죽도록 아팠던 날 하루 꼬박 굶다가 배고파서 울었던 일 같은 건 말하고 싶지 않았다.

"졸업 후엔 태량에 입사했다가 지금 대표님께 스카우트 제안 받아서 옮겼어. 다행히 지금 회사는 무척 마음에 들어."

"열심히 살았네."

재언의 담백한 대꾸에 지서는 쓰게 웃었다. 부모님이라는 배를 타지 못한 삶은 이런 거라고. 가라앉지 않기 위해 한없이 발버둥 쳐야 한다는 말을 삼키며.

잠깐 바닥을 바라보던 지서가 머뭇거리다 결심한 듯 입을 열었다.

"원망스럽진 않아? 너랑 그렇게 헤어지고 지나치게 열심히 산 내가……."

지서는 조금 초조한 눈으로 재언을 바라보았다. 질색하거나 힐난하는 눈빛을 보낼 거라는 예상과 달리 재언은 덤덤했다.

"그럴 거라고 생각했어."

"……."

재언의 대꾸에 지서가 또 한 번 쓰게 웃었다. 재언에게 자신은 아주 독한 여자애로 남겨져 있나 보다, 라고 생각할 때였다.

"넌 힘들 때 더 열심히 사니까."

"……."

그러나 생각지 못한 말에 지서의 표정이 서서히 사라졌다.

"그래서 나도 열심히 살았어. 우리가 다시 만났을 때 부끄러운 모습은 아니었으면 했으니까."

재언의 말이 밀물처럼 마음으로 밀려들어 왔다.

우리라는 말, 다시라는 말 때문에.

"넌…… 우리가 다시 만날 거라 생각했어?"

지서가 부는 바람에 헝클어지는 머리카락을 쓸어 넘기며 물었다.

"언젠가는."

"……."

"넌?"

재언이 물으며 물끄러미 내려다보았다.

"난…… 반반. 만나고 싶지만, 웃으면서 만날 순 없으니까. 그래서 겁났어."

지서의 솔직한 대답에 재언이 이해한다는 듯 고개를 끄덕였다. 아프게 찢긴 사이였다. 그사이 서로의 마음이 어떻게 달라졌을지 모를 일이니 조심스러울 수밖에.

지서가 걸음을 돌려세웠다. 다시 카페로 향할 때였다.

"난 무서웠어."

뒤따르는 재언의 말에 지서가 고개를 돌려 다시 쳐다보았다. 무슨 말이냐고 쳐다보았지만, 재언은 더 이상 아무 말 하지 않았다. 그저 말해 줄 생각 없다는 듯 희미하게 웃었다.

"가자."

그러고는 나란히 서서 카페로 가는 길을 재촉했다.

* * *

신도시 가운데 생긴 카페는 한산했다. 지서는 창가 자리에 앉아 탁 트인 바깥 풍경을 바라보았다.

커피는 따뜻하고, 바람은 선선했다. 그리고 떡볶이가 그랬던 것처럼, 여전히 커피 맛을 느낄 수 없었다. 자신을 쳐다보고 있는 재언 때문에.

지서는 말없이 재언을 살폈다. 쭉 뻗은 그의 팔은 예전보다 더 단단해 보였다.

슈트를 걸친 넓은 어깨와 슬림하게 이어지는 몸매, 전보다 더 또렷하게 변한 이목구비는 여전히 아름다웠다.

예전과 같은 모습을 발견하면 반갑고, 예전과 달라진 모습을 발견하면 새롭다.

이렇게 동요하는 제 감정이, 옛 감정의 그림자인지 지금의 마음인지 구분할 수 없었다. 그러다 시선을 느꼈는지 고개를 든 재언과 눈이 마주쳤다.

"오늘 먹은 떡볶이 어땠어?"

움찔한 지서가 일부러 분위기를 환기시키려는 듯 밝게 물었다.

"예전에 먹은 곳이 더 맛있었던 것 같아."

재언이 잔을 들며 무심히 대꾸했다.

"나도 그래. 그 할머니가 떡볶이 장인이었더라."

지서의 말에 재언이 동의한다는 듯 가볍게 고개를 끄덕였다.

"나도 이제야 알았어."

"떡볶이 자주 먹었어?"

"아니."

"……."

"한 번도 못 먹었어."

그 이유가 자기 때문인 것 같아, 지서의 미소가 희미해졌다.

"좋아한다고 내 맘대로 다 할 수 있는 건 아니더라."

169

뼈 있는 말에 지서의 미소가 완전히 사라졌다.

충분히 이해되었다. 좋아한다고 내 마음대로 다 할 수 없는 것들이, 그녀에게도 있었으니까.

이를테면 밀 키트 떡볶이를 못 먹게 된 것. 낡은 골목길을 비추는 가로등 불빛 아래에 오래 서 있지 못하는 것들.

"……이젠 먹을 수 있었으면 좋겠다."

진심을 다해 말을 건넸다.

먹을 수 있기를. 과거를 떨칠 수 있기를. 그리하여 마음에 남은 상처가 조금씩 아물길.

지서의 말에 재언이 가볍게 고개를 끄덕였다.

"될 거야, 오늘부턴."

마음이 놓인 듯 지서가 자그맣게 웃었다. 그러다 궁금해져서 물었다.

"넌 뭘 좋아해? 그러고 보니 뭘 좋아하는지 모르네."

재언은 늘 지서에게 맞춰 주었다. 그래서 정작 그가 뭘 좋아하는지 알지 못했다. 예전이나, 지금이나.

"딱히 안 가려. 특별히 좋아하는 것도, 특별히 안 좋아하는 것도 없거든."

"그랬구나."

재언의 말을 끝으로 이내 침묵이 흘렀다. 간신히 이어지던 대화가 뚝 끊어지자, 어색함이 밀려들었다.

그녀는 애꿎은 잔만 만지작거리며 커피를 홀짝였다. 이렇게 시간을 보내다가 집으로 돌아가겠지. 그러자 문득, 이 시간이 무척 아깝게 느껴졌다. 재언과 함께할 수 있는 얼마 안 되는 소중한 시간인데. 언젠가 끝이 날 시간이라면, 하고 싶은 말은 다 해야 할 것 같았다.

숨을 들이켠 지서가 결심한 듯 입을 열었다.

"사실 태량과 SR에 둘 다 최종 합격 했었어."

뜬금없는 말에 재언이 고개를 들었다.

"태량에 입사했다고 들었는데."

그런데 왜 태량에 갔냐는 듯 재언이 물었다.

"SR에 가면 널 계속 찾으려고 할 것 같아서."

"……."

"그러다가 널 만나면…… 나는 네 회사의 말단일 테니까. 좀 번듯한 모습을 보여 주고 싶었나 봐. 웃기지? 그러면서 또 오피스텔은 SR 근처에 구했었어."

"……."

"12년간 정말 일관적이지 않은 선택을 했었어. 왜 이 이야기를 너한테 하는지 모르겠지만, 그냥 하고 싶었어. 네가 궁금해하는 내 12년 속에…… 네가 큰 영향을 미쳤다는 걸. 물론, 고백하는 건 아냐. 말해 주고 싶었어. 너랑 한 이별이…… 나한테도 쉽지 않았다는 거. 그래서 아직도 너한테 미안하다는 거."

지서가 말갛게 웃었다. 재언에게선 이렇다 할 만한 반응이 없었다. 그럼에도 지서는 재언이 숨죽인 채 귀 기울여 듣고 있다는 걸 알았다.

미동도 없는 표정, 흔들림 없는 자세, 아주 드물게 흠칫하듯 움직이는 손끝으로 알아챘다. 지금 이 순간, 그에게 숱한 감정이 스쳐 지나가고 있다는 것도.

"알아."

마침내 재언이 덤덤하게 대답하며 웃었다.

그 짧은 대답만으로도 알 수 있었다.

이제 서로를 조금 더 이해하게 되었다는 걸.

* * *

운전석 창문 너머로 가로등 불빛이 스쳐 지나갔다. 늦은 시각, 도로는 텅 비어 있었다. 재언은 손끝으로 입가를 만지작거리며 어이없다는 듯 웃었다.

이렇게 늦게 헤어질 생각 없었는데.

내일 출근도 있으니 적당히 이야기하다가 일어나야겠다고 생각했는데, 12년 공백에 관한 이야기, 어린 시절 이야기, 회사 이야기를 하다 보니 어느새 카페 직원이 찾아왔다.

'죄송한데, 곧 마감이라서요.'

난처해하는 직원의 말을 듣고 당황해 시간을 확인하니 자정에 가까웠다. 시간을 확인하고도 믿기 힘들었다. 고작 한 시간 정도 흐른 것 같은데, 몇 시간이 훌쩍 흘렀다는 사실이 기가 막혔다.

직원에게 알겠다고 한 후, 자리에서 일어나 지서를 데려다주었다. 그렇게 지서의 집 근처에 차를 세우고서, 또 30분을 더 이야기 나누었다. 이러다 정말 날 새겠다며 문을 열고 나서는 지서를 보낸 게 10분 전이었다.

툭, 툭.

재언의 긴 검지가 관자놀이를 툭툭 쳤다.

대체 뭘 했기에 그렇게 시간이 흘렀을까.

난생처음 겪는 일에 그는 지서와 있었던 시간을 떠올려 보았다.

함께 저녁 식사를 한 떡볶이 가게. 깔끔한 베이지색 벽지에 황토색 바닥, 떡볶이 국물이 튀어도 티가 잘 나지 않는 붉은 테이블……. 자신을 똑바로 응시하던 옅은 색의 눈동자. 꼭 움켜쥐면 붉은 자국이 금세 남을 것 같은 하얀 피부. 가느다란 선을 가진 이목구비. 자신을 보며 단정하게 웃던 얼굴이 겹친다.

가볍게 고개를 가로저은 재언이 카페에 흐르던 음악을 상기하려 노력했지만, 귀에 착 감기는 부드러운 목소리와 또박또박한 발음부터 떠오른다. 드문드문 들리던 가느다란 웃음소리와, 반듯하게 올라간 입꼬리와 잘 어울리는 단정한 목소리 또한.

생각에서 벗어나려는 듯 가볍게 관자놀이를 툭툭 친 재언이 다시 거리 위 정신없이 불어치던 바람을 떠올리려 했다.

그러나…… 아주 잠깐 스친 옷자락부터 떠오른다.

사각, 스치던 천 자락의 소리와 짠 듯이 잠깐 멈췄던 대화. 한 박자 늦게 마주쳤던 시선과, 다급히 고개를 돌리던 지서의 옆얼굴까지.

"하."

어이없다는 듯, 재언의 입매가 휘었다.

넌 내 기억을 분분히 흩어 버리지.

173

이래서…….

'난 무서웠어.'

……무서웠다.

네게 다시 반할 내가.

* * *

"어디 갔다 오니? 전화도 안 받고."

문을 열고 들어서자 현관 앞에 버티고 선 배 여사가 얼굴을 굳힌 채 서 있었다.

배 여사를 발견하자마자 재언은 입꼬리를 끌어 올렸다. 그린 것 같은 미소를 지으며 구두를 벗은 그가 한 발 내딛자 배 여사가 들어오라는 듯 한 발자국 비켜섰다. 독립한 지 3년 차가 되었지만, 배 여사는 여전히 자신과 연락이 되지 않으면 불쑥 찾아오곤 했다. 딱 지금처럼.

재언은 재킷을 벗으며 배 여사를 내려다보았다.

"바빴어요."

"뭐 하느라."

"일하느라요."

"회사에 없었다던데."

"일을 회사에서만 하나요. 무슨 일로 오셨어요?"

배 여사는 매끄럽게 대답하는 재언을, 못마땅하다는 표정으로 노려보았다.

어릴 적엔 제멋대로인 데다가 종잡을 수 없는 성격을 가졌었던 재언은, 그 일이 있었던 고2를 기점으로 확 변했다. 제멋대로 굴지 않고, 여유로운 미소를 지으며 상대를 대했으며, 화도 내지 않았다.

원하던 변화였음에도 배 여사는 그 후부터 재언이 불편해졌다. 무슨 생각을 하는지, 어떤 걸 원하는지조차 여유로운 미소 안에 감춰 버렸으니까. 차라리 제멋대로 굴던 어린 시절이 대하기 더 편하다 싶을 정도였다.

"오늘 일하느라 고생했어."

일단 부드럽게 달랠 말을 꺼낸 배 여사가 넥타이를 푸는 재언을 보며 빙그레 웃었다.

"엄마 왔는데 일단 앉아 봐."

거실 한가운데 자리한 패브릭 소파에 앉은 배 여사의 말에, 재언이 벗은 재킷을 식탁 의자 위에 걸친 후 마주 앉았다. 죽 뻗은 긴 다리 위에 팔을 걸친 그가 단정한 미소를 지으며 배 여사를 바라보았다.

"말씀하세요."

"요즘 만나는 사람 있니?"

"다 아시잖아요."

회사 사람들 통해서 적당히 보고받고 있지 않냐는 듯한 뉘앙스에 배 여사가 기어코 못마땅한 듯 눈을 가늘게 떴다.

"사람을 회사에서만 만나니?"

재언이 했던 말을 그대로 돌려주자, 그가 가볍게 웃었다.

"그건 왜 물으세요?"

"언제까지 연애도 안 하고 혼자 그러고 있을 거야? 네 둘째 형 결혼한 지 벌써 2년이 지났어. 이제 너도 슬슬 생각해야지. 당장 결혼하라는 말 안 해. 연애는 해야지."

"또 그 이야기군요."

"아무리 이야기해도 네가 안 들으니 그렇지. 너도 얼른 사람 만나고 해야 하지 않겠니. 이제 그만하고, 사람 만나. 만나야 정도 드는 법이야."

"……."

원치 않았던 대화 주제였는지 재언의 얼굴이 미미하게 굳었다. 작은 변화였지만, 온도 차가 확 느껴지는 표정에 배 여사는 내심 흠칫했다. 그러나 날을 잡고 온 만큼 배 여사도 쉽게 물러날 수 없었다.

"연애 경험이 없다는 게 선 시장에선 그리 큰 메리트도 아니다. 꼭 무슨 문제 있는 것처럼 느껴지니까. 여태껏 일 배운다고 그랬다는 말로 둘러댔지만……. 요즘 너를 두고……. 어휴."

배 여사가 이마를 짚었다. 연애는커녕 선 자리 한 번 안 나가는 제 막내아들을 두고 이런저런 말이 나온다는 건 알고 있었지만, 어지러울 정도로 노골적인 이야기를 듣고 나니 눈앞이 아찔했다.

"일단 선부터 보자. 사람을 만나야 좋은 사람이 있는 거 알지. 메시지 한번 확인해 봐."

배 여사의 말에 재언이 휴대 전화를 꺼내 들었다. 배 여사가 미리 보내 놓은 메시지 안에 여자 사진 다섯 장이 들어 있었다.

아주 미미한 보정을 거친 프로필 사진들이었다.

"네 마음에 드는 사람 있으면 말해 봐. 내가 자리 한번 마련할 테니."

재언은 찬찬히 사진들을 살폈다.

"다들 열심히 관리받은 얼굴이네요."

"요즘은 관리도 노력이야."

"그러게요. 이렇게 노력했는데 마땅히 좋은 대접들 받으셔야죠."

"그럼."

대답한 배 여사는 뒤늦게 눈을 가늘게 떴다. 그사이 액정을 툭툭 두드린 재언이 다시 웃는 낮으로 배 여사를 마주했다.

"삭제했어요."

"……뭐?"

놀란 배 여사가 목소리를 높였다.

"이렇게 열심히 노력한 분들이니 좋은 사람 만나서 결혼해야죠."

"너……!"

"아무래도 전 그 상대가 못 될 것 같네요."

재언이 다시 입꼬리를 끌어 올리며 웃었지만, 눈은 조금도 웃지 않았다. 다정하지만 차가운 미소 앞에 배 여사는 긴 한숨을 내쉬었다.

"너, 대체 언제까지 그러고 살 거야?"

배 여사가 억장이 무너진 얼굴로 재언을 쳐다보았다.

어디 하나 빠지는 구석 없는 아들이었다. 훤칠한 키에 화려하다 싶을 정도로 잘생긴 외모, 그럼에도 날리거나 가볍지 않은 특유의 분위기가 흘러넘쳤다.

잘난 게 어디 외형뿐일까. 장래를 고민한 게 무색하게 마음 잡자마자 공부해서 원하는 대학에 재수 한 번 없이 입학하고, 몇 달만에 영어와 중국어도 마스터할 정도로 머리도 타고난 녀석이었다.

어디 가든 소개해 달라고 하는 아들인데, 정작 당사자는 평생 혼자 살 것처럼 굴고 있으니 속이 타들어 갔다.

"김 기사님한테 연락드렸어요. 5분 뒤 도착이라네요. 타고 가세요. 전 내일 출근해야 해서 바쁘거든요."

"너, 고등학교 때 그 일 가지고 아직도 시위하는 거야?"

갑갑해진 배 여사가 한 번도 입에 담지 않았던 그날의 일을 입에 담았다. 무슨 말을 하든 무시하고 제 방으로 들어갈 것 같던 재언이 걸음을 뚝 멈췄다. 몸을 돌려세운 재언이 배 여사를 무표정하게 바라보았다.

"걔도 어디선가 잘 살고 있을 거야. 그러니까 너도 네 인생 살아. 과거에 붙잡혀 살지 말고. 언제 적 일인데 아직도 그러고 살아? 그래 봤자 몇 달이나 된다고!"

배 여사의 말에 재언은 말없이 희미하게 웃었다.

"몇 년 같은 몇 달이었죠."

재언의 가라앉은 목소리에 배 여사의 표정이 와락 구겨졌다. 12년도 지난 일이다. 그러나 그 그림자에서 벗어나지 못했는지, 재언의 목소리엔 희미한 감정이 묻어났다.

"배웅은 못 해 드리겠네요. 조심히 돌아가세요. 내일부터 운동 가야 해서 일찍 자야 할 것 같거든요."

언제 그랬냐는 듯 본래의 목소리로 돌아온 재언이 방문을 닫고 들어섰다. 배 여사는 재언을 부르려다 이내 입술을 꾹 다물었다.

여기서 더 이야기를 나눠 봤자 평행선일 테니.

"후우."

대신 긴 한숨이 새어 나왔다.

누구라도 좋으니 제 막내아들과 만나 줬으면.

그러다 문득 오래전에 봤던 지서를 떠올렸다. 지금 같은 마음 이면 재언이 지서를 만난다고 해도 허락할 수 있을 것 같았다.

애만 보면 참 괜찮았는데…….

"어휴. 내가 언제 적 일을…….."

한숨을 내쉬던 배 여사가 조용히 이마를 짚었다.

* * *

트레드밀 위로 땀이 뚝뚝 떨어졌다. 오피스텔 근처 건물 2층에 자리한 헬스클럽에 다닌 지 만 2년 차였다. 젊을 때부터 체력 관리해 두라는 소영의 잔소리에 못 이겨 등록했다가, 이젠 일주일 에 세 번씩 출근하기 전 들르는 게 습관이 되었다.

투명한 창문 너머로 길가에 길게 이어져 있는 가로수들은 며칠 전까지만 해도 푸르던 잎사귀들이 붉게, 또 노랗게 물들어 있었다.

그 위로 어젯밤의 일이 떠올랐다. 재언과 나누던 대화, 함께 걸었던 길, 가을바람처럼 선선하던 웃음까지.

또 이러네, 또…….

요즘 부쩍 재언의 생각을 하는 빈도가 늘었다.

가쁜 숨을 내쉬며 운동을 하는 사이, 옆 트레드밀에서 인기척이 느껴졌다. 지서는 저도 모르게 미간을 찌푸렸다.

얼마 전, 새벽 운동 하는데 다가와 계속해서 말을 걸던 트레이너가 생각난 탓이었다. 애써 모르는 척하며 운동에 집중하는데, 문득 익숙한 향이 났다. 반사적으로 고개를 돌리자 그곳에 재언이 있었다. 반팔 티셔츠와 긴 트레이닝바지를 입은 그는 다른 한 손에 수건과 휴대 전화를 쥐고 있었다.

지서는 눈을 두어 번 깜빡였다. 이 시간에 여기 재언이 있을 리 없으므로, 자신이 환영을 본 거라 생각했다.

그런데 아무리 눈을 깜빡여도 재언이 그대로 있었다. 트레드밀 멈춤 버튼을 눌렀다. 생각보다 급하게 멈춘 트레드밀 레일에 휘청하는 동시에 손목이 뜨끈해졌다. 제 손목을 감싸고도 넉넉한 큰 손을 따라 고개를 들자 재언의 얼굴이 눈에 들어왔다.

창가에서 막 들어오는 햇살에 얼굴 테두리가 뽀얗게 빛났다.

"……네가, 왜. 여기에 있어?"

너무 놀라서인지 말이 뚝뚝 끊어졌다.

"운동하려고."

덤덤한 재언의 답에 지서가 그걸 물은 게 아니잖아, 라는 얼굴로 쳐다보았다.

"……여기서? 너희 집이랑 멀잖아."

"회사랑 가까우니까."

"⋯⋯아."

지서가 짧게 탄식하다 픽 웃었다.

설마 재언이 자신을 쫓아왔으리라고.

"네가 있기도 하고."

이어진 재언의 말에 지서의 머릿속 생각이 사라졌다.

"이게 우연일 리가."

재언이 덧붙인 말에 지서가 눈을 깜빡였다. 그러다 지서는 어제 대화를 하다가 새벽에 가장 먼저 오픈하는 집 근처 헬스클럽에서 운동한다는 이야기를 했던 걸 떠올렸다.

그걸 듣고 여길 찾아왔구나.

재언이 자신을 보려고 찾아왔다는 사실에, 알 수 없는 안도감이 들었다. 이 이른 새벽, 자신만 재언을 떠올린 게 아닌 것 같아서.

"⋯⋯열흘간 얼마나 보려고."

트레드밀의 시작 버튼을 누르며 꺼낸 지서의 농담에 재언이 픽 웃었다.

"보고 싶은 만큼?"

"⋯⋯."

그의 말에 지서의 입꼬리가 티 나지 않게 아래로 향했다.

그럼, 보고 싶은 만큼 보고 난 후에는?

설레는 것과 동시에 마음이 무거워졌다.

그러나 지서는 묻는 대신 빠르게 달리기 시작했다.

제 물음을 재언이 부담스러워할 수도 있으니까.

* * *

미치겠네.

창밖을 향한 재언의 시선이 정착하지 못하고 이리저리 흔들렸다.

"하아."

바로 옆 트레드밀에서 빠른 속도로 달리는 지서에게서 가쁜 숨소리가 새어 나왔다. 지서는 운동하고 있을 뿐이었다. 운동하는 사람답게 숨소리가 거칠어지는 거고.

……미친놈.

제게 짧게 욕설을 뱉은 재언이 속도를 더 높여 빠르게 달리기 시작했다.

그런데도,

"하아."

따라붙는 숨소리에 눈앞이 흐려진다.

재언이 얼굴을 굳힌 채 옆을 보았다. 헐렁한 반팔 티에 펑퍼짐한 바지는 어디로 보나 야하게 보려야 볼 수가 없는 옷차림이었다. 누가 봐도 운동에만 집중하겠다는 차림새였으나, 그걸 입은 사람이 문제였다.

하얀 목덜미에서 흘러내리는 땀, 창문에서 들어온 빛을 머금어 더욱 반짝이는 색감 옅은 눈동자. 숨소리가 새어 나오는 혈색 좋은 입술. 제 주먹과 비교해 터무니없이 작은 주먹.

가볍게 터져 나오는 숨소리에 머릿속이 어지럽다. 재언이 숨을 들이켜며 고개를 돌리다가, 지서의 뒷모습을 빤히 쳐다보고 있는 트레이너와 눈이 마주쳤다. 한 박자 늦게 자신을 발견하곤 시선을 돌리는 턱이 툭 불거져 있었다. 마치 자신이 노리던 뭔가를 뺏긴 것처럼 분한 얼굴이었다.

아, 그래. 제 눈에 좋아 보이는 게, 다른 사람들 눈에 별로일리 없지.

재언이 차가운 얼굴로 고개를 돌려 지서를 바라보았다. 그러고 보면 여기저기서 가만두지 않았을 타입이었다. 실제로 제 직원도 지서를 마음에 두고 덤비지 않았던가.

삐익.

날카로운 기계음과 함께 지서가 올라선 트레드밀의 속도가 점점 느려졌다.

"난 끝났어."

숨을 들이마셨다가 내쉴 때마다 지서의 가슴이 빠르게 오르내렸다. 작은 체구에 거친 호흡, 곧게 바라보는 시선과 뜨거운 숨을 내뱉는 입술. 고요한데, 격렬하다.

"난 그만 가 볼게."

지서가 걸어 놓은 수건으로 땀을 닦으며 트레드밀에서 내려갔다.

"넌 어떻게 할 거야?"

지서가 묻는 사이, 저 멀리 서 있던 트레이너가 맞춰서 움직이는 게 곁눈질로 보였다. 빠르게 움직이는 트레드밀에서 훌쩍 내려온 재언이 지서의 맞은편에 섰다. 지서가 갑자기 내려온 재언을 놀란 얼굴로 바라보았다. 그러거나 말거나, 재언은 손을 들어 지서의 이마에 들러붙은 머리카락을 넘겨 주었다. 스윽, 스치는 손길에 지서가 움찔하며 어깨를 웅크렸다. 생각지 못한 스킨십에 당황한 듯했다.

"미안. 간지러웠을 것 같아서."

"……괜찮아."

트레이너에게 보여 주기 식의 행동이었는데…….

정작 돌아온 그녀의 반응에 재언의 손끝이 뜨거워졌다. 지서의 덤덤한 목소리 끝이 가늘게 떨렸다.

"땀 묻어."

지서가 땀을 닦지 않은 수건 끄트머리로 재언의 손가락을 닦아 주었다. 두껍지도, 얇지도 않은 수건 천 너머로 자신의 손을 조 몰락거리는 손길이 느껴진다. 수건을 확 치워 버리고 싶은 충동 이 일었다. 치우고 싶은 건 이 수건만이 아니었다. 자신과 이지 서 사이에 드리워져 있는 이 터무니없는 거리감 또한 치워 버리 고 싶다.

재언이 저도 모르게 한 발자국 다가섰다. 그러자 지서가 움찔 하며 한 걸음 물러났다.

"나…… 땀 많이 흘렸어. 땀 냄새 날지도 몰라."

"안 나는데."

"가까워지면 날지도 모르니까."

지서가 머뭇거리며 또 한 발자국 물러섰다.

"조심해서 출근해. 난 일이 많아서 먼저 가 볼게."

지서가 가볍게 손을 흔들며 잡을 틈 없이 돌아서더니 탈의실로 쏙 들어갔다. 이러지도 저러지도 못한 채 어정쩡하게 서서 자신과 지서를 번갈아 보는 트레이너의 얼굴엔 패배감이 가득했다.

재언은 공회전하고 있는 트레드밀을 끈 후, 수건을 챙겨 탈의실로 향했다. 텅 비다시피 한 탈의실에서 옷을 벗던 재언이 하, 하고 웃었다. 사춘기도 아닌데 아침부터 반쯤 솟아 있는 아래를 보던 그가 이내 어금니를 꽉 깨물었다.

샤워실로 들어간 그가 찬물로 몸을 씻었다. 온몸이 얼얼해질 정도로 추운데도 아래는 여전히 빳빳했다. 그가 고개를 젖혀 물줄기에 얼굴을 파묻었다. 감은 눈 위로 이지서의 모습이 빠르게 스쳐 지나갔다.

카페에서 대화를 나누다가 손으로 입가를 가리며 웃는 모습, 침묵이 흐를 때면 창가 쪽으로 고개를 돌려 바람을 쐬는 모습, 귀를 착 감싸는 부드러운 목소리와, 자신과 마주할 때마다 살짝씩 커지며 빛을 머금던 눈동자까지.

지서에게 마음이 기울면서도 의심했다. 과거의 마음을 지금의 호감이라 착각하고 있는 게 아닐까 하고.

그런데 감은 눈 위에 떠오른 지서를 보니 답을 알 것 같았다.

서른의 신재언이 서른의 이지서를 처음 만났어도…… 반했을 거라고.

9

남 비서는 곤란한 얼굴로 미간을 긁적였다.

자신이 상사로 모시는 신재언은 원래도 무슨 생각을 하는지 모를 사람이었다. 좀처럼 제 생각을 소리 내어 말하는 법 없었고, 감정도 잘 드러내지 않았다. 화를 낼 때도 늘 은은한 미소를 머금어서 상대방의 기를 눌러 놓는 타입이었다.

물론 요 근래 컨퍼런스를 코앞에 두고 예민해진 것 같긴 했다. 하지만 그게 지금의 상태를 설명하는 원인 같진 않았다.

"어때 보여요?"

재언이 재킷을 걸쳐 입으며 남 비서에게 물었다. 남 비서는 제 앞에서 재킷을 정리하는 재언을 흐린 눈으로 바라보았다.

퍼스널 쇼퍼를 불러 벌써 세 번째 슈트를 변경하는 중이었다. 스케줄을 확인해 본 결과, 어디 외근이 있거나 모임이 있는 것도 아니었다.

"어떻냐고요."

재언의 채근에 남 비서가 간신히 입꼬리를 끌어 올렸다. 예비 신부의 웨딩드레스를 골라 준 이후로, 이런 상황은 처음이라 어색했다.

"잘 어울리십니다."

"흠, 아까 슈트가 더 잘 어울려 보이는데?"

"……예. 아까 슈트도 잘 어울리십니다."

"두 개 다 잘 어울린단 말이죠?"

"네. 그렇습니다."

"잘 어울리는데, 어떻게 달라 보여요?"

……결혼식을 한 번 더 하고 말지.

예비 신부 드레스 한 번 더 골라 주는 게 낫겠다 싶을 정도로 재언이 상세하게 물어 왔다. 평소 생각은 알 수 없지만, 일 잘하고 자신을 괴롭히는 법 없어서 좋은 상사라고 했던 며칠 전 자신을 불태우고 싶은 심정이었다.

"두 번째 슈트는 와인색이라 화려한 부대표님의 인상과 잘 어울리고, 세 번째 슈트는 체크무늬가 있지만 차분한 색감이라 세련되어 보입니다. 제 사견으로는 후자가 잘 어울리는 것 같습니다."

"화려함과 단정함이라."

간단하게 정리한 재언은 고민하다가 두 번째를 골랐다.

"이걸로 하죠."

······이럴 거면 나한테 왜 물어본 거야.

남 비서가 지그시 이를 깨물며 억지로 미소를 지었다.

"네. 알겠습니다."

퍼스널 쇼퍼가 옷을 챙기는 동안, 재언은 두 번째 슈트를 들고 간의 탈의실로 향했다.

"변동된 스케줄 있나요?"

재언의 물음에 남 비서는 태블릿을 켜서 보고를 시작했다.

"금주 스케줄은 변동 없으십니다. 다음 주 월요일 부산 벡스코에서 열리는 뉴 디지털 박람회 방문을 위해 비행기 표를 예약해 두었습니다. 오전 10시 비행기입니다. 다음 주 화요일······."

"부산 출장이 다음 주였어요?"

"네."

대답하던 남 비서는 의아한 표정으로 흘깃 간이 탈의실을 보았다. 여태껏 스케줄 보고는 형식적인 일일 뿐, 재언은 한 번도 제 스케줄을 잊은 적 없었다. 그게 다음 주건, 2주 후의 일이건. 그런 그가 출장을 까맣게 잊은 듯이, 탄식했다.

"조정할까요?"

"할 수 있습니까?"

"······노력해 보겠습니다."

"목소리를 들어 보니 아닌 것 같은데······. 됐습니다. 그럼."

디지털 박람회만이 아니라, 다음 날 있을 부산 디지털 데이터

센터 오픈 방문 때문에라도 내려가야 했다. 그날 곧바로 올라올 수 있는 일정도 아니었다. 결국, 최소 3일은 부산에 있어야 한다는 말이었다.

3일······.

그러고 나면 지서와의 약속된 열흘이 끝난다. 겨우 이틀 정도 지난 것 같은데, 곧 약속된 열흘이 끝이라니. 아직 하고 싶은 게 많이 남았는데.

재언이 생각에 잠긴 표정을 지을 때였다.

"그런데 오늘 무슨 날이십니까?"

고민하던 남 비서는 재언에게 조심스럽게 물었다.

"제 스케줄은 남 비서님이 더 잘 아실 텐데요."

"그렇습니다만, 오늘 평소와 부쩍 다르신 것 같아서요."

"아아. 왜 이렇게 요란하게 구냐 이건가요?"

"제 뜻은 그게 아니라······."

"알아요. 오늘 내가 요란하고 소란스러운 거."

"······."

재언이 순순히 시인하자, 남 비서가 의외라는 얼굴로 고개를 갸웃거렸다.

"잘 보이고 싶은 사람이 있어서요."

대답을 하며 재언이 간이 탈의실의 천을 젖히고 나왔다. 어두운 와인색 슈트 자체는 화려하지 않지만, 재언의 얼굴과 어우러지니 눈부시게 빛났다. 특히 무채색 슈트들 가운데 있으면 확실히 도드라질 것 같았다.

재언이 거울에 비친 제 모습을 확인하고 포마드 머리를 단정하게 정리했다.

"난 정리가 됐는데."

느닷없이 중얼거리는 재언의 말에 남 비서가 의아한 얼굴로 바라보았다.

"누군 아직 정리가 안 된 것 같아서."

재언의 눈에 이채가 돌았다.

"정리를 좀 도와주려고요. 있는 힘을 다해서."

빙글 돌아선 재언이 입꼬리를 끌어 올리며 웃었다. 휘어지는 눈매와 반듯하게 올라간 입매에 흘깃 재언을 본 퍼스널 쇼퍼의 귀 끝이 붉어졌다.

잘난 얼굴과 외형을 가감 없이 활용하겠다는 재언의 발언에 남 비서는 눈을 빠르게 깜빡였다.

……그러니까, 누구한테?

차마 묻지 못하는 사이, 재언이 성큼성큼 부대표실을 가로질러 걸어갔다.

"오늘은 무리 좀 해야겠네요."

알 수 없는 말을 덧붙이면서.

* * *

회의실로 들어서던 재언의 걸음이 뚝 멈췄다. 급작스럽게 멈춘 탓에 뒤따르던 남 비서는 하마터면 그의 등에 이마를 찍을 뻔했다. 간신히 최악의 불상사를 피한 남 비서는 가슴을 쓸어내리며 재언을 빤히 쳐다보았다.

"……졌네."

알아들을 수 없는 말을 중얼거린 재언이 회의실 안으로 성큼 들어갔다. 한 번도 지각한 적 없는 지서는 오늘도 다름없이 먼저 와서 자리를 지키고 있었다.

검은 슈트나 무채색 슬랙스 바지를 즐겨 입던 것과 달리, 베이지색 H라인 스커트에 프릴이 달린 아이보리색 블라우스, 톤을 맞춘 짙은 브라운의 하이힐을 신고 있었다. 얇고 쭉 뻗은 종아리와 예쁘게 이어진 몸의 라인이 도드라지는 패션에 SR 쪽 남자 직원들이 흘깃대는 게 여기서도 느껴졌다.

재언의 한쪽 입술이 삐딱하게 휘었다.

이쪽이 아무리 예뻐 보이려고 애쓰면 뭐 하나. 진짜 예쁜 쪽은 따로 있는데.

재언이 일부러 소리를 내어 들어서자, 직원들의 시선이 제게로 쏠렸다.

"안녕하십니까."

"안녕하세요."

여기저기서 쏟아지는 인사에 묵례로 답한 재언이 테이블을 사이에 놓고 지서와 마주 섰다. 지서가 살짝 크게 뜬 눈으로 재언의 슈트를 바라보았다. 마치 생각지 못한 차림새를 발견한 얼굴이었다.

놀라도 내가 놀라야 할 것 같은데.

늘 몸매가 드러나지 않는 펑퍼짐한 옷들만 입고 다니더니, 오늘은 몸매가 그대로 부각되는 옷을 입고 나타났다.

사실 옷 자체로는 몸매가 드러나는 옷이 아니었음에도 선이 얇으면서도 몸매는 글래머러스한 지서가 입음으로써 선이 그대로 드러났다. 거기다가 아이보리색 블라우스는 희미하게 살결이 보이기까지 했다.

이런 걸 보고 설상가상이라고 하는 건가.

지금의 이지서를 이기고 사람들의 시선을 사로잡으려면 머리에 꽃이라도 꽂아야 할 판이었다. 그게 아니면 피에로 분장이라도 하든지.

한숨을 삼키며 자리에 착석한 재언은 회의가 시작되자마자 자리에서 일어나는 지서를 향해 손짓했다.

"오늘은 앉아서 하죠."

"네?"

지서가 무슨 소리냐는 듯 재언을 쳐다보았다.

"회의가 꽤 길어질 건데, 서서 하면 서로 힘들지 않겠어요?"

재언이 싱긋 웃으며 건네는 말에 지서가 어색하게 웃으며 자리에 앉았다.

"노트북 보고 말씀하셔도 됩니다."

재언의 이어지는 말에 지서가 의아한 표정을 지었지만, 아무말 없이 노트북을 제 앞으로 끌고 왔다. 노트북을 보며 앉아서 회의를 끌어가면 편한 건 사실이므로.

"SR과 저희 IJ의 기술 팀의 회의 결과, 상용까지 최소 1년이 걸릴 것으로 보입니다. 현재……."

노트북으로 지서의 상체가 완전히 보이지 않는 걸 확인한 재언은 비로소 제 앞에 놓인 종이를 들었다. 그럼에도 마음이 편하지 않았다.

이지서와 자신은 아직 아무 사이도 아니었으니까.

전환점이 필요한 것 같은데 어떻게 해야 할지.

재언이 삐딱하게 고개를 기울이며 눈을 가느스름하게 떴다. 지서의 목소리 말고는 아무것도 귀에 들어오지 않았다.

* * *

"……컨퍼런스는 지금까지 말씀드린 순서대로 진행될 듯합니다. 그에 관한 자세한 사항은 나눠 드린 자료 여덟 번째 페이지에 있습니다."

SR 측 사원의 말에 지서의 시선이 아래로 향했다. 여덟 번째 페이지, 라고 중얼거리면서도 신경은 맞은편 자리로 쏠렸다. 정확히는 맞은편 자리에 앉아 있는 재언에게로.

이번 협력안에 대해 회의를 하는 동안 드문드문 자신을 쳐다보는 걸 느꼈다. 그런데 지금은 아예 노골적으로 바라보고 있었다. 다른 사람들이 알아채면 어쩌나 하는 조바심이 들 정도였다. 견디다 못한 지서가 눈짓을 하려고 고개를 들자, 재언이 눈치 빠르게 시선을 내리깔았다.

아까 전부터 줄곧 이런 식이었다.

"이쯤 하도록 하죠."

그로부터 30분이 더 이어진 후, 재언의 말을 끝으로 회의가 끝났다. 각자 인사를 나누며 필요한 서류를 챙기는 사이, 지서는 기다렸다는 듯이 재언에게 메시지를 보냈다.

[회의에 집중해 줘]

회의 책상에 올려놓은 휴대 전화를 든 재언이 소리 없이 픽 웃었다.

[옷 스타일이 변했던데]

뜬금없는 답에 지서의 미간이 움찔했다.
너무 티가 났나.
오늘 아침 늘 입던 슬랙스를 집어 들었다가 너무 우중충해서 내려놓았다. 괜히 옷장을 뒤적거리다가 충동적으로 입은 게 오늘 H형 스커트였다.

[너도 평소랑 다른데]

메시지를 보낸 지서가 서류를 챙겼다. 메시지를 주고받느라 다른 사람들보다 조금 늦었다.
"먼저 가 있으세요."

자신을 기다리는 직원들에게 말한 지서는 다시 노트북을 챙겼다. 그사이 또다시 휴대 전화 액정이 환해졌다. 저절로 시선이 흘깃 향했다.

[그래서 잘 어울려? 잘 보이려고 입었는데]

재언의 메시지에 지서의 입꼬리가 휘었다. 그러나 금세 주위를 의식하며 입매가 올라가지 못하도록 힘을 주었다. 그러나 그런 노력이 무색하게도 재언에게서 온 메시지가 쏟아지기 시작했다.

[급하게 잡힌 출장 때문에 당분간 못 볼 것 같은데]

……출장?
갑작스러운 말에 기운이 빠진 지서가 눈을 가늘게 떴다. 자신들이 약속한 열흘이 며칠 남지 않았는데…… 당분간 보지 못한다면 오늘의 만남이 거의 끝이나 다름없었다.
만날 수 있는 마지막 시간일지 모르니, 즐거운 추억을 많이 쌓고 싶었는데…….
씁쓸했다.

[그래서 말인데 주말에 집에 놀러 와]

……집?

이어진 말에 곤란한 표정을 지은 지서가 저도 모르게 고개를 가로저었다. 기운이 빠지는 건 빠지는 거고, 그의 집에 가는 건 별개의 일이었다.

아직 아무 사이도 아닌데…… 그럴 순 없었다. 성인 남녀가 집에 단둘이 있다 보면 분위기에 떠밀려 실수할 수도 있으니까……. 그런 재언을 말릴 자신이 없었다. 자신도 휩쓸리지 않을 자신이 없었다.

마음을 다잡은 지서가 노트북, 서류, 노트를 챙겨 일어났을 땐, 회의실엔 재언만 있었다. 그는 나가다 말고 통로에 멈춰 서서 휴대 전화만 빤히 쳐다보고 있었다. 가만히 액정만 보며 서 있는 모습이 마치 제 연락을 기다리고 있는 것 같다고 생각하다 작게 고개를 가로저었다.

아닐 수도 있는데, 성급하게 판단하기는.

스스로의 기대감을 짓누르며 차게 웃던 지서가 노트북 가방을 어깨에 멘 채 뒤돌아서서 나갈 때였다. 갑자기 나타난 와인색 벽이 행로를 막았다. 어느새 다가온 재언이 나가는 통로를 막고 있었다.

키가 커서 고개를 한껏 젖혀야 했다. 그러나 당황한 자신과 무관하게 재언의 표정은 태연하기만 했다.

지서가 얼른 재언의 어깨 너머를 보았다. 자신을 기다리는 IJ 측 직원들과, 재언을 기다리는 몇몇 직원들이 이런저런 대화를 나누고 있었다.

"……남은 용건이 있으실까요?"

혹시 다른 사람들에게 들릴까 봐 정중하게 물었다.

"오늘 회의 내용을 보니 주말에 많이 바쁘실 것 같던데요."

재언이 손에 쥐고 있던 종이를 들어 보였다.

"네. 그럴 듯합니다."

오늘 나온 회의를 정리해 보자면, 결론은 주말 반납하고 하루 종일 일에 매달려야 할 상황이었다. 자신이 맡은 일이 SR 협력만 있는 것도 아니니, 평일 야근까지 확정된 상태였다. 벌써부터 피곤했지만, 동시에 묘한 희열이 일었다. 이 일들을 해결하면 찾아올 보람과 성취감이 예상된 탓이었다.

"피곤하겠네요."

재언이 눈을 접으며 웃었다. 직원들을 등지고 선 탓에 재언의 표정이 보이는 건 지서뿐이었다.

"……그러게요. 그럼 전 이만 가 보겠습니다."

지서가 돌아서려는데 재언이 다시 앞을 막았다.

"회사에서 이러지 마시죠."

단정한 미소를 지은 지서는 직원들이 듣지 못하게 목소리를 최대한 작게 한 채 속삭였다. 그러자 재언이 더욱더 눈을 휘며 웃었다.

"밖에서 만날 시간은 없을 것 같은데……. 그럼 주말에 우리 집으로 오시죠. 같이 일하면 속도가 빠르지 않겠어요? 바로 나한테 검토받으면 되니까."

아무리 직원들에게 들리지 않을 크기의 목소리라지만, 누군가가 들을까 봐 걱정되는 거리였다.

"……나중에 이야기하시죠."

"최대한 여기서 협의를 봤으면 좋겠는데."

재언이 고개를 비스듬히 기울이며 지서가 가려는 방향을 막아섰다. 단둘이서 대화 나누는 시간이 길어지자, 직원들 몇몇이 회의실 안쪽을 흘깃거렸다. 지서가 불안한 눈으로 재언을 올려다보았다.

이게 어떻게 협의야.

"왜 굳이 여기서……."

지서가 애써 웃는 얼굴로 물었다.

"굳이 여기서, 이래야 얼른 대답해 줄 테니까요?"

혼란스럽고, 곤란해서라도 자신이 원하는 대답을 내놓을 테니.

나중에 물어보면 이성적인 이지서가 제 집에 오겠다고 할 리 없다는 걸 알고 있었다.

재언을 바라보던 지서는 금세 그의 의중을 파악하곤 얼굴을 찌푸렸다.

짓궂은 신재언.

"얼마나 좋아요? 일도 하고, 데이트도 하고."

그새 몇몇 직원들이 창문으로 서서히 다가왔다. 이러다가 재언이 자신을 보며 방긋 웃고 있는 게 보일지도 모른다. 누가 봐도 수상쩍은 상황이었다.

심장이 쿵쿵 뛰었다. 그러나 이게 자신과 재언을 바라보는 직원들 때문인지, 코앞까지 다가온 재언 때문인지 구분하기 어려웠다.

"비켜 주세요."

"대답은요?"

"……알았어요."

결국 지서는 재언이 원하는 답을 내어놓았다.

"뭘요?"

"갈게요, 집에."

"언제?"

"……주말에."

초조함에 쫓긴 지서가 원하는 대답을 내놓자, 재언이 기다렸다는 듯 한 발 물러섰다.

"또 봬죠."

재언이 빙긋 웃으며 돌아섰다. 쭉 뻗은 다리로 성큼성큼 멀어지는 재언을 바라보던 지서는 언제 그랬냐는 듯 무표정한 얼굴로 흘러내린 노트북 끈을 추켜올렸다.

주말, 집.

단어의 배열만으로도 쿵쿵, 뛰는 심장 소리를 애써 못 들은 체하며.

* * *

날이 유난히 화창했다. 재언이 알려 준 주소를 입력한 후, 내비게이션이 안내하는 대로 차를 몰자 이내 한적한 길이 나왔다. 자동차 세 대 정도 지나갈 법한 넓직한 길 옆으로 낮은 빌라 단지들이 줄지어 자리하고 있었다.

내비게이션이 안내한 곳은, 골목에서 가장 위쪽에 자리한 고급

빌라 단지로 지서의 차가 다가가자 자동으로 지하 주차장 차단기가 올라갔다.

'차량 번호 등록해 놓을게. 지하 주차장 A 구역에 주차하면 편할 거야.'

어젯밤, 재언이 한 말을 떠올리며 A 구역으로 향하자, 드문드문 자리한 주차 칸이 보였다. 주차 칸이 넓어서 경차인 제 차는 아무렇게나 주차해도 상관없겠다 싶을 정도였다.

차를 주차한 후, A 구역 출입구를 찾아 두리번거리는 사이, 좌측에 자리한 투명한 자동문이 열리며 익숙한 사람이 걸어 나왔다. 편안한 트레이닝복에 맨투맨, 운동화를 신은 그가 지서를 곧장 알아보곤 몸을 틀어 다가왔다.

"어서 와."

가볍게 웃는 재언의 미소가 회사에서 보던 것과 사뭇 다르게 훨씬 편안해 보였다.

"초대해 줘서 고마워."

지서가 자동차 뒷자리를 열어 준비해 온 와인을 꺼냈다.

"나야말로."

재언이 지서가 건넨 와인을 받아 들며 싱긋 웃었다. 그러고는 따라오라는 듯 돌아섰다. 길게 뻗은 대리석 바닥 끝에 엘리베이터 두 대가 자리하고 있었다.

지서와 재언이 도착했을 즈음, 엘리베이터 문이 열렸다. 자연스럽게 올라탄 재언이 카드 키를 대고 5층을 눌렀다. 모든 시스템이 호텔 같았다.

재언의 집에 들어선 지서는 가장 먼저 탁 트인 창가를 보았다.
아니, 저절로 그곳으로 시선이 향했다. 정면에 환한 빛이 쏟아져
들어오니 그곳으로 시선이 갈 수밖에.

통유리 너머로 동네의 풍경이 고스란히 보이고, 저 너머로는
희미하게 한강이 보였다. 그 풍경을 품은 거실은 재언과 무척 닮
아 있었다. 베이지, 화이트, 짙은 갈색으로 꾸며져 편안하고 부드
러운 분위기였으나, 드문드문 자리한 날카롭고 특이한 예술품들
이 포인트를 주고 있었다.

마치 우아하고 예의 바르게 보이지만, 때때로 예리하고 차가운
신재언을 닮았다.

"집 구경부터 할까, 식사부터 할까?"

재언이 거실을 둘러보고 있는 지서를 가만히 내려다보며 물었다.

"음, 식사. 배고파."

고민하던 지서의 말에 재언이 가볍게 고개를 끄덕였다.

"그럼 앉아."

재언이 턱짓으로 식탁을 가리켰다.

"손 씻고 올게."

"계단 아래."

복층으로 올라가는 계단 아래를 가리키는 재언의 손짓을 따라
고개 돌리니 문 하나가 보였다. 지서는 화장실에 들어서자마자
참았던 숨을 길게 내쉬었다.

이게 뭐라고 이렇게까지 떨리는 걸까.

일부러 느리게 손을 씻고 나온 지서는 부엌에서 여유롭게 움직

이는 재언을 바라보았다. 모든 게 낯설었다. 이 근사한 집도, 이 근사한 집에서 가장 빛나는 재언도. 자신이 작아지는 기분이었다.

"⋯⋯어디 앉으면 돼?"

애써 감정을 털어 내며 물었다.

"여기."

재언이 4인용 식탁 자리 한 곳을 가리켰다.

지서가 앉는 걸 확인한 재언이 미리 준비해 놓은 요리를 식탁 위에 올렸다. 가자미찜, 각종 나물, 제육볶음 등, 마치 백반집에 온 듯했다.

"이거 다 어디서 났어?"

"내가 한 건 아니고, 집안일 도와주시는 아주머니께 부탁드렸어. 먹어."

제 식사에 예민한 어머니가 고르고 골라 붙여 준 가사 도우미였다.

"잘 먹을게."

지서가 차려진 미역국을 한 입 떠먹더니 눈을 크게 떴다.

"와, 맛있다."

그러더니 숟가락으로 미역국을 두어 번 더 떠먹었다. 그때마다 눈을 크게 뜨며 음미하는 표정이 귀여워 재언은 저도 모르게 픽 웃었다.

"넌 안 먹어?"

지서가 자신만 먹고 있었다는 걸 알아챈 듯 민망한 얼굴로 물었다.

"먹을 거야. 맛있게 먹어."

고개를 끄덕인 지서는 젓가락으로 제육볶음을 덜어 가 입에 쏙 넣었다. 자신을 의식해 음, 하고 감탄하진 않지만 살짝 커진 눈을 보니 만족스러운 듯했다.

재언은 식사를 하면서 지서의 가지각색의 반응을 구경했다. 그러는 사이 순식간에 지서의 밥그릇이 거의 다 비워졌다.

"너 아직 많이 남았네?"

아직 반쯤 남은 밥그릇을 보며 지서가 물었다.

"먹고 있어."

"맛있어. 얼른 먹어."

빙긋 웃는 지서의 얼굴을 가만히 바라보던 재언이 픽 웃었다.

"아무리 봐도 예전이랑 참 많이 다르네, 너."

대뜸 건넨 재언의 말에 지서가 멈칫하더니 무슨 말이냐는 듯 쳐다보았다.

"예전엔 즐거움조차 억누르는 것 같았거든."

예전의 이지서는 가시를 세운 고슴도치 같았다. 누군가가 다가오면 경계하기 바빴고, 웃는 것은 물론 숨 쉬는 것조차 조심스러워 보였다. 그 말에 지서가 희미하게 웃었다.

"그땐 내게 일어나는 모든 일로부터 날 지켜야 했으니까. 그러려면 어떤 일도 일어나지 않게 조심하는 수밖에 없었거든."

스스로를 변호해야만 하는 삶.

그런 일이 일어나지 않게 하기 위해선 표정도, 행동도 모두 조심해야 하는 삶.

지서는 과거의 제 삶을 그렇게 담백하게 표현했다.

재언은 어떤 대답을 해야 좋을지 몰라 빤히 쳐다보는데, 돌연 지서가 가벼운 미소를 지었다.

"얼른 밥 먹어. 음식도 따뜻할 때 먹어야 맛있어."

말을 마친 지서가 빙긋 웃었다. 이제 자신은 괜찮다는 듯이.

"그래. 맛있게 먹어."

재언은 따라 웃으며 식사를 이어 갔다.

* * *

눈을 가느스름하게 뜬 재언이 팔짱을 낀 채 거실을 보았다. 돕겠다는 지서를 부엌에서 밀어 낸 후, 먹은 것들을 간단히 정리하고 나왔는데 거실 한가운데 노트북을 펼치고 앉은 지서가 보였다.

일 때문에 만나자고 하긴 했지만, 그건 표면상의 이유 아닌가.

정말 만반의 준비를 하고 근무 태세에 돌입한 지서를 보고 있으니, 다시 열여덟 살 과외하던 때로 돌아온 기분이었다.

"뭐 해?"

지서가 우뚝 서 있는 재언에게 물었다.

"그러는 넌 뭐 해?"

"나? 일하려고."

······몰라서 물은 게 아닌데.

"컨퍼런스 건 정리하다가 궁금한 거 있으면 너한테 바로바로 물어도 되지?"

담백한 지서의 말에 재언은 손끝으로 이마를 문질렀다. 뱉은 말이 있으니 하는 수 없이 지켜야 할 상황이었다.

"응."

노트북을 챙겨 나온 재언이 지서의 맞은편 자리에 앉다가 짧게 웃었다. 지금 이 상황이 어이없었다.

아무리 사귀는 사이가 아니고, 서로가 서로에게 어떤 감정이 남았는지 확인하는 시간이라지만……. 그래서 여느 연인들처럼 살갑게 굴 수 없다지만, 그렇지만 일은 좀 아니지 않은가.

그렇게 생각하면서도 재언은 묵묵하게 노트북을 펼쳤다.

주말에 함께 일하자고 자신이 말한 것도 있고, 실제로 지서는 급한지 서류 뭉텅이를 꺼내더니 바쁘게 일하기 시작했기 때문이었다. 말 걸기 무서울 정도의 기세라, 재언은 턱을 괴고서 노트북 너머 지서를 물끄러미 쳐다보았다.

"넌 일 안 해? 혹시 같이 일하는 거 불편해?"

시선을 느꼈는지 지서가 눈만 들더니 의아한 얼굴로 물었다. 그 말에 재언이 고개를 비스듬히 기울였다.

"…농담이지?"

"아니. 진심인데."

"……."

왜 같이 일하는 게 불편하다고 생각할까. 그냥 일하는 게 불편하다고 생각할 수도 있지 않나. 아니, 너랑 이 시간에 일하는 게 싫다는 생각은 안 들까.

"혹시 너…… 할 일 없어?"

지서가 설마 하는 표정으로 물어 왔다. 실망시켜서 미안하지만, 지서의 짐작이 맞았다. 지서가 주말에 온다는 사실에, 한껏 쌓인 일거리를 전부 회사에 두고 왔다.

"아니."

그렇지만 차마 할 일이 없다는 말이 입 밖으로 나오지 않았다. 그렇게 말하면 훌쩍 귀가해 버릴 것 같은 이지서의 표정이 첫 번째 이유였고, 할 일이 없다고 말하려니 너무 없어 보여서 말할 수 없는 게 두 번째 이유였다. 협력 업체 직원은 주말에 눈이 충혈되도록 일하는데 승인자가 너무 방만하게 놀고 있는 모양새는 보기 그럴 테니.

"할 일 많아."

대답한 재언이 무작정 눈에 보이는 걸 눌러 켰더니, 엑셀 파일이었다.

아니, 이 노트북에 엑셀이 깔려 있네.

작년에 샀는데 처음 알았다. 잠깐 방황하던 재언이 엑셀 파일을 끄고 한글 창을 켰다. 깜빡거리는 커서를 바라보다가 무작정 타자를 쳤다.

[이지서]

이름 석 자 써 놓고 빤히 쳐다보았다.

……이름도 예쁘네.

사실 무리해서 지서를 집에 초대했다는 걸 알고 있었다.

이제 열흘이라는 시간이 얼마 남지 않았고, 슬슬 서로에 대해 알아 가는 데 한계를 느끼고 있었다. 더 이상 카페에서 대화 나누다가 영업시간이 끝나 쫓겨나듯 나오는 것, 차에서 둘이 앉아 대화를 나누다가 돌아가는 것, 간간이 메시지만으로 서로의 안부를 주고받는 걸로는 부족하게 느껴졌다.

내가 어떤 사람인지 말로 설명하는 것엔 한계가 있으니, 보여 주고 싶었다. 때때로 사람이 거주하는 집은 그 사람에 대해 많은 것들을 알려 주니까.

이를테면 취향, 습관 같은 것들.

그런데 지금 일에 혈안이 되어 있는 이지서를 보니, 별 의미 없는 행동이 아니었을까 싶었다.

그래도 뭐, 같이 있으면 좋으니까.

픽 웃던 재언이 천천히 타자를 치기 시작했다.

[이지서랑 하고 싶은 일]

할 일이 없으니, 이런 거나 하게 됐다.

[와인 마시기]
[맛집 투어]
[야경 보기]
[산책]
[여행]

그 다섯 개를 써 놓고 턱을 괸 채 바라보았다. 지나치게 사소했다. 그럼에도 재언은 눈을 떼지 못했다.

너무 사소해서 별일 아닌 것처럼 느껴지는 일들을……. 이지서와 하고 싶다.

아무리 사소한 것도, 특별해질 테니.

아니, 실은 더 음란하고 노골적인 것들도 함께 하고 싶다.

[키스]

……멀게는 음란한 살색이 머릿속에서 맴돌았으나 차마 이지서를 앞에 두고 섹스라고 칠 수가 없었다. 잠자리는 더더욱 이상하고.

[침실행]

고민 끝에 적었다.

이만하면 담백하면서, 제 욕구는 명확하게 드러난 것 같아서.

하고 싶은 일들을 보던 재언이 느닷없이 들이닥치는 현실감에 눈을 질끈 감았다.

……씨발, 나 뭐 하니.

갑자기 주말 낮에 이지서와 마주 보고 앉아 이런 거나 쓰고 있는 스스로가 한심해졌다. 이지서는 지금 안경까지 착용하고서 열심히 일하고 있는데. 누가 말 걸면 한 대 칠 기세로. 자신을 옆에 놓고 다른 거에 전념하는 건, 고등학생 때나 지금에나 변함이 없었다.

고개를 절레절레 흔들던 재언이 얼굴을 찌푸리더니 흘깃 아래를 내려다보았다.

이건 또 뭐야.

설상가상 눈치 없고 상황 파악할 줄 모르는 제 아랫도리가 우뚝 서 있었다.

침실행, 이라는 세 글자에 좋다고 기립해 있는 꼴을 보니 기가 찼다.

지서를 흘깃 보던 재언이 자리에서 일어나 곧장 안방으로 향했다. 지서를 거실에 두고 홀로 화장실에서 해결하는 추태를 보일 수 없기에, 그는 안방 창문 너머 먼 곳을 바라보았다.

산…… 하늘…… 한강…… 이지서…….

……이름 석 자에 이러기도 쉽지 않은데.

씨발.

재언이 다시금 기가 찬다는 얼굴로 제 다리 사이를 바라보았다. 아무래도 일찍 나가긴 힘들 듯했다.

* * *

30분이 지났을 즈음, 지서가 뭐 하냐고 물었다. 이대로 있다가 지서가 집으로 돌아가겠다고 말할 것 같아 재언은 자신이 아는 모든 위인들을 읊었다. 거의 고조선까지 올라간 후에야 겨우 침착해진 재언이 방문을 열고 나왔다.

지서는 여전히 꼿꼿한 자세로 업무 중이었다. 허리를 세우고 앉아 일에 집중하고 있는 모습은 단정하고 깔끔했으며, 느리지도 빠르지도 않은 속도로 간결하게 움직이는 행동은 우아하게 느껴지기까지 했다. 어느새 재언은 벽에 비스듬히 기대서서 지서를 보았다.

이건 무슨 병일까.

누군가가 일하는 모습을 보기만 해도 재밌는 건.

그러면서도 일에 빼앗긴 신경을 가져오고 싶은 못된 충동이 드는 마음은.

순간 표정이 달라진 재언이 성큼성큼 걸어가 지서의 노트북을 거머쥐었다. 그제야 지서의 시선이 재언에게로 향했다. 재언은 흡족한 듯 입매를 휘며 웃었다.

"……왜?"

그에 비해 지서의 목소리가 낮게 가라앉아 있었다. 평소와 다른 목소리에 재언이 고개를 비스듬히 기울였다. 자세히 보니 평소와 다른 건 목소리만이 아니었다. 묘하게 붉어진 뺨과 살짝 흔들리는 눈동자, 귀 끝도 붉었다.

우리 집이라서 긴장한 건가.

그러나 방금 일할 때까지만 해도 저런 내색은 보이지 않았다.

자신이 없던 사이에 무슨 일이 있었던 것처럼…….

뭔가 떠오른 듯 재언의 시선이 천천히 제 노트북으로 향했다. 아까와 다르게 노트북 위치가 삐딱했다. 그의 시선이 이번엔 지서에게로 향했다.

"……혹시 봤어? 내 노트북."

재언의 물음에 지서는 대답하지 않았다. 그러나 재언은 사정없이 흔들리는 지서의 눈동자에서 대답을 이미 들은 듯했다.

재언은 자신이 노트북에 써 놓은 걸 떠올렸다.

이지서와 하고 싶은 것들이라는 주제하에…… 잔뜩 담긴 제 순정, 순박함, 간절함, 그리고 음란하고 음탕한 마음까지.

하.

재언이 조용히 손으로 눈을 덮었다. 지우고 갈걸. 지서가 볼 거라고 생각지도 못했다.

"일하다가 내가 잘못 건드려서 다시 정리하다가 그만."

지서가 한 박자 늦게 시인했다. 민망함에 재언의 미간이 좁아졌다.

그러나 그것도 잠시, 순식간에 표정이 돌변했다. 들킨 게 민망하긴 하지만, 부끄러운 일은 아니니까.

뭐, 어쩌겠어. 좋아하는 마음이 그런 거지.

신앙심도 아니고, 스킨십하고 싶은 마음이 정상이지.

그렇게 생각하자 마음이 한결 가벼워졌다.

"지서야."

재언이 낮은 목소리로 그녀의 이름을 툭 불렀다.

"……간식 먹을까?"

그 말에 지서가 대뜸 물었다.

"식사 마친 지 한 시간 만에?"

재언이 얼굴을 찌푸리며 답했다.

"음, 간단히 먹으면 되잖아. 커피라든가……."

"……."

"아니면 와인이라든가."

재언은 지서의 표정을 가만히 들여다보았다. 마음 같아선 와인이 아니라, 이지서를 먹고 싶다. 그러나…… 침대행이라는 세 글자에도 어쩔 줄 몰라 하는데, 제 노골적인 감정을 드러내면 도망갈지도 모르니까.

이지서가 도망치는 건 한 번으로 족했다.

"……그럴까?"

"와인 괜찮아? 그런데 일은?"

"……집중이 안 돼서 이쯤 하려고."

지서가 안경을 벗으며 대꾸했다. 재언은 그 모습을 살짝 홀린 것처럼 바라보았다.

쟨 왜 안경도 저렇게 벗을까. 미치겠네.

"그래, 그럼. 준비해서 올게. 정리하고 있어."

몸을 일으킨 재언이 가장 먼저 제 노트북부터 눌러 닫은 후, 대충 소파에 던져 놓았다.

"전원 끄기 안 해?"

놀란 지서가 대뜸 물었다.

"괜찮아."

대답한 재언이 싱긋 웃으며 부엌으로 향했다.

사실 지서가 말하기 전까지 노트북의 전원을 끄지 않고 덮었다는 사실을 인지하지 못했다. 노트북을 한시라도 빨리 정리하고, 와인을 마셔야 한다는 생각뿐.

"하."

그런 스스로가 어이없다는 듯 재언이 짧게 웃었다.

머리부터 발끝까지 모조리 고장 난 것 같았다.

* * *

노트북이 있던 자리를 와인이 대신 차지했다. 드라이 와인, 단 맛이 도는 와인, 그리고 집에 있는 과일과 치즈 등으로 간단히 안주를 꾸렸다.

지서와 재언은 소파에 나란히 앉아 와인 한 잔을 비웠다. 대화 가 이어지는 가운데 드문드문 어색한 침묵이 흘렀다.

지서는 쥐고 있던 잔을 천천히 돌렸다. 와인을 마시고 있는데 도 갈증이 일었다. 자신에게 닿은 재언의 시선, 이따금씩 크게 들리는 숨소리, 이 집을 가득 채우고 있는 향기 같은 것들이 신 경을 곤두서게 만들었다.

아니, 실은…… 신재언 그 자체가 신경 쓰인다. 처음 이 집에 와서도 재언을 의식하지 않으려 일에 집중했다. 그러다 기지개를 켜는 와중에 테이블을 툭 쳤고, 간당간당하게 놓여 있던 재언의 노트북이 툭 떨어졌다. 얼른 바로 놓으려고 노트북을 잡았다 가…… 봤다.

제 이름과, 자신과 하고 싶은 리스트와, 그 아래에 있던 세 글자.

침실행.

그 단어를 떠올리자 돌연 얼굴로 열이 솟구쳤다. 어색함에 크래

커를 하나 집어 먹는데 재언이 몸을 비스듬히 돌려 쳐다보았다.

"잘 안 보여서."

"……."

"우리 얼굴 보려고 만난 건데."

재언의 말에 지서는 저도 모르게 발끝에 힘을 주었다. 평소라면 잠깐 설레고 끝날 말이었다. 그래, 평소였다면. 일하다가 제 노트북에 밀린 재언의 노트북을 정리하다가 화면을 본 게 아니었다면.

침실행.

갈증이 일어난 지서는 잔에 남은 마지막 한 모금을 꼴깍 삼켰다. 그러자 재언이 병을 들어 곧장 잔을 채워 주었다. 투명한 유리잔에 짙은 색의 액체가 출렁거렸다.

"잘 마시네."

"오늘따라 맛있어서. 아까부터 묻고 싶었던 건데, 향수 바꿨어?"

지서가 눈만 들어 그를 보며 물었다. 처음엔 인지하지 못했는데 있다 보니 평소 재언에게서 나던 향과 다르다는 걸 알았다.

"응."

재언이 가볍게 고개를 끄덕이더니 뒷말을 덧붙였다.

"이 향을 누가 좋아한대서."

"……."

생각지 못한 대답에 지서가 얼떨떨한 얼굴로 그를 응시했다.

얼마 전, 향수 이야기를 하다가 흘리듯 한 말이었는데, 그걸 기억했던 모양이었다.

"그런데 이 향이 맞아?"

"음, 응. 맞는 것 같아."

지서가 작게 고개를 끄덕이자, 재언이 눈을 가늘게 뜨더니 미심쩍다는 표정으로 내려다보았다.

"이상하네. 난 아닌 것 같은데."

"……"

재언이 소파를 손으로 짚더니 고개를 앞으로 숙였다.

"이 향이 진짜 맞아?"

맡아 보라는 듯이 고개를 옆으로 젖혔다. 지서는 제 앞에 놓인 쭉 뻗은 빗장뼈와 잘 어울리는 넓은 일자 어깨를 바라보다 저도 모르게 숨을 들이켰다. 코끝으로 좋아하는 향이 밀려든다. 동시에 소파를 짚은 손 끝에 힘이 실리고, 눈앞이 아찔해졌다.

꼭 향기에 재언의 체온까지 묻어 있는 것 같아서.

그 순간, 먼 곳에 시선을 두고 있던 재언이 천천히 고개를 돌렸다. 코끝이 맞닿을 만큼 가깝다.

"너도 향수 바꿨어?"

재언이 묘한 눈으로 물었다.

"……"

대답해야 하는데 아무 말도 나오지 않았다. 여기서 말을 하면 제 입김이 재언의 입술을 툭 건드린다는 걸 알아 버렸으니까. 방금 재언의 숨결이 제 입술을 툭 치고 지나간 것처럼.

온몸에 오소소 소름이 돋아 오르며, 자꾸만 손과 발끝에 힘이 실렸다. 지서는 이 기분이 뭔지 어렵지 않게 알아챘다.

기대감.

그래······. 거짓말처럼 자신은 기대하고 있었다. 재언이 앞으로 제게 보여 줄 행동들을.

재언의 입술에 닿아 있던 시선이 천천히 그의 얼굴을 타고 올라가 마침내 눈동자에 닿았다.

재언의 눈은 늘 까맣게 빛났다. 그게 그냥 검은색인 줄 알았는데······. 오늘 본 눈동자는 조금 달랐다. 마치 여러 색이 뒤엉켜 검은색이 된 것만 같았다. 그렇지 않고서야 그의 까만 눈이 기이한 색으로 빛나는 게 설명되지 않으니까.

"바꾼 것 같은데."

재언이 천천히 고개를 숙여 지서의 목덜미 가까이에 코를 가져다 댔다. 그가 숨을 들이켤 때마다 등골에 오소소 소름이 돋아 올랐다.

"아닌가."

재언이 고개를 들었다.

툭.

그러다 고개 돌린 지서와 코끝이 스쳤다. 지서의 시야가 재언의 얼굴로 가득했다.

"······맞는지, 아닌지가 중요한 거 맞아?"

지서가 떨리는 목소리를 억누르며 물었다. 아무리 생각해도 이상했다. 자신은 향수를 뿌린 적도 없고, 향수를 바꾼 적도 없었기에. 그가 대체 무슨 향을 맡은 걸까. 아니, 처음부터 향이 안 났던 건 아닐까.

예상대로 재언의 눈이 부드럽게 휘었다.

"아니. 중요하지 않아."

"……."

"핑계거든. 이렇게 가까이 앉으려는."

재언이 선선히 시인하며 웃었다. 그 순간, 입술을 움찔거리던 지서가 견디지 못하고 입술을 떼었다.

"사실 나도."

"……."

"……와인 먹자는 거 핑계야."

"……."

"술에 취했다, 라고 하면……. 조금은 마음이 가벼울 것 같아서."

"……."

지서는 재언의 눈을 바라보며 덤덤하게 고백했다.

짙은 색의 눈동자 안에 담긴 제 눈을 보았다. 늘 옅은 색으로만 빛나던 눈이 그의 눈동자 색을 닮아 검게 빛났다. 지서는 달라 보이는 제 눈 색이 마음에 들어 희미하게 웃었다.

네가 날 달라지게 한 게 눈동자 색뿐일까.

나의 과거도, 삶을 대하는 태도도, 모두 다 네가 달라지게 만들었는데.

그런 너와…… 할 수 있는 모든 걸 함께 하고 싶다.

설령 나중에 후회하더라도.

"침실에 같이 가도 될까?"

"……."

"난 가고 싶은데."

지서가 재언의 눈을 지그시 보며 물었다.

순간, 재언의 얼굴에 맴돌던 여유가 사라졌다. 마치 이성이 뚝 끊긴 사람처럼 얼굴에서 표정이 사라지더니, 그대로 지서의 목 뒤를 감싸 끌어당겼다. 아프지 않게, 그렇지만 벗어나는 건 안 된다는 듯 단단하게.

입술이 맞닿는다. 열기와 기대를 담은 입술이 조급하게 벌어지며 엮였다. 파도처럼 밀려든 혀가 입 안의 젖은 점막을 훑으며 혀를 부드럽게 말아 올렸다. 이 일련의 과정에 머릿속이 녹진하게 녹는 듯했다. 지서는 재언의 어깻죽지를 꽉 움켜쥐며 매달렸다. 바닥을 딛고 있는데도 깊은 심해로 추락하는 느낌에 손발이 움찔거렸다.

"음."

맞닿은 입술 사이에선 참기 힘든 신음이 터져 나오고, 입술이 질척거리는 소리가 여과 없이 파고들었다. 시간이 얼마나 흘렀는지 가늠할 수 없이 흘렀다. 입술이 붓는 것 같은 느낌이 들 즈음 천천히 떨어지는 것도 잠시, 입술 위로 스치는 찬 기운이 싫어 누가 시작할 것 없이 다시 엉겨 붙었다. 겨우 키스일 뿐인데, 등골이 오싹오싹해진다.

"하아, 하아."

지서가 가쁜 호흡을 내쉬며 눈을 떴을 때, 어느새 재언의 힘에 밀려 소파 등받이에 등이 닿아 있었다. 그의 두 팔은 지서를 가두고 있었다.

"……불편하지 않아?"

지서가 허리를 비튼 채 앉아 있는 재언에게 괜찮냐는 듯 조심스럽게 물었다.

"불편해."

"……."

"허리 말고."

그 말을 어렵지 않게 이해한 지서의 표정이 어색해졌다. 뭐라고 대꾸해야 할지 모르겠다. 그사이 재언이 지서를 안아 들고서 성큼성큼 침실로 향했다.

"……씻어야 하지 않을까?"

푹신한 침대에 등이 닿자마자 지서가 오뚝이처럼 벌떡 일어나 앉았다. 혹시 몰라 씻고 오긴 했지만, 그래도 신경 쓰였다.

처음이니까.

"같이?"

그러자 단단히 잘못 이해한 재언이 눈을 번쩍이며 물었다.

"……아니. 나부터 씻고 올게."

"난 씻었어. 넌 안 씻어도 돼."

"아니. 내가 안 될 것 같아."

지서가 선을 긋자 노골적으로 실망한 표정을 지은 재언이 마지못해 고개를 끄덕였다.

지서에게 안방 욕실을 가르쳐 준 재언은 침대에 걸터앉아 눈도 깜빡이지 않은 채 욕실 문을 바라보았다. 수능 결과를 기다릴 때보다도 지금이 더 초조했다. 마음 같아선 벌컥 열어젖히고 싶은데, 기겁할 지서를 생각하면 꾹 참아야 했다.

겨우 마음을 열고 자신을 허락했으니까.

재언이 티셔츠를 막 탈의했을 때, 안방 욕실 문 쪽에서 소리가 들렸다. 문을 여는 사람의 성격이 고스란히 반영된 듯, 조심스럽게 열렸다. 그럴 리 없건만 등 뒤로 뭉근한 수증기가 닿는 듯했다. 천천히 고개를 돌린 재언은 큰 타월로 몸을 감싸고 나온 지서를 보았다.

우리 집에 저런 게 있었구나……. 왜 있는지 모르겠지만 잘됐다 싶었다.

타월로 몸을 감싼 이지서를 볼 수 있으니까.

재언은 숨죽인 채 지서를 보았다. 하얀 타월 아래로 쭉 드러난 허벅지, 종아리, 가는 발목. 쭉 뻗은 팔과 움푹 들어간 빗장뼈. 물기를 머금어 진주처럼 매끈한 피부까지. 어디 하나 눈부시지 않은 곳이 없다.

하, 사람이 어떻게 저렇게 생기고, 저런 분위기를 풍기지?

홀린 것처럼 걸어간 재언은 지서의 양쪽 뺨을 감쌌다.

"머리를 말리고……."

말이 끝까지 이어지지 못했다.

재언의 눈빛이 돌변했다고 느낄 즈음, 맞닿은 입술 사이로 말이 뭉개져 사라졌다. 자의인지 타의인지 모르게 벌려진 입 안을 탐하던 재언의 손길이 지서의 뺨을 쓸어내리다 목을 훑었다. 이어 어깨와 움푹 팬 빗장뼈까지 부드럽게 쓸어내리는 손길에 지서의 가슴이 부풀었다. 긴장감인지 설렘인지 구분하기 힘든 감정이 밀려들었다.

샤워기에서 흘러내린 물줄기처럼 재언의 입술이 몸을 타고 흘러내렸다. 목, 빗장뼈, 이어 타월 바로 윗부분의 가슴에 닿았다. 가볍던 입맞춤은 은밀한 가슴골 사이에서 농밀하게 변했다. 당장이라도 툭 타월이 떨어질 것 같다. 다급히 붙들었으나, 재언이 한발 빨랐다. 타월의 일부분이 끌려 내려가며 봉긋한 가슴이 출렁하고 드러났다.

"아……."

민망함에 고개를 돌렸다.

"예뻐, 지서야."

다정하게 속삭인 재언이 드러난 한쪽 가슴을 머금었다. 방금 전까지 다정하고 선한 목소리를 내던 사람이 맞나 싶게, 입술은 음란했다. 가슴의 정점을 혀로 문지르고 빨아들이는 움직임은 키스 때와 달랐다. 키스할 때 바이킹을 탄 듯 가슴이 울렁거렸던 건, 지금에 비하면 어린아이의 장난 같았다.

재언이 지서를 안아 들고서 푹신한 침대에 눕혔다. 젖은 머리카락에 입술을 맞추고, 아직 촉촉하게 물기를 머금은 피부에 자잘한 입맞춤을 하며 지서가 겨우 붙든 타월 안으로 파고들었다. 천천히 타고 올라온 손길이 매끈한 허벅지 바깥쪽을 훑다 천천히 다리 사이로 옮겨 갔다.

스윽, 다리 사이를 훑는 손길에 지서의 몸이 눈에 띄게 흠칫했다. 다른 사람들의 손을 타 본 적 없어서 이곳이 이렇게 예민한 곳인지 몰랐다. 제겐 그저 남의 눈에 띄면 부끄러운 곳일 뿐이었는데.

지서는 손으로 눈가를 가렸다.

미칠 것만 같았다.

여전히 재언은 가슴을 지분거리고 있었고, 손은 다리 사이로 서서히 파고들었다. 예민한 감각을 모두 점령당하자 아랫배가 뭉근해지며 머릿속이 희미해졌다.

거짓말처럼…… 좋았다.

그 생각에 잇닿자 지서의 얼굴이 확 붉어졌다.

"……따뜻하다."

음모를 가르고 조심스럽게 안을 쓸어내리던 재언이 감탄했다. 젖은 아래는 따뜻하고 촉촉하며 부드럽다. 안에 더 머물고 싶어 손가락을 구부린 재언이 두 번째 마디로 천천히 둥근 원을 그렸다. 물이 슬쩍 나오는 아래의 구멍부터, 손끝에 툭 걸리는 작고 동그란 어딘가까지. 매만지는 손길에 지서는 견디지 못하고 '흐훗.' 소리를 내며 다리를 안으로 모았다.

그러나 이미 자리를 잡은 재언의 손가락만 더 안으로 파고들었다.

"……읏."

좁아진 공간 탓에 재언의 손이 더 분명하게 느껴졌다. 그는 이 순간을 놓치지 않았다. 더 집요하고, 노골적으로 지서의 아래를 문질렀다. 그녀의 작은 반응도 놓치지 않고 바라보다, 점점 집요하게 만졌다.

"……으, 으응."

지서의 입술 새로 앓는 소리가 새어 나왔다. 허리가 파들파들 떨리며 다리에 힘이 바짝 실렸다. 손이 흠뻑 젖은 걸 확인한 재언이

트레이닝 바지와 드로어즈를 끌어 내리자 퉁 하며 벌떡 선 페니스가 튀어 오르듯 나왔다. 바지 주머니 안에 미리 챙겨 둔 콘돔을 꺼내 입술로 끄트머리를 물며, 한 손으로는 여전히 지서의 질구를 천천히 문질렀다. 마치 곧 들어갈 걸 알려 주기라도 하듯이.

지서의 다리 사이에 자리 잡은 재언이 그녀를 내려다보았다. 지서를 만나 몽정을 했고, 지서를 만나 수없이 자위했다.

스물의 어느 봄, 예쁘게 꽃이 피는 계절에 함께하고 싶었다.

어느 곳이든 가장 화려하고 예쁘고 깨끗한 곳에서.

그때의 꿈이 이제야 피어난다.

"지서야."

재언이 낮게 가라앉은 목소리로 그녀를 불렀다. 그 목소리가 마치 감격에 찬 것 같아 지서가 흐린 눈을 억지로 떠 재언을 바라보았다. 눈이 맞닿은 순간 재언의 페니스가 서서히 지서의 몸을 반으로 가르며 밀려들었다.

"……아! 아흑."

생각지 못 한 강렬한 통증에 지서의 허리가 비틀렸다. 마치 꿈을 꾸다 현실로 내동댕이쳐진 듯했다. 정신이 번쩍 드는 통증에 지서의 눈가로 생리적인 눈물이 맺혔다. 그럴 리 없건만 마치 배 안까지 밀고 들어온 듯했다. 모든 장기가 밀려 올라간 느낌에 숨이 편하게 쉬어지지 않았다.

당황한 건 재언도 마찬가지였다. 어금니를 꽉 깨문 채 숨을 멈췄다. 페니스가 끊어질 것 같았다. 그럼에도 안이 너무 부드럽고 따뜻해서 벗어나고 싶지 않다. 가능하면 여기서 영영 머물고 싶을 정도로.

재언이 천천히 허리를 움직였다.

"읏."

다시 한번 허리를 뒤트는 지서를 보며 재언이 고개 숙여 입을 맞추었다. 고통을 달래 주려는 듯이. 꽤 오랜 시간 입을 맞추고, 피부 이곳저곳에 키스를 한 끝에 뻑뻑하게 다물려 있던 아래가 서서히 열렸다.

페니스가 깊게 밀려들었다가 빠져나갈 때마다, 고통은 조금씩 줄어들고 쾌감이 그 자리를 대신했다. 달라지는 감각만큼이나 지서의 표정도 시시각각 변했다. 고통에 구겨져 있던 미간이 펴지고, 생리적인 눈물이 가득하던 눈은 흐릿했으며, 두 뺨은 열기에 붉게 물들어 있었다.

그는 지서의 양쪽 다리를 제 어깨에 걸치고서 조금씩 속도를 높였다. 맞물린 아래가 빠르게 마찰되었다.

"……으, 으음."

참지 못하고 신음을 흘리던 지서는 가느스름하게 눈을 뜨고서 재언을 찾아 헤맸다. 자신을 뚫어져라 바라보던 재언이 시선을 마주하자마자 입술 끝을 끌어 올렸다. 고개를 숙인 그의 목을 끌어안고서 입을 맞추며 울었다.

꼭 돌아간 듯했다.

우리가 함께하지 못했던 스무 살 때로.

그날 밤, 지서와 재언은 오후 내내 서로를 탐하고 뒹굴다가 저녁이 되어 함께 손을 잡고 근처 식당으로 향했다. 낮과 달리 밤은 겉옷을 걸쳐 입어야 할 정도로 쌀쌀했다.

"저녁 뭐 먹을까?"

재언의 물음에 지서는 잠시 고민하다 입을 열었다.

"스파게티."

"스파게티 좋아해?"

생각지 못한 메뉴가 나오자 의아했는지 재언이 쳐다보며 묻자, 지서가 애매한 표정을 지었다.

"음, 아니. 좋아하지도, 싫어하지도 않는데."

"그런데?"

왜 굳이 먹으려고 하냐는 듯한 재언의 물음에 지서가 작게 웃었다.

"그냥…… 우리가 함께 안 먹은 음식이라서."

"……."

"결이 다른 추억 하나를 더하고 싶었거든."

그 말을 하며 지서가 손을 꼭 잡자 재언은 잠시 말문이 막힌 얼굴로 그녀를 내려다보았다. 가만히 앞을 바라보던 지서는 제 몸에 드리운 그림자를 느끼곤 고개를 들었다. 어느새 재언이 제 앞에 서 있었다.

"초밥."

"……."

갑자기 무슨 말인가 싶어 가만히 올려다보자 재언이 말을 이었다.

"덮밥."

"……."

"회도 안 먹어 봤어, 우리."

"그러게."

처음 만났던 18세엔 시골인 데다 가난한 자신 때문에 재언은 줄곧 떡볶이만 먹어야 했다. 그리고 다시 만나서는 아직 가 보지 못한 곳이 많았다.

"앞으로 갈 곳이 많아서 좋네."

재언이 웃으며 던진 말에 지서는 작게 웃었다. 갈 곳이 많다는 말보다 '앞으로'라는 말이 가슴에 맺혔다. 비록 약속된 열흘은 곧 끝이 나겠지만, 지금은 그 말을 가슴에 품고 싶었다.

지서와 재언은 함께 식사를 하고 여느 연인들처럼 근처 공원에서 산책했다. 대화는 늘 그렇듯 드문드문 이어졌다. 주제도, 시간도 제각기였다.

다시 집으로 돌아갈 즈음, 재언이 고민 끝에 물었다.

"너한테 18세는 어땠어? 그러니까, 어떤 기억으로 남아 있어?"

말을 하는 것과 동시에 재언은 제 열여덟 살 때를 떠올렸다.

제게 열여덟 살은 이지서를 만난 기적의 시간이자, 이지서를 상실한 고통의 시간이었다.

행복의 끝과 좌절의 끝.

무기력을 경험하고, 변화를 체험한 무지개 같은 시간이었다. 결국에는 자신을 단단하게 만든 시간이었다.

그래서 궁금했다. 제게 그때의 시절은 좋게 남아 있는데, 지서에겐 어떤 기록으로 남아 있을지.

"열여덟 살?"

걸음을 멈춰 세운 지서가 재언의 앞에 마주 섰다.

"응."

"행복했지."

머뭇거릴 거라는 예상과 달리, 지서는 확신하듯 대답했다.

"……."

"그리고 딱 그만큼 불안했고."

지서가 옅은 미소를 지었다.

"가끔 그럴 때가 있어. 너무 행복하면……. 곧 불행해질 것 같다는 불안감. 평탄하게 행복해 본 적이 별로 없어서."

오랜 불안을 답습한 지서가 덤덤하게 제 후유증을 고백했다. 그건 울퉁불퉁한 제 삶이 남긴 상처였다. 그러나 지서는 그 아픔을 굳이 구구절절하게 설명하지 않았다.

"그래도…… 좋았어. 쭉 불행한 것보단, 잠깐이라도 반짝이는 행복을 가질 수 있었던 게."

그럼에도 좋았다는 고백으로 18세에 대한 고백을 마쳤다.

"살다 보니 반짝이는 기억을 가질 수 있다는 게 행운이라는 걸 알았거든."

그리고 아픈 그때를 행운이라 칭했다.

그러면서도 지서는 재언에게 열여덟 살 때를 어떻게 생각하는지 묻지 않았다. 아니, 묻지 못하는 것처럼 달싹이던 입술을 꽉 다물었다. 대신 빙긋 웃었다.

"체하진 않았어?"

지서의 물음에 재언이 픽 웃었다.

"체했어."

"……."

"누구 때문에 긴장돼서."

"……."

재언의 말에 지서가 가볍게 웃으며 손을 뻗어 맞잡았다. 까만 밤, 두 손이 맞닿았다. 연리지처럼 손가락이 교차하며 단단하게 서로를 붙들었다. 지서는 맞잡을 손을 가만히 바라보다가, 재언도 맞잡은 손을 보고 있다는 걸 알았다.

우리…… 열흘이 끝난 후에도 또 이렇게 손잡을 수 있을까?

그렇게 묻고 싶었지만 질문을 삼켰다. 아주 혹시나, 만에 하나 재언이 자신과 같은 마음이 아니라 정리 중이라면, 지금 이 순간이 너무 슬퍼질 것 같으니까.

대신 손을 꼭 잡은 채 가로등 불빛이 드문드문 이어져 있는 산책로를 따라 걸었다.

오래전 언젠가처럼.

* * *

월요일이 되자마자 재언은 부산으로 출장을 떠났다. 대표의 지시로 부산을 거쳐 다른 한 곳을 더 들렀다가 와야 해서 계획했던 것보다 하루 더 걸릴 거라고 했다.

전화로 그 말을 듣던 지서는 달력을 확인했다. 2박 3일의 출장.

그 다음 날이 곧바로 컨퍼런스였다. 서울에 와도 컨퍼런스를 준비해야 하니 둘 다 짬을 낼 수 없는 상황이었다. 무리해서 만난다면 만날 수 있지만, 그랬다가 컨퍼런스를 망치면 양쪽 다 곤란했다.

그러니 만나지 않는 게 맞다.

머리는 분명 그렇게 생각하는 데에 비해, 마음은 무척 소란스러웠다. 무엇보다 그녀의 마음을 어지럽게 만든 건, 일요일 마지막 밤이었다.

1박 2일 함께 있는 동안 재언은 더없이 다정하고 따뜻했지만, 차후의 관계에 대해선 한마디도 하지 않았다. 앞으로, 라고 희미하게 언급하긴 했지만 그건 흘러가는 말일 가능성이 높았다.

지서 또한 섣불리 말할 수 없는 건 마찬가지였다. 18세 때 함께했던 감정은 고스란히 남아 있지만, 그때의 상황과 같지 않으니까.

함께하자고 손을 잡으면 거쳐야 할 고난들이 많았다.

그러므로 신중하게 결정해야 하는 게 맞는데…….

"후우."

긴 한숨을 내쉰 지서는 작게 고개를 가로저었다. 어차피 고민한다고 해서 달라질 게 없다면, 하지 않는 편이 낫다.

업무용 책상 위에 놓인 탁상 달력을 바라보다 모니터 아래 시간을 확인했다.

월요일 오전 11시.

일도 제대로 못 했는데 벌써 11시였다. 키보드 위에 가지런히 손을 올린 지서는 다시 문서를 작성하기 시작했다.

월요일 오후 4시가 되도록 재언에게선 문자 한 통 없었다. 먼저 연락해 볼까 싶어 휴대 전화를 들었다가, 바쁜 그를 괴롭히는 것 같아 다시 내려놓았다. 자신에겐 바쁜 그를 괴롭힐 자격이 없었다.

비록 1박 2일 지치지 않고 서로를 탐했으나, 그게 진지하게 만나 보자는 말은 아니니까. 그저 서로에게 남은 18세의 감정을 털어 버리는 시간일지도 모르니까.

지서는 제게 들러붙는 희망을 차갑게 떨쳐 내며 업무를 이어 갔다. 밀린 일을 하고, 회의를 한 후, SR 통합미디어사업부와 메일을 주고받는 일련의 일들을 집중해서 해 나갔다. 그러면서도 지서는 이유 없이 휴대 전화를 한 번씩 확인했다. 아무것도 와 있지 않은 메시지 함을 오래도록 보고 있을 때도 있었다.

잠시 커피를 마시며 숨 돌릴 때에도 평소와 달리 휴대 전화를 챙겼다. 그러나 연락의 대부분은 스팸이거나 업무 관련이었다.

출장 일정이 빡빡하다고 했으니, 그런 때에 한가롭게 제게 연락을 할 수 있을 리 없었다. 충분히 이해했다.

다만, 당연하지 않은 건 제 반응이었다. 자꾸만 휴대 전화를 만지작거리는 제 자신.

겨우 집중해 일을 마치고 나니 8시가 훌쩍 넘어 있었다. 간단히 짐을 챙겨 사무실에서 나온 지서는 지하 주차장이 아닌 1층으로 곧장 향했다. 저녁 시간이 되어 몸이 으슬으슬한 게 몸살 기운이 도는 듯했다. 이럴 때 운전하다 사고 날 뻔한 적이 있었던 후로부터는 컨디션이 안 좋은 날엔 가능한 대중교통을 이용했다.

다행히 버스는 얼마 기다리지 않아 도착했다. 버스 뒷자리에 몸을 실은 지서는 습관처럼 휴대 전화를 손에 쥔 채 차창 너머를 바라보았다.

지잉.

휴대 전화를 쥔 손에서 진동이 일었다. 지긋지긋했다. 이 작은 진동 한 번에 움찔하는 제 반응이, 아주 작게 파동이 이는 제 마음이. 그럼에도 지서는 어딘가에 이끌리듯이 휴대 전화로 시선을 돌렸다.

[저녁은 먹었어?]

지서는 휴대 전화 문자를 보고, 또 보았다. 재언이었다. 혹시 기다림에 지친 자신이 환상을 만들어 냈다 싶었는데 다행히 눈을 몇 번 깜빡여도 별 변함 없었다.

뒤늦게 재언이 자신의 저녁 시간을 궁금해한다는 사실이 반가우면서, 동시에 궁금했다.

신재언의 아침, 점심, 저녁 그 모든 시간들이.

[아직. 넌?]

궁금하지만 모든 걸 다 캐물을 수는 없었다.

[나도 아직. 언제 집에 도착해? 전화할게]

[30분은 더 걸릴 것 같아]

[그래. 그럼 그때 전화할게]

[응. 기다릴게]

지서는 자신이 작성한 메시지를 가만히 보다가 네 글자를 지웠다.

[응]

다시 고친 메시지를 보낸 지서는 차창 너머를 바라보았다. 여전히 휴대 전화를 꼭 쥐고서.

* * *

30분 후에 전화한다던 재언은 결국 하지 않았다. 오랫동안 기다리던 지서는 자정이 넘어서야 '먼저 잘게 너도 잘 자'라는 메시지를 보낸 후, 침대에 누웠다. 평소보다 휴대 전화를 더 가깝게 두고서.

재언에게서 전화가 온 건 다음 날 아침이었다.

−미안해. 전화해야지 하다가 소파에서 잠들었어. 눈떠 보니 새벽이었고.

잔뜩 잠긴 목소리로 재언이 웅얼거리듯 말했다. 일어나자마자 전화한 듯했다.

"괜찮아. 일이 많은가 봐."

-미치도록. 어디야?

"출근하는 길. 넌?"

-나도 출근.

그 말을 끝으로 정적이 흘렀다.

-컨퍼런스 끝나고 당일에 뭐 해?

재언이 침묵을 깨려는 듯 물었다.

"글쎄. 아직 미정이긴 하지만 간단히 한잔하고 헤어지지 않을까?"

-그래. 그럼 그날 밤에 만나자. 할 이야기도 있고.

할 이야기.

그 말에 지서의 표정이 흐트러졌다.

그는 어떻게 마음을 정했을까.

서로에게 엉겨 붙어 있었던 1박 2일을 생각하면 앞으로의 관계가 희망적이지만, 현실을 생각하면 좋은 감정만으로 모든 걸 택할 순 없었다.

재언의 부모님과 그의 형제들이 그와 자신이 만나는 걸 달가워할 리 없었다. 자신이 있는 힘을 다해 번듯하고 평범한 사람이 되었다지만, 자신을 버린 부모와 술집 다녔던 언니는 달라지지 않으니까.

결국, 선택은 현실이었다.

그러므로 재언이 '행복하지만…… 더 이상 함께하긴 어려울 것 같아.'라고 말한다고 해도 이상할 게 하나 없었다. 이건 시작할 때부터 예상하고 있던 바였다.

그러니 지금의 상황도, 며칠 전 재언과 몸을 섞은 그 밤도 억울하지 않았다.

그건 제 선택이었으니까.

다만 조금 서글플 뿐이었다. 아무리 노력해도 바뀌지 않는 부분이 있다는 사실이.

"넌 괜찮아? 당일엔 분명 널 붙잡는 사람들이 많을 텐데."

지서가 가라앉은 목소리를 억지로 띄우며 물었다.

-붙잡는다고 다 붙들릴 필요는 없으니까.

"그래. 그럼. 그날 봐. 연락 줘."

간단히 대답한 후, 통화를 끊던 지서의 시선이 무심코 액정에 닿았다. 통화 시간 3분 남짓. 이어 화면이 바뀌었다.

화요일. 오전 8시.

이제 겨우 화요일…….

"후우."

지서가 작은 한숨을 내쉬었다.

생각보다 시간이 무척 더디게 흘렀다.

* * *

"지서야."

등 뒤에서 부르는 다정한 부름에 퇴근 준비를 하던 지서가 몸을 돌려세웠다. 한 손으로 뻑뻑한 눈두덩이를 꾹꾹 누르던 지서는 자신의 자리로 걸어오고 있는 소영을 보았다.

"눈은 왜?"

"뻑뻑해서요."

"난 또 우는 줄 알았네. 이제 퇴근하려고?"

"네."

"늦었네. 혹시 시간 있어? 오늘 간단히 저녁 한 끼 할까?"

지서는 고민하며 손목시계를 확인했다. 평소라면 기쁜 마음으로 좋다고 대답했겠지만, 이틀 뒤에 있을 컨퍼런스가 신경 쓰였다.

그깟 저녁 한 끼 먹는다고 컨디션이 달라질 게 뭐 있겠느냐마는, 요 며칠간 지서의 컨디션은 작은 것 하나에 흐트러질 만큼 엉망진창이었다.

밀린 업무, 그보다 더 밀린 생각들 때문에.

"간단히 먹자. 간단히."

지서의 표정을 살피던 소영이 넌지시 말을 던졌다.

"대신 오늘은 술 권하시면 안 돼요."

"알았어. 나도 모레가 컨퍼런스인 거 알아. 나, 여기 대표야. 가자. 내가 사 줄게. 뭐 사 줄까?"

"분식이요."

"어휴, 떡볶이랑 김밥은 그만 좀 먹자. 저번 주에도 먹었잖아. 오늘은 샤부샤부 어때?"

소영이 떡볶이라면 치가 떨린다는 듯 빠르게 고개를 가로저었다.

"그것도 좋아요."

"그래. 그럼 가자."

소영이 지서를 데리고 간 곳은 회사 근처에 생겼다는 샤부샤부 집이었다. 단정한 인테리어만큼이나 맛도 깔끔했다.

식사하는 동안 소영은 이런저런 이야기를 꺼냈다. 회사에선 대표님 같지만, 밖에서 함께 식사할 땐 영락없이 편안한 동네 언니 같았다. 그러나 오늘따라 대화가 겉도는 듯했다. 마치 해야 할 말을 숨기고 그 주변만 뱅뱅 도는 것처럼.

결국 기다리다 지친 지서가 먼저 말을 꺼낸 건, 식사를 마치고 소화시킬 겸 근처를 걸을 때였다.

"무슨 말씀을 하시려고 이렇게 뜸을 들이세요? 저, 잘려요?"

지서의 농담에 소영이 화들짝 놀라 손을 내저었다.

"무슨 말을 그렇게 무섭게 해. 우리 회사가 너 없이 돌아갈 것 같아?"

소영이 눈을 동그랗게 떴다.

태량에 있던 지서에게 스카우트 제의를 할 때까지만 해도, 소영은 지서가 회사에서 이렇게 큰 기둥이 될 거라 생각지 못했다. 과장 조금 더 보태어 이제 지서가 없으면 회사가 돌아가지 않을 정도였다. 지서가 관둔다면 바짓가랑이 붙들고 늘어져야 하는 쪽은 소영이었다. 책임감과, 미래를 보는 혜안, 거기다가 정직하기까지 한 직원은 유니콘이나 다름없으므로.

"그럼 왜 그래요?"

"나야말로 왜 그러냐고 묻고 싶다. 요즘 너 이상한 거 알지?"

"왜요? 어때 보이는데요?"

지서가 옅게 웃으며 뺨을 쓸어내렸다.

"그냥. 요즘 멍하게 자주 있는 것 같아서. 휴대 전화도 계속 가지고 다니고. 뭐랄까. 꼭 무슨 일 있는 사람처럼. 혹시나 해서 묻는 건데, 네 친언니 때문이야? 말하지 않는 사생활 물으면 안 된다는 거 아는데, 내가 도와줄 일 없나 해서."

"아……."

지서가 멋쩍은 얼굴로 뺨을 감쌌다.

"다행히 언니는 그때 사라진 후로 안 보여요. 또 언젠가 나타나겠지만……. 그것 때문에 고민하는 건 아니에요."

눈이 부셔서 눈을 가느스름하게 뜬 채 중얼거리듯 말했다. 정확히 말해 효경에게선 몇 번의 연락이 왔지만, 모조리 차단했다. 회사에 나타나면 어쩌나 했는데 웬일인지 잠잠했다.

"그럼?"

"음."

어떻게 설명해야 할까. 뜸 들이던 지서가 말문을 연 건 가로등 두 개를 지나쳤을 때였다.

"아주 간단히 말하자면, 어떤 관계 하나가 정리될 것 같은데……. 어떤 식으로 정리될지, 난 또 어떻게 해야 하는 건지 고민 중이에요. 그냥 예쁘게 잘 마무리해야 할지……. 아니면 내 마음대로 고백은 해도 될지."

자신이 말하면서도 지나치게 두루뭉술한 말처럼 들렸지만, 이 방법밖엔 없었다. 누군가에게 말하고 싶을 만큼 답답한데, 그렇다고 소영에게 재언과의 관계를 모두 털어놓을 수도 없었다. 재언은 어쨌거나 IJ 협력 업체니까. 소영이 자신과 재언 사이에서 난처해하길 원치 않았다.

"그때 지서, 네가 잘못했다던 그 사람 이야기야?"

소영이 조심스럽게 물었다.

"네. 사과했고, 다행히 잘 풀렸는데……."

지서가 말끝을 흐렸다.

"그랬는데?"

소영이 재촉하듯 물었다.

"너무 잘 풀렸어요. 너무 잘."

그것도 너무 지나치게.

그날 서로 인사하고 헤어졌어야 했던 게 아닌가, 하는 생각이 무심히 들었다.

만약 그날 카페에서 사과하고 끝냈더라면, 아름다운 추억으로 남길 수 있었을까. 18세의 추억 위에 성인이 된 추억까지 얹지 않았더라면……. 하나의 관계에 두 번의 이별까지 염두에 두지 않았어도 될까. 재언과 새로 시작할 수 있다는 희망을 삼켰다가 그럴 리 없다고 토하듯 뱉어 내는 이 갈등도…… 하지 않을 수 있었을까.

지서의 눈빛이 흐려졌다. 난생처음 보는 지서의 표정에 소영은 적잖이 놀랐다. 늘 침착하고 차분한 분위기를 일정하게 유지하는 지서였다.

화가 난 고객이 얼굴에 물을 뿌려도, 저 얼굴은 크게 달라지지 않았다. 그런데 지금 지서는 툭 치면 무너질 것 같은 얼굴로 먼 곳을 바라보고 있었다.

소영은 그다지 어렵지 않게 재언을 떠올렸다. 자신의 회사 근처에서 울고 있던 지서를 말없이 응시하던 신재언. 신재언이 나타난 후로 묘하게 달라진 이지서까지.

"어떤 상황인지 자세히 모르겠지만 글쎄. 난 그렇게 생각해. 늘 하고 싶은 건 해야 한다고."

잠깐의 고민 끝에 소영이 입을 열었다. 지서가 대답 대신 고개 돌려 바라보았다.

"사실 예쁜 마무리가 어디 있어? 내 마음도 다 시원하게 말 못 했는데."

"……."

점차 느려지던 소영의 걸음이 어느 한순간 멈췄다. 몸을 반쯤 돌려세운 소영이 뒤따라 한 발자국 뒤에 멈춰 선 지서를 그윽하게 응시했다.

"마무리는 마무리지. 어떤 마무리가 되든, 안 해서 후회하는 것보다는 하고 나서 후회하는 게 낫지 않아?"

"……."

"어쨌든 내 생각은 그래. 뭐, 내 생각이 틀릴 수 있긴 하지만……. 우리 할머니가 그러시더라. 나이가 70 넘으니, 못 해 본 것들이 하나도 빠짐없이 후회된다고. 상처를 받든 말든 덤빌 수 있는 시기에 다 덤볐어야 했는데, 라고 하시면서. 나도 그 말 듣고 다 하려고 노력 중이야. 70 되어서 후회하는 것보단 낫잖아? 안 그래?"

"……."

"태랑에 다니던 이지서한테 스카우트 제의도 그래서 한 거고. 나중에 저런 인재한테 스카우트 제의 한 번 못 해 봤다고 후회할 바에야 시원하게 거절당하자고 생각했지. 그런데 이것 봐. 어쨌든 결과는 해피 엔딩이잖아? 우리 회사도 승승장구 중이고."

말을 마친 소영이 빙그레 웃었다. 그녀의 웃음은 깊었다. 수많은 일을 겪으며 단단해진 사람이 가질 수 있는 여유가 흘러넘쳤다. 지서는 이런 소영을 늘 닮고 싶었고, 그래서 이 회사를 택했다.

"대표님처럼 되려면…… 뭐든 해 봐야겠네요."

지서의 말에 소영이 빙그레 웃었다.

"그럼. 뭐가 됐든 해야지."

소영의 간결한 대답에 숨을 깊게 들이마신 지서는 비로소 빙긋 웃었다.

후회가 피할 수 없는 삶의 결이라면, 마음이 열렬히 이끄는 쪽을 택하자고 생각하면서.

* * *

호텔 정문에 미리 대기 중인 차의 뒷좌석에 재언이 몸을 싣자, 기다렸다는 듯 남 비서가 숙취 해소제를 내밀었다. 슬쩍 뜬 눈으로 숙취 해소제를 받아 든 재언이 단숨에 들이켰다. 일단 안 마시는 것보다 나을 것 같아서 마셨지만 과연 효과가 있을까 싶었다. 어제 들이부은 술을 생각해 보면.

"하."

재언이 기가 막힌다는 듯 짧게 한숨을 내쉬며 머리를 쓸어 넘겼다.

빡빡하긴 하지만 2박 3일이면 충분할 것 같던 일정이 꼬인 건, 이틀 전 받은 한 통의 전화 때문이었다. 정확히 말해 좀처럼 전화하는 법이 없는 SR 미디어 신 대표가 친히 전화해 내린 대리 업무 때문이었다. 잠깐 들러 얼굴만 비치면 된다는 말에 속아 참석한 자리엔 SR 그룹 능구렁이들이 깔려 있었다.

'씨발. 당했네.' 하며 돌아서려다 눈썰미까지 좋은 능구렁이들에게 붙들렸다. 그때부터 마음에도 없는 입 발린 말들을 주고받던 술자리가 끝난 게 일곱 시간 전이었다. 그 때문에 어젯밤부터 지금껏 지서와 통화 한 번 제대로 못 했다.

"대체 다들 뭘 처먹어서 기운들이 그렇게 좋은지."

술 싸움을 붙인 것도 아닌데 독주들을 스트레이트로 때려 붓던 늙은이들을 떠올리던 재언이 치가 떨린다는 듯 고개를 가로저었다.

그 술자리만 아니었으면 오후에 출발할 일도 없었을 텐데.

얼굴을 굳힌 재언이 시계를 확인했다.

정오.

지금 출발해 온갖 신들이 도와 막히지 않고 달린다고 해도 세 시간쯤 걸릴 거리였다. 그는 빠르게 시간을 계산했다. 이르면 오후 3시. 늦으면 오후 4시쯤 서울에 도착하면 곧장 본가로 향해야 했다. 간단히 이야기 나누고 저녁 식사 하고 가라는 아버지의 부탁 같은 명령이 있었으니.

트레이닝복 재킷에서 휴대 전화를 꺼내 지서에게 전화를 걸었으나, 받지 않았다. 일하는 중인 모양이었다.

그냥 이대로 잠깐 들러서 얼굴이나 볼까. 근무 중인 지서가 내려올 수 있을까. 아니면 그냥 찾아갈까. 컨퍼런스 건으로 찾아왔다고 빡빡 우기면 얼굴 정도는 볼 수 있지 않을까.

그러나 지서의 조심스럽고 차분한 성격을 보건대 질색할 게 분명했다. 안 그래도 약속한 열흘이 끝나 가고 있는데, 굳이 선 넘는 짓을 해서 점수 깎일 필요는 없었다.

더군다나 귓갓길이라고 챙겨 입은 트레이닝복부터 탈락이었다.

"하아."

회사를 관두든가 해야지.

쌓인 재산 펑펑 쓰면서 놀고 먹는 게 제 어린 시절의 꿈이었는데. 번듯한 백수였던 제 꿈을 이뤘어야 했다. 그럼 지금 이지서 얼굴 보러 당장 갈 수 있는데…….

아니, 이지서는 사지 멀쩡한데 놀고먹는 사람을 사람 취급 안할 테지.

지서와 연애하려면 번듯한 사회의 일꾼이어야 한다. 그럼 또 이렇게 시간이 안 맞아서 얼굴도 못 보고……. 씨발.

돌고 도는 생각에 재언이 와락 얼굴을 찌푸리며 창밖으로 시선을 돌렸다. 번듯한 백수의 꿈을 이루지 못한다는 사실 때문인지, 오늘 또 지서의 얼굴을 보지 못한다는 사실 때문인지, 짜증이 치밀자 설상가상 속까지 메슥거렸다.

긴 한숨을 내쉬며 일부러 먼 곳에 시선을 두던 재언의 눈가가 가늘어졌다. 좁은 2차선 도로. 낡은 버스 정류장. 그 위에 적힌 정류장의 이름이 무척 눈에 익었다.

"어디예요, 여기?"

재언이 설마, 하는 표정으로 물었다.

"신아읍이라고 합니다. 정확한 주소는⋯⋯."

남 비서가 다급히 내비게이션을 들여다보았다.

"⋯⋯됐습니다. 어딘지 알겠으니까."

신아읍이라는 말로 충분했다.

그사이, 자동차의 속도가 점점 줄었다. 얼마 후, 하얀색으로 새롭게 도색한 학교가 눈에 들어왔다. 하얗고 깔끔하지만, 낡고 촌스러운 티를 벗지 못했다.

덧칠을 하려면 다 하든지.

칠이 다 벗겨진 교문을 바라보던 재언의 얼굴이 더더욱 찌푸려졌다. 재언의 시선이 반대편으로 향했다. 오래된 주택 사이로 좁다란 길이 이어져 있었다. 구불구불한 길 위로 시선을 드니 위화감이 드는 거대한 저택이 자리하고 있었다.

여길 지나치네.

재언이 짧게 웃었다.

여생은 고향에서 지내겠다던 할아버지를 따라 내려왔던 동네. 시골에 있으면 적어도 살인적인 과외 스케줄은 피할 수 있지 않을까 싶어 덜컥 따라왔던 곳. 대충 시간만 죽이려고 했다가, 죽을 것처럼 아팠던 곳.

이곳에 묻힌 할아버지 때문에 몇 번 들락거린 후로, 쳐다도 보지 않은 동네였다. 그곳을 지금 우연히 지나가고 있었다.

또다시 속이 울렁거렸다.

"잠시 세워 주세요."

재언의 요구에 기사가 갓길에 차를 멈춰 세웠다. 차의 뒷문을 열고 내린 재언이 빠르게 숨을 들이켰다. 외부 공기를 마시니 아주 조금 진정되었다. 또 한 번 공기를 들이켜며 천천히 주변을 둘러보았다.

가로등 아래, 이지서가 들어가던 골목의 초입은 기억보다 더 엉망이었다. 사람이 더는 살지 않는지 흉흉하고 음산한 기운을 풍겼고, 금이 간 시멘트 바닥 아래 잡초가 무성히 자라나 길을 가리고 있었다.

재언이 비스듬히 고개를 기울인 채 지서가 드나들던 골목길을 보다 도로 쪽으로 고개를 돌렸다.

'시외버스 터미널로 걸어갔어.'

언젠가 지서에게 들었던 말이 떠올랐다. 제 집이 엉망이 된 걸 알곤 곧장 시외버스 터미널로 도망쳤다고. 그러다 주변에 포진해 있는 조폭 때문에 콜택시를 불러 겨우 서울까지 왔다고.

'서울은 사람이 많으니까. 나 하나 정도는 숨을 곳이 있지 않을까 싶었어.'

어디로 가야 할지 몰라서, 어디에도 자신을 반길 사람이 없어서, 그냥 무작정 사람 많은 곳에 왔다던 이지서의 목소리가 귓가에 들렸다.

"부대표님?"

재언이 그와 조금도 어울리는 곳이 없는 여기를 두리번거리는 게 이상한지, 남 비서가 의아한 목소리로 물었다. 그 부름에 고개 돌린 재언이 차 위에 손을 올리더니 허리를 굽혀 조수석에 앉은 남 비서를 내려다보았다.

"이 길로 쭉 가면 시외버스 터미널 나옵니다. 거기서 만나죠. 출발."

그러고는 손으로 탕 하고 차를 두드렸다.

"예?"

갑작스러운 말에 남 비서가 되물었다.

"속이 안 좋아서 좀 걸어야겠습니다. 원래 숙취는 운동으로 푸는데……. 차만 타고 있으니 속이 더 안 좋아지는 것 같아서요."

"하지만 여긴……."

남 비서가 곤란한 표정으로 주변을 둘러보았다.

"아는 길이니 걱정하지 말고 가세요. 출발."

"……."

"안 가세요?"

재언이 삐딱한 표정으로 묻자, 그제야 남 비서가 당황한 얼굴로 고개를 끄덕였다.

"아, 네. 알겠습니다. 언제든 전화 주시면 찾아오겠습니다."

"그러죠."

재언은 대답하면서도 그럴 일 없다고 생각했다. 여기서 시외버스 터미널까지 그래 봤자 얼마나 걸린다고. 지서가 걸었다는 그 길을 천천히 걸었다.

오래전 더웠던 여름과 달리, 선선한 바람이 불었다. 2차선 도로 옆에 촘촘하게 서 있는 가로수를 따라 걸으니 울렁이던 속도 잠잠해졌다.

그러나 가벼운 즐거움도 잠시였다.

2차선 도로는 끝없이 이어져 있었다. 저 모퉁이를 돌면 동네가 나오지 않을까 했던 기대감은 또다시 끝없는 2차선 도로에 무너졌다. 걷고 또 걸었다. 그런데도 시외버스 터미널은커녕 동네 끄트머리도 보이지 않았다.

그사이, 어느새 있는 듯 없는 듯 한 인도마저도 사라졌다. 도로를 달리던 자동차가 재언을 발견하곤 클랙슨을 울렸다. 멈춰 선 재언이 주변을 둘러보았다. 있는 거라곤 벌판뿐이었다.

아무리 둘러봐도 이 동네는 달라진 게 없다.

그렇다면 지서도 이 길을 걸었다는 건데…….

'아랫길로 걸어가다가 차가 오면 숨었어. 혹시나 모르니까.'

문득 떠오르는 말에 재언의 시선이 길 아래로 향했다. 2차선 도로와 논 사이에 있는 좁은 흙길. 지금은 말라 있지만, 여름엔 축축하게 젖어 있었을 게 분명한 이 흙길을…… 어둠 속에서 더 듬거리며 걸어갔을 이지서가 어렵지 않게 그려졌다.

재언의 표정이 서서히 사라졌다.

'다행히 네가 준 선물들은 다 가방에 있었어. 아직도 가지고 있어.'

그 말을 하며 말갛게 웃던 지서가 떠올랐다. 그 얼굴이 예뻐서 머저리같이 따라 웃었다.

저 흙길을…… 그 무거운 가방을 메고서 기듯이 걸었을 이지서를 모르고. 공포와 두려움에 덜덜 떨면서도 차마 제 선물을 버리지 못했던 이지서를 모르고.

가늘게 떨리는 입술을 이내 사리물고서 재언이 다시 고개 돌려 바라보았다. 아무리 보고 또 봐도 지서가 나아간 길 중 평탄한 곳이 없다.

지서가 힘들었을 거라 생각했고, 그 고통을 충분히 이해한다고 여겼다. 어린 나이에 조폭한테 쫓겼으니 무서운 게 당연했을 테니까.

그러나 지금 그게 얼마나 큰 오만이자 기만이었는지 알았다.

……조금도 몰랐다.

지서가 걸었던 이 흙길을, 마주해야 했을 어둠을, 무거웠던 가방을, 외로움과 두려움, 이 길고 긴 길을.

그 자리에 무릎을 접고 앉은 재언이 막막한 길을 멍하게 바라보았다.

* * *

뻑뻑한 눈을 꾹 감았다가 떠도 주변이 뿌옇게 보였다. 며칠간 무리해서 일했더니 눈부터 피로가 몰려왔다. 인공 눈물 약을 몇 방울 떨어뜨린 후 시간을 확인했다. 7시가 훌쩍 넘어가고 있었다.

오늘은 대표님이 일찍 퇴근하라고 했는데.

내일 중요한 일정이 있으니 무리하지 말라고 신신당부했지만,

마음처럼 되지 않았다. 집에 혼자 있으면 쓸데없는 생각만 하게되니까. 차라리 일을 하는 게 나았으니까. 하지만 내일은 중요한일정이 있으니.

퇴근 준비를 마친 지서는 마지막으로 휴대 전화를 확인하다 그자리에 우뚝 멈춰 섰다.

[부재중 전화 신재언 3통]
[어디야?]
[전화 안 받네. 아직 퇴근은 안 했을 거고]
[보면 연락 줘. 회사 앞에서 기다릴게]

가슴이 철렁 내려앉았다. 오늘 하루 종일 재언에게서 이렇다할 만한 연락이 없었다. 출장 마지막 날이라 연락을 줄지도 모른다고 기다리다가, 먼저 연락해 볼까 고민하는 스스로가 싫어서무음으로 바꿔 두고는 여태껏 잊고 있었다.

빠른 걸음으로 사무실을 나서며 재언에게 전화를 걸었다. 신호음이 몇 번 가지 않아 휴대 전화 너머로 낮은 목소리가 넘어왔다.

-지서야.

"아직 회사 앞이야?"

-응.

"아……. 얼른 갈게."

1층에 도착해 문을 확 밀고 나가자 차가운 바람이 불어쳤다.헝클어진 머리카락을 쓸어 넘기며 주변을 살피자, 반대편 텅 빈 부지에 주차되어 있는 익숙한 차가 눈에 들어왔다.

반가움과 얼떨떨함, 동시에 무슨 일이 있는 건 아닌가 하는 희미한 걱정까지.

일렁거리는 마음으로 재언의 차를 향해 천천히 다가갔다. 그러자 운전석에 기대서 있는 누군가의 익숙한 모습이 보였다. 반가움을 숨기지 못하고 활짝 웃던 지서의 얼굴에서 서서히 웃음이 사라졌다.

어두운데도 분명히 알 수 있었다. 자신을 바라보는 재언의 표정이 평소와 다르다는 걸. 수많은 감정을 짓눌러 억지로 덤덤한 표정을 짓고 있었다. 툭 건들면 우르르 쏟아질 것 같은 그의 얼굴에 지서는 그 자리에 우뚝 멈춰 섰다.

아……

속에서 알 수 없는 탄식이 새어 나왔다.

왠지 모를 불안함이 밀려들었다.

마치 슬픈 일이 생길 것 같아서.

그럼에도 지서는 입꼬리를 끌어 올리며 그를 안심시키려는 듯 웃었다. 그리고 태연하게 재언아, 하고 지서가 부르려 할 때였다.

"……다치진 않았어?"

뜬금없는 말에 지서가 의아한 표정을 지을 때였다.

"신아읍에서 시외버스 터미널로 갈 때. 흙길밖에 없던데."

"……."

"한 시간이 넘는 거리를……. 대체 어떻게 걸었어?"

생각지 못한 물음에 지서가 의아한 듯 그를 바라보다 멈칫했다. 그러고 보니 재언의 몰골이 엉망이었다. 평소답지 않게 헝클어진 머리, 흙이 잔뜩 묻은 운동화, 운동이라도 한 듯 걷어 올린 소매까지.

"⋯⋯거기 다녀왔어?"

"어쩌다 보니 우연히."

"거길 걸었어?"

"응. 전부."

재언의 목소리가 낮게 가라앉았다.

"뭐 하러 그랬어? 거기가 얼마나 먼데."

"거길 넌 걸었잖아."

설핏 웃던 재언의 표정이 서서히 사라졌다. 겨우 끌어 올린 웃음은 더 깊은 슬픔으로 가라앉았다. 눈을 내리깐 재언이 깊은 한숨을 내쉬었다.

"정말 힘들더라."

"⋯⋯."

"넌 얼마나 힘들었겠어."

그의 말에 지서는 순간 말문이 막혔다. 그가 힘들었다고 말한 순간, 자신도 힘들었던 시간이 떠올랐으므로. 고단하고, 불안했던 그 시간이. 지금도 그 흙길의 냄새와 흙에 푹푹 파묻히던 신발의 느낌이 생생하게 떠올랐다.

입술을 달싹이던 지서가 울컥 목이 메어 다시 입을 다물 때였다.

"⋯⋯미안해."

“…….”

“내가 더 힘든 척한 것도.”

“…….”

“너한테 먼저 사과받은 것도.”

“…….”

“이제야 물은 것도.”

천천히 고개를 든 재언이 지서를 마주했다. 말을 할수록 무너진 그의 표정은 이제 완전히 울 것처럼 구겨져 있었다.

“그날……. 함께 걸어 주지 못한 것도.”

그의 까만 눈에 서서히 눈물이 차올랐다. 동시에 지서의 눈가에도 눈물이 차올랐다.

“날 좋아한 널…… 제대로 못 본 것도.”

그 길고 험한 길을 걸으며 끝내 제 선물을 하나도 버리지 않은 이지서를 떠올리고서야, 제게 불행을 옮기고 싶지 않았다고 말한 이지서를 또 한 번 떠올리고서야, 알았다.

이지서 앞에서 제 사랑이 보잘것없었음을.

좋아한다고 먼저 말하고, 자주 말한 게 자신이었기에……. 제 마음이 더 깊다고 착각했다. 네 마음이 어떤지…… 몰랐다.

“……미안해.”

재언이 눈을 내리깔았다.

툭, 툭.

눈물이 흙이 묻은 운동화 위로 떨어졌다. 한 줄기 선을 그리며 떨어진 눈물은 흙더미 앞에서 아무런 힘을 발휘하지 못한 채 사라졌다. 재언은 제 사과는 이 눈물 같다고 생각했다. 겨우 한 줄기 닦아 낼 수 있을 뿐. 때늦은 사과는 이렇게나 무용하다.

자박자박 다가오는 걸음 소리가 들리는가 싶더니, 흙이 묻은 운동화 맞은편에 깨끗한 플랫 슈즈 코가 닿을 듯 가까워졌다. 이윽고 목을 감싸는 팔과, 따뜻한 체온이 피부를 타고 전해졌다.

"아니. 내가 더 미안해. 너한테 제대로 말 못 하고 떠나서……."

지서의 억눌린 목소리가 귓가를 스쳤다.

토닥토닥.

이윽고 제 등을 도닥이는 손길에 재언이 고개를 푹 파묻고는 온 힘을 다해 끌어안았다.

* * *

이른 새벽, 어스름하게 들어오는 새벽빛에 벽에 기대서 있던 지서는 드레스 룸을 열고 나오는 재언을 보았다.

"정말 괜찮아?"

재언에게 다가간 지서가 걱정스러운 표정으로 그를 올려다보며 물었다.

"뭐가."

재언의 입술이 지서의 뺨에 닿더니 지분거렸다.

"어제 전화 많이 오던데……."

어젯밤, 휩쓸리듯 재언의 집에 도착한 지서가 가장 먼저 목도한 것은, 대뜸 전화를 걸더니 '오늘 일이 있어서 못 가요. 네. 제가 지금 갈 수 없는 상황이라.'라는 말을 남긴 후 통화를 끊어 버리는 재언의 모습이었다.

대체 누구한테 저렇게 말하나 의아하게 쳐다보다가, 액정에 찍힌 '아버지'라는 이름을 보곤 질색했다.

당장 본가로 가라고 등을 떠밀었으나, 재언은 옷을 한 꺼풀씩 벗어 던지더니 드로어즈 하나 달랑 남겨 놓고 그녀를 쳐다보았다. 드로어즈는 쳐다보기 민망할 정도로 불룩 솟아 있었다. 속옷의 주인은 멀쩡한데, 되레 마주 보고 있는 그녀가 민망할 지경이었다.

'정말 안 갈 거야?'

'이 상태로 가는 게 더 불효일 것 같은데.'

'아니, 그건 그런데. 가다가…… 정리되지 않을까.'

'정리 안 돼.'

'……'

'이게 생각보다 쉽게 정리가 안 되더라. 해결을 할 때까지는.'

……해결.

그게 뭔지 알 것 같았지만, 지서는 굳이 소리 내어 말하지 않았다.

결국, 재언은 두 번의 사정을 끝으로 멀쩡한 모습으로 돌아왔지만 본가를 방문하기엔 한참 늦은 시간이었다. 결국 지서 역시 재언의 집에서 자는 게 컨디션 조절에 나을 것 같아, 한숨 자고 일어난 게 지금이었다.

"그런 꼴로 본가를 찾는 불효보단, 잠적한 불효가 나을걸."

"……."

이 시간에 이런 식으로 불효의 경중을 논하다니.

자포자기한 지서가 가볍게 고개를 가로저었다. 그러고는 재언의 옷을 다시 한번 살핀 후, 핸드백을 챙겨 들었다.

"이 정도면 될 것 같아. 난 집에 들렀다가 바로 큐브 홀로 갈게."

"알았어."

재언이 스쳐 지나가는 지서의 손목을 붙들었다. 그러고는 손등과, 손목 안쪽의 여린 살에 자잘하게 입을 맞추었다. 가벼운 자극에 지서의 어깨가 경직되었다. 낯선데, 싫지 않다. 이런 재언의 스킨십이.

"나중에 봐."

겨우 재언의 손을 떨친 지서가 서둘러 신발을 꿰어 신고선 집을 빠져나갔다. 홀로 남은 재언은 지서가 간 방향을 물끄러미 바라보다 제 집을 천천히 둘러보곤 지루한 표정을 지었다.

이지서가 빠진 제 집은, 밋밋했다.

10

서울 브랜디 호텔 큐브 홀, 시간에 맞춰 기자들과 방송 관계 관련자들이 빽빽하게 자리를 채우기 시작했다.

"준비는 잘 되었고?"

인사를 생략한 채 대뜸 들리는 질문을 따라 고개 돌린 재언은, 빙긋 웃고 있는 둘째 형인 태언을 보았다. 바지 주머니에 손을 찔러 넣은 태언이 느긋하게 다가와 재언의 앞에 마주 섰다. 재언은 쥐고 있던 컨퍼런스 진행 시트 너머로 보이는 태언의 얼굴을 못마땅하게 쳐다보았다.

"남 일처럼 말할 겁니까, 신 대표님."

"발표야 남 일이니까."

내가 발표하는 것도 아닌데 구태여 긴장할 필요 뭐 있냐는 듯
이 대한 태언이 싱긋 웃으며 장난스러운 미소를 지어 보였다.

　"망치면 대표님 책임이 되겠지."

　"망칠 리가. 긴장도 안 하면서."

　태언의 말에 재언은 별다른 대꾸 하지 않았다. 태언은 그런 재
언을 물끄러미 바라보았다. 수많은 사람들 앞에 서는 일이었다.
실수라도 했다간 카메라에게 찍혀 박제되는 건 시간문제였으나,
재언에게선 별다른 표정 변화가 없었다.

　어릴 적부터 이랬다. 늘 심드렁한 얼굴로 무심하게 굴곤 했다.
타고난 머리와 재주에 비해 명예, 권력, 돈, 성공 등에 그다지 관
심이 없어서 늘 어머니의 속을 썩이던 녀석.

　그런 녀석이 어느 날 갑자기 시골에서 상경하더니 확 달라졌
다. 심드렁한 표정은 차갑게 변했고, 늘 흐트러져 있던 자세는
누군가에게 배운 듯 곧게 변해 있었다. 투덜거리던 말투는 차분
해졌고, 목표가 생겼다.

　갑자기 사람이 변하면 위험한 거라던데 싶어서 물어보자, 재언
은 단 한마디 했다.

　'내가 너무 부족한 것 같아서.'

　누구에 비해서, 어떤 부족함을 말하는 건지 물었지만 그는 끝
내 대답하지 않았다. 이후, 어머니에게 대략의 사정을 전해 듣고
서야 대충 상황을 파악했다. 언젠가 본래 성격대로 돌아오겠지,
생각했지만 그 후로도 재언은 바뀌지 않았다.

　물론 유학을 다녀온 후 사람들 앞에서 웃기도 하고, 농담도 건

네는 모습을 보이긴 했다. 그러나 그건 적절한 상황에서 적절한 가면을 쓰는 것뿐. 그 이상도, 이하도 아니었다. 어쩌면 영원히 재언이 옛 모습을 찾는 건 어렵지 않을까, 생각하고 포기하던 차였다.

그런데 요즘 재언의 얼굴에서 곧잘 고등학생 시절의 표정이 툭툭 튀어나왔다. 오색찬란한 감정을 드러낼 수 있게 된 저 얼굴은…… 누가 끌어낸 걸까.

태언이 흥미로운 얼굴로 재언을 빤히 살폈다.

"왜 그렇게 보는데?"

"그냥. 응원차."

"헛소리는."

심드렁하게 대꾸하던 재언의 시선이 무심코 어딘가에 닿았다. 순간, 눈이 살짝 커지며 입꼬리의 각도가 바뀌는 걸 발견한 태언이 시선을 따라 고개 돌렸다. 그곳에 블라우스와 검은색 슬랙스 바지를 입은 여자가 사람들과 함께 걸어오고 있었다. 여자는 수수한 차림새였음에도 눈에 확 띌 정도의 미인이었다.

태언의 시선이 다시금 재언에게로 향했다. 재언의 시선이 줄곧 여자에게서 떨어질 줄 몰랐다. 방금까지 심드렁하던 눈동자에 빛이 돌았고, 여자의 움직임을 따라 입꼬리가 가늘게 올라갔다 내려왔다.

재언이 누군가를 보자마자 이렇게 반가워하는 건 처음 보는 것 같은데.

태언은 무심히 여자를 바라보았다.

* * *

컨퍼런스 시작을 코앞에 두고, 지서는 떨리는 표정으로 홀 뒤편에서 자리를 지켰다. 이제 자신이 할 일은 없었다. 남은 건 SR 진행 팀이 할 몫이었다. 최선을 다했기에 후회는 없었다. 그럼에도 떨리는 건, 무대에 서는 사람이 재언이라서겠지.

지서가 맞잡은 손에 힘을 꽉 줄 때였다.

"안녕하세요."

인기척을 느끼지 못했는데 곁에서 들리는 목소리에 흠칫한 지서가 고개를 돌렸다. 그러자 재언만큼 큰 장신의 남자가 옆에 나란히 서 있었다. 지서는 남자를 곧바로 알아보았다. 재언과 묘하게 닮은 얼굴. SR에 조금만 관심 있는 사람이라면 모르려야 모를 수 없었다.

SR 미디어의 수장을.

"안녕하세요. 처음 인사드리겠습니다. IJ 이사 이지서입니다."

"제가 누군지 아나 봐요."

"네. 일전에 멀리서 뵌 적 있습니다."

"그랬군요."

태언은 그 말을 끝으로 지서를 물끄러미 내려다보았다.

이지서.

속으로 이름을 곱씹자, 문득 어머니의 목소리가 떠올랐다.

'지서, 애가 참 괜찮았는데……. 집안만 좀 괜찮았어도……. 쯧. 운도 없지.'

동명이인일 리는 없고.

태언이 짧게 웃었다.

"다음에 또 뵙죠."

가볍게 인사를 건넨 태언이 지서를 지나쳐 뒷문으로 조용히 빠져나갔다.

지서는 의아한 얼굴로 멀어지는 태언의 뒷모습을 바라보았다. 그러나 그것도 잠시, 컨퍼런스를 곧 시작한다는 장내 방송에 지서의 시선이 다시 무대로 향했다.

환해진 무대 위로 재언이 걸어 나와 단상 앞에 섰다. 사람들의 시선을 받는 게 익숙해 보이는 얼굴엔 미소가 걸렸다.

이윽고 넓은 화면에 'FM'이라는 글자가 떠올랐다.

컨퍼런스의 시작이었다.

* * *

컨퍼런스는 성공적으로 끝났다. 무대에 선 재언은 느리지도, 빠르지도 않은 톤으로 청중을 휘어잡더니 기자들의 질문 세례에도 버벅거림 없이 매끄럽게 답변했다. 컨퍼런스가 끝나기 무섭게 기다렸다는 듯이 기사가 쏟아져 나왔다.

[SR, IJ의 손잡고 'FM' 시대 열어……]
[방송 광고 타깃 설정 가능한 시대를 열 거라 자신하는 SR]
[SR, 데이터 기업 IJ와 손잡고 새로운 광고 시대를 열 거라 자신]

지서는 회사로 돌아오는 동안 새로고침해 가며 새롭게 올라오는 기사를 꼼꼼하게 확인했다. 다행히 취지와 어긋나는 기사는 보이지 않았다. 대부분 미리 전달한 보도 자료 위에 재언과의 질의응답을 통해 얻은 자료로 살을 덧붙였다.

"하아."

마침내 지서는 조수석에 뒤통수를 가져다 댔다. 참았던 한숨이 새어 나왔다. 그러자 운전대를 잡고 있던 은지가 쳐다보았다.

"이사님, 괜찮으세요? 다행히 반응은 좋은 것 같던데⋯⋯."

"그러게요. 무사히 끝난 것 같네요."

끝났다고 했지만, 아직 모든 게 얼떨떨했다. 몇 달 동안의 고생이 머릿속으로 스쳐 지나갔지만, 끝났다는 사실이 체감되지 않았다. 컨퍼런스를 무사히 마치고 SR 직원들과 인사를 마친 후, 회사로 복귀하는 지금에도.

"그나저나 신 부대표님 정말 멋지시던데요."

"그러게요. 생각지 못한 기자들 질문도 많았는데⋯⋯. 그걸 다 대답하시더라고요."

뒷자리에 앉아 있던 직원들이 두런두런 대화를 나누었다. 그들은 신 부대표의 능수능란했던 발표를 시작으로, 그가 얼마나 멋졌는지에 대한 대화를 주고받았다. 그 모든 이야기를, 지서는 별다른 대꾸 없이 들으며 머릿속으로 재언의 모습을 그렸다.

뚝 떨어지는 핀 조명 아래 서 있던 재언의 여유로운 표정, 느긋한 말투, 때때로 집중도를 높이며 툭 던지는 질문.

지서의 입꼬리가 보일 듯 말 듯 위를 향했다.

"오늘은 좀 일찍 퇴근할 수 있을까요?"

지서와 친하게 지내는 은지가 그녀의 눈치를 살피며 넌지시 물었다.

"아뇨."

지서의 대답에 은지의 입꼬리가 아래로 축 늘어졌다. 컨퍼런스를 앞두고 야근한 적이 한두 번 아니었던 터라, 휴식이 절실한 상황이었다.

"대표님이 회의실에서 간단히 파티하자고 하셨어요."

"오!"

일하는 게 아니라, 먹고 논다고 하니 그게 어디냐 하는 표정을 한 은지의 눈이 반짝였다.

"그리고 휴식은 내일. 푹 쉬고 모레 나와요."

지서의 말에 잠시 멍하게 있던 직원들이 별안간 고함을 질렀다.

"와!"

"옛스! SR 부럽지 않은 우리 IJ!"

직원들의 호들갑에 픽 웃은 지서는 창가 너머를 바라보았다. 그녀의 시선이 다리 너머 상징처럼 우뚝 서 있는 SR의 빌딩에 머물렀다.

* * *

반쯤 열어 놓은 창문 너머로 쌀쌀한 바람이 불어왔다. 언제나 회의 자료만 펼쳐져 있던 넓은 테이블 위로 각종 배달 음식이 즐비하게 진열되어 있었다.

"회식은 다음 주 중에 사람다운 꼴로 하고, 오늘은 이걸로 간단히 회포 풀죠. 시간 많이 안 빼앗을게요. 딱 한 시간 열심히 배채우고 헤어집시다. 잠은 내일 푹 자도록 하고."

소영의 말에 직원들은 환호성을 내질렀다.

한 시간만 먹자는 말과 달리, 직원들의 수다가 끊이지 않은 덕에 세 시간이 흘렀다. SR 컨퍼런스를 직접 본 후기, SR에게 알게 모르게 당한 설움, 그럼에도 SR은 대기업 중 양반이었다는 대다수의 의견, 수많은 이야기 중 가장 많이 거론된 건 다름 아닌 재언이었다.

몇몇 여직원들은 재언의 이야기를 하며 들뜸을 감추지 못했고, 남자 직원들은 경외 혹은 시기가 가득한 말투로 중얼거렸다. 그 모든 이야기를 지서는 대꾸 없이 듣기만 했다. 그게 의아했는지 은지가 그녀를 쳐다보았다.

"이사님은 왜 아무 말씀 없으세요?"

"긴장 풀려서 지쳤나 봐요."

사실 재언의 이야기가 나올 때마다 너울 치는 감정을 다스리느라 침묵한 거지만, 사실대로 토로할 수 없는 터라 둘러 답했다.

"하긴 제일 고생하셨으니까요."

지서가 빙그레 웃자, 은지가 이해한다는 듯 고개를 끄덕였다.

"별말씀을. 한 잔 할까요."

지서가 빙긋 웃으며 맥주 캔을 들 때였다.

지잉.

손에 쥐고 있던 휴대 전화에서 길게 진동이 울렸다. 그와 동시였다.

"이지서! 이 씹창년아!"

열어 놓은 창문 너머에서 별안간 고함 소리가 들린 건.

왁자지껄하던 회사의 회의실이 찬물이라도 끼얹은 듯 고요해졌다. 가장 먼저 움직인 건 소영이었다. 창문을 열어젖힌 소영이 건물 아래를 보더니 얼굴을 굳혔다.

"지서야."

평소 다른 직원들이 있으면 '이 이사'라고 부르는 호칭도 잊은 듯, 소영이 급박한 얼굴로 쳐다보았다.

"뒷문으로 빠져나가."

"……."

소영이 손을 휘저으며 말한 보람 없이, 지서는 창가로 다가가셨다. 그러자 어느새 어두컴컴해진 길거리에 휘청거리며 서 있는 효경이 눈에 들어왔다.

효경은 그간 간간이 지서에게 연락해 왔다. 전화를 모두 무시하자, 대부분 저주와 욕, 돈을 요구하는 질 낮은 문자를 보내왔다. 그러다 잠잠하기에 포기한 줄 알았는데…….

넌 또 내가 행복할 때 불행을 끼얹지.

늘 그래 왔듯이.

지서의 얼굴에서 남아 있던 웃음의 자국마저 사라졌다.

"지서야."

돌아서는 지서를 소영이 붙들었다.

"괜찮아요."

"괜찮기는. 어디 가려고?"

"제가 내려갈 때까지 계속 저럴 거예요."

"미친년 상대해 봤자 너만 손해인 거 몰라?"

"상대 안 해도 손해예요. 직원들에게는…… 오해 안 하게 설명 좀 해 주세요."

지서가 자신의 어깨를 붙든 손을 떼어 내더니 가만히 감싸 쥐었다.

"부탁드릴게요."

지서의 조용하고 단호한 목소리에 소영은 긴 한숨을 내쉬며 어깨를 떨어뜨렸다. 언젠가 이런 날이 올 거라 예상했던 사람처럼 지서는 차분한 태도로 회의실을 빠져나갔다. 소영은 쏟아지는 직원들의 시선을 피해 눈을 질끈 감았다.

내가 무슨 자격으로 말하니……. 네 상처를.

오해 한 점 남기지 않고, 상대방을 이해시킬 수 있는 방법은 없는걸.

그럼에도 소영은 지서의 부탁을 들어주기 위해 입을 열었다.

"저 사람은……."

차분하게 소영의 말이 이어지는 동안 직원들의 표정이 충격과 경악으로 물들었다.

* * *

"이지서 이사의 친언니인데, 12년 전에 헤어졌답니다. 그런데……."

소영의 말이 점점 작아지더니 이윽고 비상구 계단에선 들리지 않았다. 지서의 걸음을 따라 비상구 계단에 센서 등이 켜졌다. 3층에서 덤덤하던 손은, 2층에서 가볍게 떨렸고, 1층에 도착했을 땐 아주 잠깐 휘청였다. 그럼에도 지서는 있는 힘을 다해 발바닥으로 땅을 밀며 우뚝 섰다. 마치 비루한 제 과거를 딛고 선 듯이.

마침내 투명한 문을 밀고 나간 지서는 귀에 벼락처럼 내리꽂히는 고함 소리를 들었다.

"이 개 씨발년!"

제법 거리가 먼데도 불구하고 귀에서 삑 하고 이명이 들렸다. 지서는 가볍게 떨리는 손을 둥글게 말아 주먹을 쥐었다.

"나왔으니까 소리 그만 질러."

자갈 마당을 가로질러 효경의 앞에 선 지서가 차갑게 대꾸했다. 그러자 효경이 비틀거리며 그녀의 앞에 마주 섰다.

"야, 씨발. 너 왜 내 연락 씹어? 저 사람들 네가 어떤 년인지 알아? 응? 내가 다 까발려 줄까!"

바락바락 소리 지르던 효경이 씩 웃으며 고개를 숙였다. 그러더니 언제 그랬냐는 듯 목소리를 아주 낮게 낮추어 지서만 들릴 수 있게 속삭였다.

"더 할까? 아니면 여기서 그만할까?"

"……."

"멈추고 싶으면 돈 내놔. 그럼 입 다물고 조용히 사라질 테니

까. 안 주면 내가 여기서 소리 지를 거야. 네가 얼마나 더러운 년
인지, 얼마나 싸구려인지, 네가 어떻게 살았는지. 저 사람들은 모
르지? 네가 어떤 년인지."

말을 마친 효경이 눈에 이채를 띤 채 비리게 웃었다.

네년은 절대로 나를 못 이기지. 난 잃을 게 없지만, 네년은 잃
을 게 많으니까.

효경이 그런 눈으로 지서를 보았다.

지서는 어릴 때부터 타인에게 비치는 제 이미지를 끔찍하게 생
각했다. 대부분의 사람들이 그렇겠지만, 이지서는 더더욱 심했다.

고아라고 사람들이 뭐라고 할까 봐 강박적으로 깨끗한 옷을 입
고 다녔고, 식사 예절을 배운 사람처럼, 깔끔하게 식사하려 애썼
다. 이미지 관리도 철저해서 다른 사람들이 못사는 자식이라고
생각하지 못했다.

효경은 그런 지서가 같잖아서 꼬박꼬박 학부모 모임이 있으면
참석해서 얼굴을 비쳤다. 엉망진창인 꼴보다는 이게 낫지 않냐며
일부러 치렁치렁하게 꾸미고서.

하나뿐인 자매인 지서가 늘 안타까우면서도, 한편으로는 고아
하게 구는 꼴이 같잖았으니까.

천성은 쉽게 바뀌지 않으니, 결국 지서는 제 이미지가 더러워
지는 걸 견디지 못하고 제 뜻대로 따르게 될 거다.

효경이 씩 웃자, 군데군데 검게 썩은 이가 드러났다.

"그러게 왜 이렇게까지 하게 해? 나라고 이러는 게 좋은 줄 알
아? 적당히 돈 입금했으면 내가 힘들게 여기까지 올 일 없을 거

아냐. 안 그래?"

말을 할 때마다 하얗게 백태 낀 혀가 빠진 이 사이로 날름거리는 게 보였다.

"저 봐, 사람들이 너 보는 거."

효정이 직원들이 흘깃대는 창문을 쳐다보며 뱀처럼 웃었다.

"다들 궁금해하는 눈 좀 봐. 좋아하겠지. 네가 얼마나 더러운 년인지 알면……. 그러니까 정해. 돈 줄래? 계속할까? 아, 신고할 생각 하지 마. 어차피 경찰들은 나 금방 내쫓아. 냄새난다고. 난 여기 또 찾아올 거야. 오고, 또 오고. 매일매일 올 거야. 네가 나한테 돈 줄 때까지. 큭큭."

효경이 지서의 코앞에 얼굴을 들이밀더니 하얗고 깨끗한 블라우스를 천천히 쓸어내렸다. 그러자 하얀 천 위로 검은 자국이 남았다.

"네 인생 이렇게 좆 되게 해 줄까? 말을 하라고, 씨발아!"

금세 돌변한 효경이 버럭 소리 지르더니 광기 가득한 눈으로 지서를 노려보았다. 지서는 그런 효경을 가만히 마주 보았다.

"……해 봐."

마침내 지서가 입술을 달싹였다. 어두컴컴한 공간에 고저 없는 목소리가 퍼졌다.

"뭐?"

효경이 와락 얼굴을 찌푸렸다.

"더 소리 지르고 악써 보라고."

"……."

"그게 네가 할 수 있는 마지막이니까."

말을 마친 지서는 흐트러짐 없는 표정으로 효경을 내려다보았다. 효경이 생각지 못한 말을 들은 사람처럼 지서의 눈을 번갈아 보는 사이, 형형한 눈빛을 한 그녀가 다시 입을 열었다.

"그거 알아? 두려워하던 일이 벌어지면 그건 더 이상 두려운 일이 아니라는 거."

"……."

"이미 끝난 일이지."

"……."

"이제 안 피해. 그리고 나도 가만히 있었던 거 아니고."

"이 씨발년이……! 또 사람을 가르치려고!"

효경이 악쓰듯 소리치며 손을 치켜들었다. 그러고는 지서의 뺨을 내리치려 할 때였다. 그러나 지서의 뺨에 닿기도 전에 허공에서 멈췄다. 효경의 손목을 잡아챈 지서가 무서운 힘으로 그녀의 손목을 거머쥐었다.

"아……. 아아!"

손목을 조이는 힘에 효경이 저도 모르게 비명을 질렀다.

"말했잖아. 나도 가만히 있었던 거 아니라고."

언젠가 효경이 자신을 찾아와 위협할지 모른다고 생각했다.

입사 후, 처음 받은 월급으로 그녀가 가장 먼저 한 건 킥복싱 등록이었다. 다이어트가 목적이냐는 직원의 물음에 지서는 '호신'이라고 답했다. 그러자 직원이 재미있다는 농담을 들은 듯 웃었지만, 지서는 조금도 웃지 않았다. 매일 운동이 아니라 훈련이라 생각하며 다녔다.

언젠가 불행이 이렇게 자신에게 들이닥칠 거라 생각했으니까.

그러니 대비해야 한다고 생각하며 악착같이 운동했다.

그러면서도 간간이 빌었다.

……불행이 이제 그만 자신을 놔주기를.

"이…… 이익!"

비명을 지른 효경이 팔을 뒤흔들었지만, 아무리 해도 지서의 손아귀에서 벗어날 수 없자 발길질을 시작했다. 그러나 그마저도 지서에게 막혔다. 아무리 덤비고 덤벼도 지서에게 번번이 가로막히자,

"으이이익!"

효경은 이내 시뻘게진 눈으로 자갈 바닥에 털썩 주저앉아 그녀를 노려보았다.

"여태껏 몸 팔아서 학비 대 주고, 공부시켜 줬더니, 이제 와서 언니 버리는 이 천하의 개쌍년! 이 더러운 년! 내가 준 돈 거머리처럼 쏙 빨아먹더니 날 조폭들한테 팔아 제끼고 그 돈을 들고 튀어? 이 쌍년아!"

그러고는 일부러 지서의 눈을 똑바로 쳐다보며 악썼다. 지서는 덤덤한 척했지만, 수치스러웠다. 아무렇지 않은 척하지만 건물에서 느껴지는 직원들의 시선이 몸을 관통하는 듯했다.

……외롭고, 괴로운 시간이었다.

그럼에도 버텨야 한다는 일념하에 지서는 있는 힘을 다해 버텼다. 그러나 그럴수록 점점 더 세상이 흔들렸다. 늪처럼 진득하고

캄캄한 과거가 발치에서부터 차오르는 듯했다. 발목에서부터 허리까지 차오른 음울한 기분이 그녀를 덮으려 할 때였다.

효경의 발이 허공을 가르며 날아왔다. 피하려 뒤로 한 발 내딛다가 휘청하며 뒤로 넘어갔다. 반사적으로 뒤로 내디딘 발에 힘을 주기도 전에, 뒤통수에 단단한 벽이 닿았다. 고개를 돌리지 않았음에도 누군지 알아챘다.

자신이 좋아하는 향이 코끝을 스쳤다.

제 주변에 이런 향수를 쓰는 사람은 한 명뿐이었다. 울컥한 지서가 입 안의 살을 씹었다.

이런 꼴만큼은 네게 보이고 싶지 않았는데.

"괜찮아?"

익숙한 목소리에 고개 돌린 지서는 재언을 보았다. 그가 자신을 데리러 회사에 온다고 했던 게 뒤늦게 떠올랐다. 희미하게 웃던 지서는 금세 관두었다. 억지로 지은 미소만큼이나 별 볼 일 없는 건 없으니까.

"재언아."

지서가 재언에게 돌아가라는 말을 하려 할 때였다.

"뭐야? 애인? 하하하하! 애인! 이지서, 너한테 애인이라니. 얘가 어떤 년인지 알아요? 얼마나 천박하고 더럽게 놀았는지? 응? 하하!"

효경이 목표를 찾은 듯 벌떡 일어나 재언에게 성큼성큼 다가갔다. 지서가 효경을 가로막고 섰지만, 그녀의 말까진 막을 수 없었다.

"얘, 고등학교 때 몸 팔던 년이에요! 진짜 남자라면 치마는 다 벗어 제꼈을걸? 지 선생이라도 잤을 건데!"

루머는 수위를 넘어섰다. 없는 말을 지어내는 효경의 얼굴엔 한 점의 죄책감이나 머뭇거림이 없었다. 오히려 신난 듯, 지서를 끌어내려 망가뜨릴 수 있다는 희열에 사로잡혔다.

"헤…… 헤에. 정말 이년이 어떤 년인지 알면 상종도 못 할 건데."

"알아."

재언의 무심한 대꾸에 효경이 얼굴을 찌푸렸다.

"얼마나 드러운 년인지 알면서도 만난다고? 하, 애인이 아니라 스폰서였네. 스폰서."

"아니. 지금 당신이 하는 말이 얼마나 거짓말인지 안다고."

"……뭐어?"

효경이 고장 난 로봇처럼 뚝 멈춰 섰다. 재언은 소름 끼치게 차가운 눈으로 효경을 내려다보았다. 무표정한 표정엔 혐오하는 벌레라도 발견한 듯, 불쾌함이 가득했다.

"고등학생 때부터 쭉 봐 왔거든."

"……."

"그쪽처럼 살지 않으려고 안간힘을 다하던 거."

"……."

"그쪽, 지서가 많이 부러웠나 봐. 당신과 다른 삶을 사는 게. 그렇다고 해서 이러면 안 되지. 아무리 이래 봤자, 그쪽이 이지 서 같아질 수도, 이지서가 그쪽처럼 바닥으로 끌려 내려갈 수도 없을 텐데."

"……이, 이익!"

효경이 둘둘 감춰 놓았던 비밀을 들킨 사람처럼 움찔하더니 이내 몸을 덜덜 떨기 시작했다. 여태껏 보이던 행동과 사뭇 다른 태도였다.

"네가 뭘 알아서! 네가 뭘!"

재언에게 득달같이 달려들던 효경은 지서가 밀자, 저 멀리 나뒹굴었다. 벌떡 일어나려는 마음과 달리 효경은 자갈을 짚고서 계속 미끄러지듯 넘어졌다. 그렇게 몇 번 넘어지던 효경의 시뻘건 눈이 다시 지서를 찾았다.

"이익!"

악을 쓴 효경이 튕기듯 일어나 다시 달려들었다. 그러나 그것마저도 재언에게 막혀 바닥에 나뒹굴게 되었다.

"사람들 여기 보세요! 여기! 동생이 언니 죽이네! 아악!"

그러자 효경이 악을 쓰며 억지를 부렸다. 그러나 건물에 있는 사람들에게선 이렇다 할 만한 반응이 없었다. 누구도 제 이야기를 들어 주지도, 제 이야기를 믿어 주지도 않는다는 사실을 안 효경의 목소리는 점점 작아졌다.

"왜 네가……."

그러고는 마침내 억눌린 목소리로 알 수 없는 말을 중얼거렸다.

"넌 거기서 끌려갔어야 해. 나처럼 됐어야 해! 왜……. 신아읍에서 왜 기어 나와서 사람을 이렇게 기분 더럽게 만들어. 왜!"

효경의 입에서 고름 같은 말들이 툭툭 튀어나왔다.

"왜! 대체 왜!"

효경이 비명 같은 고함 소리에 순간, 지서의 얼굴에서 표정이 사라졌다.

넌…… 살아남기 위해 날 판 게 아니라, 그저 내 불행을 진심으로 바란 거구나.

최악의 진실 앞에 지서가 힘없이 웃었다.

"하."

웃던 것도 잠시, 지서의 눈가에 눈물이 맺혔다. 효경에게 실망해서 나는 눈물이 아니었다. 어차피 효경에겐 한 줌의 기대조차 없었으니까.

다만, 아주 가끔 효경을 동정했던 순간들이 숨 막히게 억울했다.

손등으로 눈물을 훔친 지서가 어느새 제 앞으로 바짝 다가온 효경을 또다시 밀쳤다. 마치 제 삶에서 효경이라는 이름을 떨쳐 내듯.

"악!"

또 한 번 바닥에 힘없이 나동그라지던 효경이 멍하게 지서를 보더니, 악쓰며 울기 시작했다. 재언이 손짓을 하자 차에서 내린 남 비서가 달려왔다.

"아니. 내버려 둬. 됐어."

지서의 말에 재언이 의아한 표정으로 그녀를 보았다. 지서는 무표정한 얼굴로 효경을 바라보았다.

"왜애애애액! 왜! 왜!"

"그냥 둬. 하고 싶은 거, 다 하라고 해."

지서의 말에 재언은 말없이 그녀를 바라보다 남 비서에게 물러나라는 손짓을 했다.

지서는 효경의 발악을 침묵으로 바라보았다. 효경은 악을 쓰고, 지서를 욕하며, 그녀의 이미지를 폄하하려 애썼다. 온 동네가 쩌렁쩌렁 울리도록.

"······언젠가 알겠지. 이게 얼마나 무의미한 짓인지."

지서의 말에 효경이 어디 한번 해 보자는 듯 더 악을 쓰기 시작했다.

"나쁜 년! 개쌍년! 내 몸 판 돈으로 먹고산 년!"

효경의 비명 같은 악은,

"···쓰레기 같은 년."

얼마 가지 않아 점점 읊조림으로 변했고,

"······흑."

결국 아무리 악을 써도 아무것도 바뀌지 않는다는 사실을 깨달은 효경이 흐지부지한 울음을 터트림으로써 끝났다.

이윽고 바닥에 나자빠진 효경이 왜, 왜, 하며 울어 댔다.

"네가 뭘 하든 내 상황은 안 달라져. 내 회사, 내 일, 내 위치. 그리고 내 행복까지도."

지서가 덤덤하게 선언하듯 말했다.

"······으, 으흑."

"계속 찾아와도 마찬가지야. 네가 할 수 있는 건 여기서 겨우 악이나 쓰다가 돌아가는 거겠지. 날 부러워하면서."

효경은 더 이상 반박하지 못하고 거의 실신하듯이 바닥에 드러누워 있었다. 멍하게 밤하늘을 보던 효경은 말없이 눈물을 줄줄

흘렸다. 반쯤 까진 셔츠 너머로 긴 흉터 자국이 보였다.

"씨발년……."

웅얼거리는 효경의 얼굴 위로 패배감이 짙게 드리웠다.

아주 어릴 땐 조그마한 이지서가 불쌍했고, 시간이 지나서는 똑똑하고 예쁜 이지서가 불쾌하면서도 부러웠다.

외롭고, 부러워서, 이지서를 자신처럼 만들고 싶었는데…….

이제 아무리 악써도 제 소리는 지서에게 가닿지 못한다는 걸 알았다. 제 난동은 그저 작은 소란에 불과하다는 것도.

"……나도 지긋지긋하다."

널 부러워하는 거.

효경의 중얼거리는 말에 설명할 순 없지만 지서는 오늘부로 그녀가 더 이상 찾아오지 않을 거라는 예감이 들었다. 지서는 대꾸 없이 고개를 들어 하늘을 보았다.

제 불행과 두려움이 전소되었음을 무심히 깨달았다.

* * *

자갈 바닥에서 의식을 잃은 효경은 병원으로 이송되었고, 지서의 신고에 뒤늦게 달려온 경찰은 깨어나는 대로 경찰서로 옮겨 조사를 하겠다고 했다. 경찰과 대화하려는 지서를 막은 건 재언이었다.

"나머지는 내가 알아서 할게."

재언의 만류에도 지서가 경찰관에게 다가가자, 어느새 회사 주차장으로 내려온 소영이 그녀를 붙들었다.

"부대표님 말씀대로 해. 너, 가서 쉬어. 지서야."

"……."

소영과 재언의 강경한 태도에 지서는 결국 고개를 떨구었다.

"죄송해요. 소란 일으켜서."

"그게 네 탓이니? 네 허락 없이 네 사진을 쓴 내 잘못이지."

소영의 말에 지서는 작게 고개를 가로저었다. 벌게진 눈으로 자신을 찾아 이곳저곳 들쑤시고 다녔을 효경이니, 언젠가 자신을 찾아냈을 거다.

"직원들한테는 내가 말 잘 해 놨어."

그 말에 지서가 고개를 들었다. 창문 너머로 올망졸망 내려다보는 직원들의 시선이 느껴졌다.

지서는 문득 궁금했다. 그들에게 이제 자신은 어떻게 남겨졌을까. 천하의 쌍년일까. 고등학교 때 놀던 여학생일까. 그것도 아니면…… 여전히 동료인 이지서일까.

어떤 식으로 기억에 남았든 예전 같을 순 없을 거라 생각했다. 그럼에도 지서는 효경을 내버려 둔 시간을 후회하지 않았다.

효경의 눈에서 꺼져 가는 희망과 기쁨, 좌절을 보았으니까.

"감사합니다."

갈라진 목소리가 흘러나왔다.

"감사는. 일단 가서 푹 쉬어."

소영이 지서의 등을 쓸어내리더니 재언을 쳐다보았다. 눈짓을 이해한 재언이 자연스럽게 지서의 어깨를 감싸 자동차로 향했다.

"정리 부탁드립니다. 차는 제가 몰고 가겠습니다."

재언의 말에 가볍게 묵례한 남 비서가 변호사에게 전화를 걸며 멀어졌다.

그사이, 조수석에 앉은 지서는 시선을 내려 제 손을 보았다. 바지 위에 놓인 제 손이 떨리고 있었다. 다른 손으로 꽉 붙들어 보았지만, 의미 없었다.

"하아."

갈라진 입술 틈으로 한숨이 새어 나왔다.

끝났다는 탈력감과 함께, 아직 끝나지 않은 일이 있다는 사실에 피곤함이 밀려들었다.

달칵.

운전석 문을 열고 재언이 탔다.

아직 끝나지 않은 일…….

아니, 피곤함이 아니라 이건 또 다른 두려움이었다.

지서는 지친 얼굴로 말없이 재언을 응시했다.

"괜찮아?"

재언이 손을 들어 지서의 뺨을 천천히 쓸어내렸다. 뜨끈한 온기에 지서는 왈칵 울음이 나려는 걸, 웃음으로 가렸다.

"응."

"일단 우리 집으로 가자. 가서 쉬어."

재언의 말에 지서는 고개를 저으며 거절했다.

"아니. 집으로 갈래."

"지서야."

만류하는 듯한 재언의 부름에 지서가 작게 웃었다.

"괜찮아. 이효경, 아. 그러니까 아까 본 그 여자, 우리 집은 모르거든."

"……."

"집에서 쉬고 싶어. 부탁할게, 재언아."

지서의 나긋한 부름에 결국 재언은 말없이 차를 몰았다. 차 안에 묵직한 침묵이 흘렀다. 누구도 먼저 말하지 않았다.

지친 얼굴로 차창 너머를 바라보던 지서는 다리 너머의 SR 건물을 응시했다. 서울을 대표하는 건축물을 만들겠다던 선언다운 마천루. 어두울수록 빛나는 빌딩을 가만히 바라보던 지서는 조용히 시선을 내렸다.

그러자 효경의 손을 타서 더러워진 어깨, 효경과 싸우느라 더러워진 손바닥이 눈에 들어왔다. 다른 손으로 닦아 봤지만, 더러운 자국은 크고 옅어질 뿐 사라지지 않았다. 결국 다른 손으로 덮다시피 가렸지만, 알고 있었다.

가렸다고 해서 없어지지 않는다는 걸.

오늘 갑자기 제 삶에 나타난 효경처럼.

한껏 작아지는 느낌이었다.

차가 익숙한 동네에 진입하고, 마침내 눈에 익은 건물 앞에 멈춰 섰다. 어디에 내놔도 자랑스럽고, 언제 들어와도 편안한 제 집이었는데……. SR 건물을 본 탓인지, 제 오피스텔이 있는 건물이 작게 느껴졌다.

정면을 바라보던 지서는 숨을 깊게 들이마셨다.

"지서야, 괜찮으니까 지금이라도 우리 집에 가자."

재언의 말에 고개 돌린 지서는 얼마나 힘을 줬는지 핸들을 쥔 그의 손이 하얗게 변해 있는 걸 보았다.

"아냐. 괜찮아. 가 볼게. 고마워."

차에서 내린 지서는 몇 발 못 가 제 앞을 가로막은 재언과 마주 서야 했다. 지서는 막막한 눈으로 재언의 가슴팍을 바라보다 천천히 고개를 들었다.

그의 단단한 가슴, 그의 툭 튀어나온 목울대, 마침내 그의 얼굴까지.

재언의 머리는 평소보다 헝클어져 있었다.

문득, 지금 모습 위로 어제 자신을 찾아온 재언이 겹쳤다.

헝클어진 머리와, 흙으로 엉망진창이 된 신발, 수많은 감정이 담긴 표정까지. 그는 어린 시절 자신을 따라 흙길을 걸었다고 했다.

……나 때문에. 나를 이해해 보려.

그렇게 끝나면 좋을 테지만, 나와 있으면 너는 이런 흙길을 원치 않게 걸어야 하겠지. 깨끗한 신발이 더러워지고, 옷은 땀에 젖어 가고, 굳이 느끼지 않아야 할 감정까지 꾸역꾸역 느껴 가면서.

……결국 나는 네게 흙길이나 다름없는 사람이겠지.

재언을 바라보던 지서의 표정이 순간 허물어져 내렸다. 그것도 잠시, 지서는 있는 힘을 다해 입꼬리를 끌어 올렸다.

재회한 후 카페에서 사과했던 그때처럼.

"우리 처음에 열흘만 만나 보자고 했던 거 기억나?"

지서가 찬 바람을 들이켰다가 길게 내쉰 후, 천천히 말문을 열었다.

"응."

재언이 가볍게 고개를 끄덕였다.

"그거 오늘이 끝이야."

"알아."

재언의 담담한 시인에 지서는 가볍게 고개를 끄덕였다. 아주 잠깐 침묵이 흘렀다.

재언은 이렇다 할 만한 말을 하지 않았다. 아까의 소란 때문에 무슨 말을 해야 하는 건지 모르는 건지, 아니면 할 말이 없는 건지 알 수 없었다. 그저 무슨 생각을 하는지 모를 얼굴로 바라보고 있었다.

잠시 숨을 들이켠 지서는 준비했던 말을 다시 떠올렸다.

"재언아."

그리고는 무겁지도, 가볍지도 않은 톤으로 그를 불렀다. 자신을 바라보는 재언의 시선과 마주하며, 지서는 한 발자국 다가섰다. 시야에 완전히 담긴 재언의 얼굴을 벅차게 바라보며 천천히 입을 열었다.

"좋아해."

좋아했고, 좋아한다.

열여덟 살의 신재언을, 그리고 서른 살의 신재언을.

스무 살이 되면 꼭 하고 싶었던 고백을, 이제야 뱉어 본다.

"그러니까…… 우리, 그만 만나자."

"……."

"도망가, 나한테서."

이윽고 지서의 표정이 허물어졌다. 그럼에도 지서는 있는 힘을 다해 미소 지었다.

"방금 이효경 봤잖아. 그게 내 현실이야. 나랑 있으면……. 오늘 같은 일, 또 일어날지도 몰라. 네가 감당하기 힘들 거야."

"……."

"미안해. 결국…… 내가 널 불행하게 해서."

말을 마친 지서의 표정이 무너지더니, 어깨를 축 늘어뜨렸다.

아주 잠깐 착각했다. 이젠 신재언과 함께해도 될 만큼 번듯한 어른이 되었다고. 내 불행은 내가 막을 수 있을 정도로 강해졌다고. 그러니까 재언에게 근사한 고백을 해도 되지 않을까 하고.

그러나 결국, 신재언은 제 옆에 서' 있었다는 이유만으로 이런 수난을 겪었다. 오늘 일 때문에 직원들의 입방아에 올라 오랫동안 물어뜯길 거고, 터무니없는 루머를 겪게 될 거다.

사랑할수록 미안해지는 관계라면…… 정리하는 것이 옳겠지.

"그간 고마웠어. 오늘 도와준 것도 고맙고."

말을 마친 지서는 천천히 숨을 들이켰다. 그러고는 입매에 바짝 힘을 주었다.

"조심히 가."

마지막 인사로 적합한 말을 골라 보지만, 아무것도 떠오르지 않았다.

그저 너의 안위와 평화를 바랄 뿐.

인사를 마친 지서가 눈을 내리깔았다. 재언의 얼굴을 편하게 볼 수 있는 마지막 기회라는 걸 알지만, 계속 보고 있다간 잡고 싶어질지 모르니까. 주제도, 염치도 없이.

그럼에도 지서는 홱 돌아서지 않았다. 재언에게도 마땅히 마지막 인사를 해야 할 시간을 주어야 했으므로, 그녀는 기다렸다. 그에게 어떤 말이 나오든 달게 받아들이겠다고 생각하면서.

"또 한 발자국 남겨 놓지."

생각과 다른 말을 한 재언이 한 걸음 성큼 다가섰다. 신발코가 거의 맞닿을 정도로 가까운 거리에 선 재언이 지서의 양쪽 뺨을 감싸 천천히 들었다. 지서의 흔들리던 시선이 마침내 재언에게 닿았다.

"……같이 하자."

"……."

"그게 행복이든, 불행이든."

"재언아."

지서가 만류하듯 그를 불렀다. 그러자 재언이 눈을 접으며 선선하게 웃더니, 엄지손가락으로 지서의 뺨을 쓸어내렸다.

"그러는 게…… 네가 없는 것보다 행복할 것 같아."

"……."

재언의 시선이 지서의 얼굴을 더듬듯 바라보았다.

18세와 다를 게 없는 이지서의 얼굴을. 그리고 그 마음을.

"난 열여덟 살의 이지서가 흙길을 허겁지겁 뛰었을 때, 같이 뛰지 못했던 게 아직까지 속상한 사람이거든."

"……."

"이제 같이 가자."

그게 어떤 길이든.

재언의 촉촉해진 눈가를 바라보던 지서는 아랫입술을 깨물었다. 안 된다고 말해야 하는데 목이 졸린 듯 아파 오며, 시야가 뿌옇게 변했다.

툭 하고 떨어지는 눈물과 함께 밝아진 시야엔, 자신처럼 울음을 삼키고 있는 재언이 있었다.

태어난 후부터 늘 허허벌판에 서 있는 기분이었다. 내 다리의 힘으로 오롯이 서 있어야 하는 삶이라, 버티는 수밖에 없었다.

그런 제게 함께 서 있자는 말이 어떻게 들리는지…… 알까.

홀린 것처럼 지서의 손이 허공에 들렸다. 자신과 재언 사이의 거리를 더듬듯 짚으며 나아가던 손은 정작 재언을 코앞에 두고서 멈칫했다. 이내 정신이 든 듯 지서의 눈이 커졌다. 고개를 들어 재언을 바라보던 지서는 자신도 모르게 고개를 가로저었다.

두려움이 밀려들었다.

"지서야."

그러자 재언이 자그맣게 제 이름을 불렀다. 툭, 툭. 이윽고 하얀 재언의 얼굴 위로 눈물이 빗금처럼 떨어져 내렸다.

……아.

"난…… 지금이 더 힘들어."

재언의 말에 지서의 얼굴이 허물어져 내렸다. 지독하게 불행한 재언의 얼굴을 보고서야 알았다.

재언을 불행하게 만들고 싶지 않다는 제 선택이, 그를 더 불행하게 만들고 있음을.

서늘한 밤공기를 스친 손이, 마침내 재언의 어깨에 닿았다.

손바닥에 그의 온기가 전해졌다. 들이마신 숨에 그의 향기가 전해졌다.

마침내, 그녀의 세상이 신재언으로 온전해졌다.

* * *

찻장에서 머그잔을 꺼내던 지서는 금세 입술을 앙다물었다. 제 집에서 머그잔을 꺼내 캐모마일 차를 타는 게 이렇게까지 어색하게 느껴질 일인가 싶으면서도, 그 기분을 떨칠 수 없었다. 등 뒤에 앉아 있는 누군가 때문에.

"집 예쁘네."

들리는 말에 고개를 돌리니 제 집의 1인용 소파에 앉아 야경을 보고 있는 재언이 보였다.

그가 제 집에 있다니.

자신이 초대했지만, 지금도 이 상황이 얼떨떨했다. 어제까지만 해도 내일이면 재언과 헤어질지 모른다고 마음 단속을 수없이 했는데…… 그게 먼 꿈처럼 느껴졌다.

"내가 뭐 도와줄까?"

빤히 쳐다보자, 시선을 오해했는지 재언이 자리에서 일어났다. 다리가 길어서인지, 몇 발자국 걷지 않아 거실에서 부엌으로 성큼 넘어와 앞을 가로막았다.

"아니. 괜찮아. 차 마셔."

지서가 머그잔 하나를 내밀자 재언이 받아 들더니 그녀의 옆에
섰다.

"……앉아서 편하게 마셔."

"여기가 제일 편한데?"

"……서 있는데 뭐가 편해?"

어색함에 타박하듯 말하자, 재언이 픽 웃었다.

"네 옆에 있으니까."

가볍게 웃으며 툭 던지는 말에 머그잔을 쥔 지서의 손에 힘이
실렸다. 이곳저곳에서 넘치게 애정을 받고 자라서인지 재언은 제
마음을 표현하는 데 거침없었다. 그럴싸하게 받아치고 싶은데,
텅 빈 머릿속엔 아무것도 떠오르지 않았다.

"……거실에서 마시자."

결국 지서는 재언의 소맷자락을 잡고서 거실로 끌어당겼다. 거
실에 자리한 자그마한 테이블을 사이에 놓고 앉았지만, 어색함은
여전했다.

잠시 잔을 만지작거리던 지서가 고개를 들었다. 그러자 언제부
터 자신을 보고 있었는지 모를 시선이 자신을 뚫어져라 응시하고
있었다.

"왜 그렇게 봐?"

혹시 얼굴에 뭐가 묻은 건지, 아니면 아까 울다가 화장이 번진
건 아닌지 싶어 휴대 전화 액정으로 얼굴을 살필 때였다.

"얼굴 보려고 왔는데 봐야지."

"……."

나지막하게 속삭이는 목소리에 휴대 전화를 쥔 손이 허공에서 뚝 멈췄다. 휴대 전화 너머에서 재언이 턱을 괴고서 자신을 보며 웃고 있었다. 머리부터 발끝까지 사랑이 넘친다는 말이 무슨 말인가 했는데, 재언을 보고 나니 알 것 같았다.

잠시 삐걱대듯이 움직이던 지서는 마음먹고서 똑같이 턱을 괴었다. 그러고는 가만히 재언의 얼굴을 마주 보았다.

"……왜."

그러자 재언이 흔들리는 눈으로 물었다.

"나도 네 얼굴 보려고."

"……."

"잘생겼네."

지서의 덤덤한 고백에 재언의 얼굴에서 표정이 사라졌다. 이윽고 시선이 흔들리더니 미간이 좁아졌다. 억지로 견디고 있던 재언이 마침내 손으로 눈가를 가렸다.

"……하, 이지서. 넌 진짜."

생각지 못한 재언의 반응에 지서의 눈이 살짝 커졌다. 뻔뻔하게 제 얼굴을 마주하면서 눈싸움이라도 하자고 할 줄 알았는데 어찌할 바를 모르고 있었다. 그런 반응에 가볍게 웃은 지서가 재언의 손을 잡아 끌어 내렸다. 아니, 그러려 했지만 단단한 재언의 팔은 지서가 있는 힘을 다해도 꼼짝하지 않았다.

"왜. 얼굴 보러 왔다며."

언제 어색했냐는 듯 빙긋 웃은 지서가 장난스럽게 말했다.

"……하지 마."

말과 달리 재언의 입매가 위를 향해 올라갔다.

"그럼 얼굴 봐야지."

"……."

"나도 네 얼굴 보고 싶은데."

"……넌, 진짜."

슈트를 입은 재언의 위로 열여덟 살의 모습이 겹쳤다.

그때 난 왜 네게 이러지 못했을까. 지금처럼 너무 설렐 걸……
나도 모르게 예감하고 있었던 걸까.

지서가 재언의 소맷자락을 꽉 움켜쥘 때였다.

"하지 마. 후회해."

"어떤 후회?"

지서의 물음에 재언이 천천히 손을 내렸다. 순간, 재언의 소맷
자락을 쥔 지서의 손이 가늘게 떨렸다. 민망하고, 부끄러워 어쩔
줄 몰라 할 거라는 예상과 달랐다. 재언이 풍기는 날카롭고 위험
한 분위기에 지서가 살짝 거머쥔 재언의 소맷자락을 놓으려 할
때였다.

재언이 한발 빠르게 지서의 손을 움켜쥐었다. 커다란 그의 손
에 지서의 손이 삼켜진 듯했다. 지서가 잠시 맞잡은 손에 정신
팔린 사이, 재언의 고개가 기울어졌다. 머리 위로 그림자가 지는
가 싶더니 이내 지서의 시선이 흐려졌다.

입술이 맞닿자마자 자연스럽게 벌어지며 혀가 얽히기 시작했

287

다. 한 번 해 봐서인지 어떤 일이 벌어질지 아는 몸은 이미 반응하고 있었다. 지서가 다리를 한곳으로 모으며 재언의 목을 감싸자, 답하듯 재언의 손이 그녀의 블라우스 위로 봉긋하게 솟은 가슴을 아래에서부터 위로 쓸어 쥐었다. 몇 번을 만지던 그는 블라우스 위를 더듬었다.

툭, 툭, 툭.

블라우스의 단추가 풀리며 드러난 가슴을 커다란 손이 움켜쥐었다. 엄지로 예민하게 솟은 중심을 문지르자, 맞닿은 입술 새로 지서의 신음이 흘러나왔다. 사이를 가로막은 테이블을 성가시다는 듯 밀어 버린 재언이 한 발자국 성큼 다가와 지서를 끌어안았다. 힘에 끌려 재언의 다리 위에 앉자마자, 그의 손이 지서의 블라우스를 성급하게 풀어 젖혔다. 그러고는 브래지어에서 완전히 꺼낸 말랑한 가슴을 입에 머금었다.

"……아!"

재언이 툭 하고 건들 때마다 찌릿하게 밀려든 감각에 못 이긴 지서가 재언의 목을 감싸 쥐었다. 그러자 응답하듯 재언이 지서의 몸을 더 가까이 끌어당겼다. 불룩한 재언의 아래와 벌어진 지서의 아래가 천을 사이에 놓고 맞닿았다.

"아!"

재언의 입술이 성급하게 지서의 가슴을 빨아들이자, 움찔한 지서가 다리를 바짝 모았다. 바짝 조이는 힘에 재언이 힘겹다는 듯 탁한 숨을 뱉었다.

고개를 든 재언은 흥분과 열기에 취해 발긋하게 변한 지서의

얼굴을 열띤 눈으로 바라보며 성급하게 바지와 드로어즈를 벗었
다. 흉흉하게 발기한 페니스가 제 다리 사이에 있는 게 신기하면
서 민망하다는 듯 이리저리 눈을 굴렸다. 한 번 쳐다봤다가, 고
개를 들었다가, 다시 고개를 숙여 바라보길 반복했다.

지서의 시선이 닿을 때마다 뻣뻣한 아래가 저릿했다. 재언이
그녀의 바지 지퍼를 풀더니 손을 밀어 넣었다. 얇은 속옷은 이미
축축하게 젖어 있었다. 한 손으로는 지서의 갈라진 틈을, 다른
한 손으로는 뻣뻣하게 고개를 든 제 페니스를 천천히 만졌다. 마
치 함께 몸을 섞은 것처럼. 일부러 같은 속도로, 느릿하게.

"윽."

움찔하던 지서가 다리에 힘을 주자, 재언의 손가락이 더욱 안
으로 파고들었다.

"⋯⋯아!"

지서는 가늘게 경련하며 제 다리 사이에 있는 그의 페니스를
보았다.

처음 볼 때부터 궁금했다. 어떤 느낌일까.

잠깐 허공에서 머뭇거리던 손이 그의 페니스를 천천히 감싸 쥐
었다. 지서의 갑작스러운 손길에 재언이 고장 난 것처럼 뚝 멈췄다.

지서가 손을 뻗어 뜨겁고 부드러운 페니스를 뿌리에서부터 천
천히 귀두까지 쓸어 올리자 재언이 입술을 사려물었다.

"하."

그러다 천천히 속도를 높이자 재언이 고개를 뒤로 젖히며 탁한
숨을 뱉었다. 툭 튀어나온 목울대가 오르내리는 걸 보며 지서는

귀두를 손끝으로 슬슬 쓸었다. 그러자 투명한 액체가 고이며 매끈해졌다.

"더 부드러워졌네."

지서가 자그맣게 중얼거렸다. 신기하다는 듯.

꾸욱.

그러자 재언의 손끝이 지서의 얇은 천 너머 질구를 눌렀다. 울컥하고 애액이 쏟아져 나오는 것과 동시에 재언과 지서의 시선이 맞닿았다.

"더 젖었네."

재언의 농담에 픽 웃는 것도 잠시, 지서는 그의 어깨를 끌어안았다. 재언의 손가락이 얇은 천을 젖히고 질구를 문지르기 시작했다. 그와 맞춰 손을 움직이려 해 보지만, 몸에 힘이 빠져 번번이 놓쳤다.

"으, 으읏."

지서의 신음이 귓가에서 퍼지자, 재언이 더는 못 견디겠다는 듯 몸을 일으켰다. 1인용 소파에 지서를 비스듬히 앉힌 후, 슬랙스 바지와 젖은 속옷을 단번에 벗겼다. 속옷이 평소보다 묵직한 소리를 내며 바닥에 떨어지는 듯해, 지서의 귀 끝이 발긋하게 물들었다. 그사이 콘돔을 끼운 재언이 그녀의 다리 사이에 자리를 잡고 앉았다.

다리가 벌어진 틈으로 재언의 굵고 긴 페니스가 단번에 뚫듯이 들어왔다.

"……아!"

짧은 신음과 함께 지서의 어깨가 안으로 굽었다. 저절로 배에 힘이 들어가며, 숨이 잘 쉬어지지 않았다.

이미 한 번 경험해 본 데다…… 젖을 대로 젖어 괜찮을 거라는 생각은 착각이었다. 몸을 반으로 쩍 가르고 들어오는 듯했다. 겨우 뿌리까지 밀어 넣은 재언의 이마엔 땀이 송골송골하게 차 있었다. 숨을 헐떡이던 지서는 재언의 단단한 팔을 감싸 쥐었다.

"하아, 하아……."

가쁜 숨을 내쉬는 사이, 재언이 천천히 추삽질을 시작했다. 그의 허리가 멀어졌다가 가까워질 때마다, 다리 사이에서 저릿한 감각이 밀려 올라왔다.

"흐읏……."

피부로 자잘한 전기가 통하는 것처럼, 몸이 제멋대로 움찔거렸다. 소파의 팔걸이를 움켜쥔 지서의 손끝이 하얗게 변했다. 고개를 숙인 재언이 지서의 뺨과 입술에 자잘한 입맞춤을 남겼다. 그러고는 조금씩 속도를 높였다. 깊숙한 곳, 누군가의 손길이 닿지 않는 은밀한 곳이 문질러지고, 짓이겨지며, 눌렸다.

"……아흣."

그나마 잡고 있던 정신이 혼곤해지며, 눈앞이 몽롱해졌다. 이윽고 지서의 입술 새로 짓눌린 소리가 흘러나오며, 벌어진 다리가 가볍게 떨렸다. 절정과 함께 아래를 꽉 조이는 힘에 재언이 아랫입술을 깨물었다. 잠깐 숨을 멈춘 재언이 지서의 몸 위로 몸을 포개며 빠르게 움직이기 시작했다. 맞닿은 가슴이 뭉개지며 피부에선 땀이 흘러내렸다.

아랫배에서부터 쭉 밀려오는 쾌감에 지서의 하얀 발가락이 곱아들었다.

"으읏!"

재언이 단단한 팔로 지서의 어깨를 감싸 안았다. 그러고는 목덜미에 이마를 대고서 웃, 하고 짧은 신음을 뱉었다.

"어떻게……."

사정 후, 여전히 지서의 어깨에 이마를 가져다 댄 채로 재언이 자그맣게 중얼거렸다.

"……응?"

지서가 잔뜩 갈라진 목소리로 힘없이 되물었다.

"전보다 더 좋지?"

느닷없는 물음에 지서가 재언을 내려다보았다. 그러자 천천히 고개를 든 재언이 코끝이 닿을 것처럼 가까운 거리에서 눈을 접으며 웃었다. 별을 품은 밤처럼, 그의 눈이 까맣게 빛났다. 그렇게 천진하고도 맑은 얼굴을 하고서,

"할수록 좋은 건가 봐."

낯부끄러운 말을 아무렇지 않게 했다.

"……넌 정말."

지서가 가볍게 웃자, 재언이 눈을 가늘게 떴다. 마치 농담이 아니었다는 듯 고개를 비스듬히 기울이던 그가 작게 중얼거렸다.

"한 번 더 해 봐. 그럼 알겠지."

태연하다 못해 뻔뻔한 재언의 말에 웃던 지서의 얼굴에서 서서히 표정이 사라졌다. 한풀 꺾이는가 싶더니 재언의 아래가 점점

부풀기 시작했다. 아래에서 빼낸 재언이 사정한 콘돔을 둘둘 말아 버리더니, 새 콘돔을 끼웠다.

"감상은 나중에."

지서가 뭐라고 할 틈 없이, 재언의 입술이 그녀의 입술을 덮었다.

마치 아무 말 못 하게 하려는 듯이.

맞닿은 입술 새로 이윽고 신음이 새어 나왔다.

* * *

이른 새벽, 침대에서 일어나려다 다시 걸터앉았다. 새벽까지 시달렸더니 일어나는 것조차 쉽지 않았다. 갈아입을 옷을 챙겨 비틀거리며 욕실로 겨우 들어가 씻고 나오자, 재언이 침대에 걸터앉아 있었다. 나체로 아무렇지 않게 앉아 있는 재언의 모습을 보고 있기가 민망해 손에 든 수건으로 아래를 가려 주었다.

"왜."

왜 가리냐는 듯 수건과 지서를 번갈아 보았다.

"그냥."

이제 서로의 몸을 다 안다고 해도 무방했다. 그럼에도 민망한 건 마찬가지였다. 이걸 사실대로 말하기 머쓱해 대충 대답한 지서가 화장대에 앉았다.

젖은 머리를 말리는 사이, 화장대 너머로 턱을 괴고서 자신을 빤히 쳐다보고 있는 재언이 눈에 들어왔다. 슈트를 입고 있을 땐 몰랐는데, 나체의 그는 탄탄했다. 탄력적인 피부와 군더더기 없는 몸의 라인, 그 사이에 자리한 잔근육들이 딱 보기 좋았다.

그걸 감상하는 것도 잠시, 지서는 고민하다 입술을 달싹였다.

"안 씻어?"

"조금 있다가."

"지금 하는 말 오해하지 마."

"무슨 말을 하려고."

"우리 만나는 거, 당분간 비밀로 하자."

지서의 말이 끝나기가 무섭게 재언의 얼굴에 맴돌고 있던 은은한 미소가 휘발되었다.

"왜?"

그러고는 고개를 삐딱하게 기울인 채, 그보다 더 삐뚤어진 목소리로 물었다. 못마땅함이 철철 흘러넘치는 태도에 지서가 그럴 줄 알았다는 듯 희미하게 웃었다. 물론 재언이 냉큼 그러자 했으면 그건 그것대로 조금 아쉬웠을 것 같았다.

"소문나면 너희 부모님 귀에 금세 들어갈 거야. 그럼 곤란하니까. 우리가 좋은 마음으로 만나고 있긴 하지만, 당장 결혼할 것도 아니고……. 괜히 고민거리 안겨 드릴 필요 없잖아."

"당장은 아니지만 언젠간 하겠지."

"응?"

이상함을 느낀 지서의 반문에 재언의 눈이 가늘어졌다.

"왜 되물어?"

"……."

"결혼 생각 없었던 것처럼."

재언의 말에 지서가 드라이기를 끄다 말고 멈칫했다. 거울을 통해 다시 한번 눈이 마주쳤다. 어느새 재언의 얼굴에 희미하게 남아 있던 장난기마저 싹 사라졌다. 마치 다른 사람이 된 것처럼, 그의 분위기가 달라졌다.

"내가 연애 한 번 하자고 이렇게 매달린 줄 알아?"

"……."

"같이 가자고 했잖아."

"……."

"잊었어?"

재언의 날카로운 물음에 지서는 고개를 가로저었다.

"안 잊었어."

영원히 잊을 수 없을 테지.

태어나서 처음으로 불행하든 행복하든 함께하자는 말을 들었는데 어떻게 잊을 수 있을까.

모두가 버린 나인데.

그러나 그런 감상과 달리 결정은 현실적이어야 했다.

돌아앉은 지서가 재언을 물끄러미 바라보았다.

"결혼…… 나도 하고 싶어. 사실대로 말하면 하루라도 빨리 번 듯한 가정을 이루고 싶어. 퇴근하면 가족들이 기다리고 있는 집의 분위기가 어떤 건지. 사랑하는 사람들끼리 사는 게 어떤 건지도 너무 궁금하고. 그래서 더 천천히, 조심스럽게 가려는 거야."

"……."

"결혼은 우리 마음만으로 할 수 있는 게 아니니까. 너희 부모님이 반대 많이 하실 거야. 평범한 집안에서도 탐탁지 않아 할 조건이잖아. 그런데 하물며 SR이라면……."

말을 하던 지서는 SR 빌딩을 올려다보던 때를 떠올렸다.

있는 힘을 다해 살았는데도, 자신이 개미처럼 작게 느껴지던 그때를.

"나도 다치고, 너도 많이 힘들 거야."

"거기까지."

재언이 커다란 손을 들어 지서의 말을 막았다.

"그 고민은 거기까지 해. 그건 내가 알아서 할 문제야. 내가 너랑 같이 가겠다고 결정했고, 그 결정에 따르는 책임도 내가 지는 거야. 우리 집도, 우리 가족도 내가 다 알아서 할게. 그 정도 생각 없이 같이하자고 한 거 아냐."

"……."

"그러니까 걱정하지 말고 넌 다른 걸 책임져. 네가 할 수 있는 것들."

"……."

"이를테면 이런 것들."

재언이 눈짓으로 아래를 가리켰다. 지서는 재언의 시선을 따라 눈길을 내렸다가, 텐트 모양으로 솟구친 수건과 그의 무표정한 얼굴을 번갈아 보았다.

"……대체 왜."

사춘기도 아닐 텐데.

오늘 새벽에 겨우 네 시간 잤다. 섹스를 하고 씻은 후, 배가 고파 간단히 야식을 먹으며 대화를 나누다 보니 새벽 2시였다. 자려고 누웠다가 다시 두 번의 섹스를 한 후, 기절한 듯이 잠든 게 네 시간 전이었다.

대체 어떻게 네 시간 만에 저렇게 될 수 있는 거지.

지서가 혼란한 표정으로 재언을 바라볼 때였다. 그러자 재언이 시선의 의미를 읽은 듯 천연덕스럽게 대꾸했다.

"머리카락 말리는 게 진짜 야하더라."

"……."

"거울 보는 얼굴도."

"……."

"떨어지는 머리카락도."

아침에 젖은 머리를 말렸을 뿐인데……. 대체 왜…….

"나중엔 내 발가락도 예쁘다고 하겠어."

지서가 어이없다는 듯 말했다.

"몰랐어?"

"……."

"예쁜데."

멍하게 재언을 바라보는 것도 잠시, 지서가 참지 못하고 웃었다. 순식간에 굳어 있던 분위기가 풀어졌다.

누가 같은 사람이라고 생각할까. SR에서 군림하던 남자와, 수건을 들어 올린 채 해사하게 웃고 있는 이 남자를.

지서는 재언을 바라보며 입술을 깨물며 웃었다.

그의 뻔뻔함과 노골적인 솔직함이 미치도록 사랑스럽다. 밝은 애정과 거침없는 표현도.

지서는 화장대에 놓인 머리 끈으로 치렁치렁하게 내려온 머리를 한 갈래로 묶으며 몸을 일으켰다.

"다행이다. 오늘 쉬는 날이라서."

티셔츠를 벗으며 다가오던 지서를 응시하던 재언이 느릿하게 그녀를 훑으며 말했다.

"난 이미 연차 썼어."

재언의 말에 지서는 또 한 번 참지 못하고 웃음을 터트렸다.

* * *

"대체 이게……."

여느 때와 다름없이 통창 너머로 관리가 잘 된 정원을 바라보고 있었다. 얼마 전 독일에서 공수해 온 커피 잔은 마음에 쏙 들었고, 작게 열어 놓은 창문 너머로 불어 들어오는 바람도 좋았다. 쌀쌀하긴 하지만, 밤새 무거워진 공기가 단숨에 날아가는 듯했다. 이런 차분하고도 선선한 아침을 부순 건, 지인에게서 온 한 통의 전화였다.

-링크 보냈는데, 이거 아무리 봐도 재언이 같아서.

동영상 사이트에 영상 하나가 올라왔는데, 아무리 봐도 재언 같다는 게 통화의 요지였다. 통화를 마치고 지인이 보내 준 링크로 들어간 배 여사는 얼굴을 찌푸렸다.

썸네일을 보건대 모습이 기괴한 여자와 슈트를 입은 남자가 거리를 두고서 마주 보고 있었다. 슈트를 입은 남자의 머리 위에 재벌남이라고 쓰여 있고, 바닥에 주저앉아 있는 여자의 뒤통수에는 미친 여자라고 자막 처리되어 있었다.

그리고 그 영상의 제목은 더 어이없었다.

[어느 재벌가 남자의 순정]

"어느 정신 나간 녀석이 또……."

언뜻 동영상에 보이는 얼굴의 라인이 재언을 닮긴 했지만, 제 아들이 그럴 리 없었다. 성인이 된 후에 구설수에 올라 본 적도 없는 녀석이다. 세상에서 복잡하고 번거로운 걸 가장 귀찮아하는 녀석이, 이런 일에 휘말릴 리 없다.

콧방귀를 뀐 배 여사가 영상 재생 버튼을 툭 눌렀다. 그러고는 푹신한 소파 등받이에 등을 대고서 무표정하게 영상을 보았다.

재언이 아닐 테지만, 무슨 영상인지 호기심이 동한 탓이었다.

영상 속의 미친 여자가 악을 쓰기 시작했다.

-이 더러운 년! 몸 판 년! 쓰레기 같은 씹창년! 내가 너 가만히 둘 것 같아? 왜 신아읍에서 나와서 사람을 괴롭혀! 왜! 왜! 왜 너만 행복해! 나도 행복할 수 있었어! 너만 없었어도 내가 이렇게 불행할 리 없잖아! 아아아악!

드문드문 들리는 욕설과 흐느낌 사이로 어물어물한 말들이 들렸다. 그 사이로 들리는 익숙한 단어에 배 여사가 볼륨 키를 높였다.

신아웁……. 이지서…….

그 두 단어에 배 여사의 얼굴이 핼쑥해졌다. 배 여사가 마주 선 남자의 얼굴을 얼른 확대했다. 그러자 비로소 보였다. 남자가 입고 있는 차림새가 무척 익숙하다는 걸. 컨퍼런스 당일에 재언이 입고 있던 슈트와 헤어스타일이 비슷했다. 키나 몸매 또한 흡사했다.

-어, 어어엉, 엉.

결국 미친 여자가 지쳐서 바닥에 나동그라졌다. 여자가 잠잠해지고서야, 남자가 손짓했다. 그 손짓에 뛰어오는 또 다른 남자를 발견한 배 여사가 입을 틀어막았다.

남 비서였다. 이윽고 남자는 누군가의 어깨를 감싸 뒤돌아섰다. 걸어가는 여자의 뒷모습이 지독하게 익숙했다.

배 여사의 손에서 휴대 전화가 툭 떨어졌다.

"사모님, 괜찮으세요?"

놀란 김 씨 아주머니가 한달음에 달려와 물었다.

"……남 비서한테 연락해요. 당장 오라고."

배 여사의 말에 김 씨 아주머니가 눈을 데굴데굴 굴리다 알겠다는 말과 함께 휴대 전화를 꺼냈다.

* * *

"……왜 네가 와? 남 비서 불렀는데."

태언이 본가에 나타난 건, 배 여사가 김 씨 아주머니가 건네준 따뜻한 물을 마시며 애써 명상으로 마음을 가라앉히고 있을 때였

다. 중문을 열고 들어선 태언은 배 여사의 날 선 말에도 개의치
않고 생긋 웃었다.

"회사에서 남 비서가 헐레벌떡 뛰어가길래 무슨 일이냐고 물
어보니까 어머니가 불렀다고 하더라고요. 그래서 제가 왔어요."

"그러니까 왜 네가 오냐고!"

배 여사가 평소답지 않게 목소리를 높이며 소파 팔걸이를 탕
내리쳤다.

그도 그럴 것이, 인내심이 바닥났다. 어디서 어떻게 퍼진 건지
여기저기서 재언이 아니냐며 연락을 해 오고 있던 차였다. 일단
아니라고, 닮은 사람이라고 둘러대긴 했지만 언제까지 이 얄팍한
거짓말이 통할지 알 수 없었다. 아니, 이미 통하지 않을 확률이
컸다. 그냥 자신이 아니라고 우기니 그런가 보네 하고 넘어갔을
지 모른다. 그 생각을 하자 피가 거꾸로 솟구치는 듯했다.

"재언이 동영상 때문에 그런 것 같은데, 그건 남 비서보다 제
가 더 잘 설명할 수 있을 것 같아서요."

태언이 배 여사의 윽박에도 얼굴색 하나 바뀌지 않은 채 빙긋
웃었다.

"네가 뭘, 어떻게?"

달그락. 태언이 들고 있던 찻잔을 내려놓았다. 그러고는 배 여
사를 가만히 바라보았다.

"뭐가 궁금하세요?"

"하……. 넌 알고 있었어?"

"어떤 걸요?"

301

막상 물으려 하니 어디서부터 말을 해야 할지 막막해진 배 여사는 잠깐 눈을 감았다가 떴다.

"일단 묻기 전에 먼저, 동영상 업로드한 사람 찾아내서 영상 내리라고 해. 안 내리면 고소한다고 하고. 질문은 나중에 할 테니까."

상황 설명은 나중이고, 급한 불부터 꺼야 했다. 그러나 배 여사의 조급한 말에도 태언은 차분했다.

"그럼 재언이한테 전화해서 내리라고 하세요."

"뭐? 그게 무슨……."

"신재언이 직접 올린 거거든요."

배 여사의 턱이 쑥 빠졌다. 듣고도 믿기지가 않아 멍하게 태언을 쳐다보았다.

"……뭐? 무슨 소리야?"

"영상 다시 한번 보세요."

"재언이가 왜……."

물어보던 배 여사의 시선이 다시 영상으로 향했다. 그러고 보니 영상이 이상했다. 확대된 것처럼 재언의 얼굴만 도드라졌다. 미친 여자도 뒷모습이고, 곁에 있던 여자도 잘려서 보이지 않았다. 오로지 재언만 노출하려고 작정한 영상 같았다. 다만, 화질이 좋지 않아 분명하게 보이지 않을 뿐.

"그런데."

고요한 집 안에 태언의 목소리가 울렸다.

"신재언이 데려간 여자, 누군지 안 물어보시네요? 그게 가장 궁금하셨을 텐데."

태언의 뼈 있는 말에 배 여사가 흠칫했다.

어떻게 모를까. 재언이 웬 여자의 어깨를 안고 돌아서는 순간, 영상을 멈춰 오랫동안 들여다보다 알게 되었다. 그게 이지서라는 걸. 혹시나 하는 마음에 알아보니 SR과 협업한 IJ의 직원이라고 했다.

"후, 그래. 말 나온 김에 묻자. 대체 두 사람 어떻게 다시 만난 거야?"

긴 한숨을 내쉰 배 여사가 몸에서 힘을 쭉 빼며 물었다.

"우연히 만났대요. 일 때문에."

"그게 말이 돼?"

"되더라고요."

"이지서 쪽에서 접근한 건 아니고? 번듯한 우리 재언이 보고!"

"저도 그런가 했는데…… 아니더라고요."

"뭐?"

"이지서 씨한테 매달리던데요, 번듯한 우리 재언이가."

"……."

말을 마친 태언이 빙긋 웃었다. 저렇게 상냥하게 웃고 있지만, 태언은 그다지 따뜻한 사람이 아니었다. 동생의 편을 들기 위해 없던 말을 지어내는 사람이 아니란 말이었다. 이 말을 하기까지 태언도 여기저기 들쑤시며 알아보고 다녔을 확률이 컸다.

"알아보니 이지서 씨는 도망 다녔는데, 재언이가 잡으러 다녔 더라고요."

"……."

"옛날에도, 그리고 지금도."

태언이 가벼운 말투로 장난스럽게 쐐기를 박았다.

"……이 녀석이!"

배 여사가 입술을 씹으며 눈을 굴렸다.

어쩐지 선 자리를 죄다 거절한다 싶더라니. 거기다가 평소와 묘하게 달라진 분위기 탓에 의아하게 생각하던 차였다.

여자를 만나지 않아서 걱정인 것 빼곤 문제가 없어서 따로 알아보지 않고 내버려 뒀더니, 이런 대형 사고가 터졌다. 분을 참지 못한 배 여사가 휴대 전화를 들 때였다.

"재언이한테 전화하시는 거면 관두세요."

"왜! 이 녀석이 제멋대로 행동하는데! 그걸 그러면 그냥 내버려 둬?"

"서른인데 내버려 둬야죠. 그럼 뭐 어쩌시게요? 가서 돈 봉투라도 던지시게요? 아니면 예전처럼 재언이 가둬 두시게요?"

"……."

"그러고 뒷감당 가능하시겠어요?"

태언이 차분하게 물었다.

"너 왜 자꾸 재언이 편들어?"

그러자 배 여사가 버럭 소리 질렀다.

"편드는 거 아니에요. 그럴 생각도 없고. 다만, 아무리 어머니라도 요즘 마음 잡고 일 잘하는 우리 부대표 건들지 마셨으면 해서 드리는 말씀이에요. 지금 재언이 빠지면 굉장히 곤란한 상황이거든요. 걔가 맡은 일이 한두 개가 아니라서."

"그게 무슨 말이야? 내가 둘 사이 갈라놓으면, 재언이가 일 때려치울 거라고 생각하는 거야?"

그게 말이 되냐는 듯 묻자, 태언이 나지막하게 웃었다.

"원래 일하기 싫어하는 녀석이었어요. 아시잖아요. 일 관둬도 상관없을 만큼 돈 많다는 거. 머리가 좋아서 주식이랑 부동산으로 불려 놓을 만큼 불려 났으니 돈 때문이라면 굳이 일 안 해도 되죠."

"그것도 그냥 하는 말이겠지."

"정말 그렇게 생각하세요?"

태언의 물음에 막상 배 여사는 대답하지 못했다.

"제가 재언이한테 물어본 적이 있어요. 일이라면 질색하는 녀석이 묵묵하게 일하는 게 이상해서요. 왜 일하냐는 물음에 재언이가 뭐라고 대답했을 것 같으세요?"

"……."

배 여사가 불안한 표정으로 태언을 응시했다.

"누군가를 다시 만났을 때 꽤 그럴싸한 사람으로 보이고 싶다, 라고 하더라고요."

"……!"

재언이 오래전 이별의 그림자에 아직도 갇혀 있었다는 사실에 놀란 배 여사의 몸이 뻣뻣하게 굳었다. 그런 배 여사를 보며 태언이 희미하게 웃었다.

"어머니, 결혼과 아들을 바꾸지 마세요."

"……"

"전엔 운이 좋았지만, 이번에도 운이 따라 줄 거라 장담할 수 없으니까요."

오래전, 지서가 떠난 후에 재언이 마음을 다잡았던 게 운이라고 말하고 있었다. 태언의 말에 반박하고 싶은 마음과 달리 아무 말도 할 수 없었다. 자신도 그 생각을 하곤 했으니까. 이지서와 헤어지고 나서 재언이 삐뚤어지지 않은 건, 기적이라고.

"그리고 혹시나 해서 이지서 씨 알아봤어요. 아무리 재언이가 좋아한다고 해도 집안에 들일지도 모를 사람이니 확인은 해 봐야 하잖아요? 다행히 아주 깔끔한 사람이에요. 똑똑하고, 현명하고, 또 굉장히 성실하고. 그런 인재가 그따위 가정 환경을 타고 태어난 게 안타까울 정도로. SR에서 태어났으면 지금쯤 계열사 하나도 맡았을 텐데요."

태언의 뼈 있는 말에 배 여사의 시선이 단박에 날카로워졌다. 재언과 출발선이 같았다면 절대 꿀릴 사람이 아니라는 말이었다.

"그걸 말이라고."

배 여사의 따끔한 호통에도 태언의 미소는 조금도 흐트러지지 않았다.

"고민 좀 해 보세요. 제가 어머니라면 절대 지금의 신재언은 건들지 않을 겁니다. 이지서 씨도 말이죠."

자리에서 일어난 태언이 정중한 인사를 마친 후, 외근을 핑계로 집을 빠져나갔다. 홀로 남은 배 여사는 다 식은 줄도 모른 채 차를 후후 불어 마셨다.

시간이 흘러 한 번씩 지서가 떠오를 때가 있었다. 그때마다 너무 매정하게 잘라 버린 것 같아 마음 한편이 묵직했다.

어린것에게 밥은 먹었는지, 어디서 지낼 건지 물어봤어야 했는데……. 하다못해 돈이라도 쥐여 줬어야 했는데. 그런 미안함은 언제나 어디선가 잘 지내길 바라는 기도로 끝났다.

"……세상사 내 마음대로 되는 건 없다더니."

그렇다고 내 아들과 엮이길 바란 건 아니었는데.

배 여사가 긴 한숨을 내쉬며 눈을 감았다.

문득, 감은 눈꺼풀 위로 잔잔하게 빛나던 옅은 색의 눈동자가 떠올랐다.

저 도망치기에도 바쁜 와중에 제게 연락을 해서 자신 때문에 재언이 다치지 않길 바란다고 말하던 덤덤한 목소리 또한.

살려 달라고 빌어도 부족할 판에.

"어휴."

배 여사는 결국 재언에게 전화하려고 쥐고 있던 휴대 전화를 내려놓았다.

* * *

IJ 근처 주차장에 차를 세운 재언이 핸들에 올린 손을 톡톡 두들겼다. 노래를 흥얼거리던 그는 백미러에 비친 제 넥타이를 다시 확인했다. 퍼스널 쇼퍼를 불러 신경 써서 입은 옷차림이었다. 얇은 체크무늬에 맞춰 헤어와 액세서리까지 모두 맞췄다.

'어디 가십니까?'

얼떨떨해하는 남 비서에게 '데이트 갑니다.'라고 대꾸하자, 묘해지던 얼굴이란.

그러거나 말거나 그는 데이트가 있을 때마다 퍼스널 쇼퍼를 부를 예정이었다. 보기 좋은 떡이 먹기도 좋다는 말이 그냥 나왔을 리 없으니.

띠리릭. 띠리릭.

기분 좋게 휴대 전화를 들던 재언의 표정이 느리게 식다가 마침내 무표정해졌다.

"후우."

휴대 전화를 든 채 고민하던 재언이 휴대 전화를 귀에 가져다 댔다. 마음 같아선 피하고 싶지만, 계속 피할 수도 없는 상대니까.

"네. 어머니."

—동영상 올린 거, 네 짓이라며?

인사도 생략한 채 대뜸 본론부터 던지는 목소리엔 잔뜩 날이 서 있었다.

"빨리 아셨네요."

재언이 픽 하고 웃으며 고개를 숙여 바짓단을 보았다.

정확히 말해 그날의 소란을 몇몇이 SNS에 게시했다. 전부 연락을 취해 내리게 하는 대신, 영상 하나를 구매해 제 얼굴과 효경의 뒷모습만 나오도록 편집했다. 물론 지서의 뒷모습이 살짝 나오게 했다. 그래야 만나는 여자 때문이라는 걸 알 테니까.

-대체 무슨 생각이야?

"제 혼삿길을 막을 생각이요."

재언이 가벼운 투로 대꾸했다.

-고작 그런 걸로 네 혼사가 막힐 것 같아?

"제 의지는 전달됐겠죠, 어머니한테."

-후.

휴대 전화 너머로 묵직한 한숨 소리가 전해졌다. 툭, 툭. 재언이 손끝으로 핸들을 두드렸다.

-차라리 말하지 그랬어.

"안 통할 거 아니까요."

그래서 이런 강수를 뒀다. 자신이 말로만 하면, 설득하려 들 테니까. 그런 식으로 더 이상 시간을 허비하고 싶지 않았다.

-너, 정말⋯⋯. 진심이야?

"그것도 모를 만큼 천치일까 봐요."

-원래 첫사랑이 그런 거야. 갑자기 헤어졌으니 애틋하겠지. 그래서 지금은 그 감정에 취해서⋯⋯.

"그 고민을 저라고 안 해 봤을까요."

배 여사의 말을 자른 재언의 한쪽 입술이 비틀어졌다.

-그래서 고민의 결과가 이거야?

"네. 서른에 이지서를 처음 만났어도 또 반했을 것 같거든요."

-⋯⋯.

휴대 전화 너머에서 어떤 말도 들리지 않았다. 아주 잠깐 허, 하고 기가 막힌다는 듯 뱉은 숨소리를 제외하고는.

"알아요. 얼마나 어이없고 기가 막히실지. 그런데 이 일을 겪고 있는 저는 얼마나 당황스럽고, 어이없었겠어요. 10년도 더 지났어요. 몇 달 만난 그깟 풋사랑, 첫사랑, 그게 뭐라고. 그러면서도 그 감정에 질질 끌려다녔어요. 그러다 결국 제가 졌고요."

이지서를 좋아한다는 마음을 납득하면 패배감을 느낄 거라고 예상했다. 그러나 패배감보다 당연한 수순을 따르는 듯한 편안함을 느꼈을 때, 받아들이고야 말았다.

자신은 이지서에게만큼은 어쩔 수 없는 인간이라는 걸.

"얼굴 보고 말씀드리려고 했는데, 이렇게 통화하는 김에 말씀드릴게요."

—…….

"말리지 마세요, 제발."

—…….

"어머니 막내아들 그렇게 철없고, 생각 없지 않으니까요."

누구보다 많이 고민하고, 재단하고, 돌아봤다고.

덤덤한 목소리로 처절하게 고백하는 재언의 앞에서 배 여사는 침묵했다. 이윽고 휴대 전화 너머에서 깊은 한숨 소리가 새어 나왔다.

—후우, 네가 그렇게까지 말하는데 내가 어떻게 안 된다고 말하겠니? 안 그래도 태언이가 와서 말릴 생각 하지 말라더라. 네 말대로 일단 말리진 않으마. 만나 봐. 이렇게 돌고 돌아 만났는데, 그만두라고 할 수 없지. 그렇지만 그건 알아야 해. 내가 허락했다고, 다른 가족들까지 허락한 건 아니라는 거.

"그건 걱정 마세요."

둘째 형인 태언과, 어머니의 허락을 받았으니 큰 산은 넘긴 셈이었다.

첫째 형은 제 결혼에 관심이 없고, 아버지가 문제긴 하지만 SR에서 정년까지 일하겠다고 하면 무난히 넘어갈 듯했다. 제 얼굴 볼 때마다 '넌 왜 자꾸 내일이라도 사표 낼 것 같냐?'라며 불안해하셨으니. 무엇보다 좋은 사람과 결혼하라고 하기도 하셨고.

"후우."

통화를 마친 재언이 안도의 한숨을 내쉬었다.

내일은 큰형, 모레는 아버지.

쇠뿔도 단김에 빼라고, 서둘러 해결할 생각이었다.

너무 급하다는 걸 알면서도, 멈추기 힘들었다.

한 번 도망간 이지서가 두 번 도망치지 말라는 법 없으니까. 이제 그러지 않을 거라는 걸 알면서도, 한 번씩 손끝이 저릿할 정도로 섬뜩해질 때가 있었다. 그러니 대책이 필요했다. 이지서가 자신을 떠나지 않을 대책. 가장 현실적인 대안.

이런저런 생각을 하는 사이, 차창 너머로 건물에서 나오는 사람들이 보였다. 그중에 한 사람이 눈에 박히듯 들어왔다. 브라운 계열의 슬랙스 바지와 재킷을 입은 지서가 직원들과 인사를 나누고 있었다.

'다들 응원해 주더라. 대표님이 말씀을 잘 해 주신 것 같아.'

출근한 지 얼마 되지 않아 지서에게서 먼저 연락이 왔다. 때마침 쏟아지는 눈총 때문에 힘들어하고 있는 건 아닌가 고민하던 찰나에 온 연락이었다. 제 걱정을 덜어 주려고 한 말이 아닐까 했는데, 다행히 직원들과 웃으면서 이야기하는 걸 보니 정말로 괜찮은 모양이었다.

재언의 표정이 한결 부드럽게 풀리며 나른한 미소가 번질 때였다.

다른 직원들이 뿔뿔이 사라지는데, 남자 직원 하나만 어정쩡한 거리에 서서 지서를 흘깃대고 있었다.

또 뭘까, 저건.

운전석에서 나가려다 말고 재언이 얼굴을 찌푸린 채 그 상황을 물끄러미 주시했다. 남자 직원은 지서의 앞에 서더니 머뭇거리며 뭔가 말을 이어 갔다. 업무 관련한 일이라고 하기엔, 둘 사이에 어색함이 넘쳐흘렀다.

지서의 표정이 보이지 않았지만, 뻣뻣하게 굳어 있는 게 느껴졌다. 잠깐 인사를 주고받더니, 남자가 먼저 돌아서서 멀어졌다.

내가 이러니 안심할 수가 없지. 다른 놈들 때문에라도.

재언이 와락 얼굴을 찌푸릴 때였다.

[지서]

제 휴대 전화 액정에 뜬 이름을 발견한 재언이 운전석에서 내렸다. 운전석 문을 닫는 소리를 따라 고개 돌린 지서가 재언을 발견하곤 얼떨떨한 표정을 지었다.

"어떻게 여기 있어?"

"데리러 왔지."

부드럽게 웃으며 대꾸한 재언이 남자 직원이 사라진 방향 쪽으로 시선을 던졌다.

"무슨 이야기 했어? 분위기가 좀 다르던데."

"아……. 협력 업체 직원인데……."

그러자 지서가 난처한 표정을 지었다. 재언이 손을 들어 손등으로 지서의 뺨을 천천히 쓸어내렸다.

"무슨 말이길래 못 할까."

다정하고도 집요한 목소리로 물었다.

"음, 남자 친구 있냐고 묻더라."

"그래서?"

재언의 목소리가 조금 낮아졌다.

"있다고 했어."

지서가 빙긋 웃으며 대꾸했다. 그 말에 재언이 따라 웃으며 지서의 가느다란 손가락 끄트머리를 잡았다. 그러고는 찬찬히 지서를 머리부터 발끝까지 살폈다.

한 갈래로 묶은 풍성한 머리카락, 단정한 차림새인데도 저절로 눈길이 가는 화려한 이목구비.

이지서는 대체 왜 이렇게 예쁜 걸까. 좀 적당해도 될 텐데.

재언이 못마땅한 얼굴로 짧게 혀를 찼다.

"왜? 오늘 옷차림 별로야?"

"아니. 예뻐. 너무 예뻐서."

"……."

"온갖 놈들이 다 꼬이는구나 싶어서."

재언이 삐딱한 표정으로 중얼거리는 말을 농담으로 이해한 지서가 빙긋 웃었다.

"저녁 먹었어?"

"아니."

"그럼 식사하러 가자. 회사 직원이 추천해 준 식당이 있는데, 너랑 꼭 같이 가고 싶었어."

재언은 지서가 이끄는 대로 순순히 끌려가며 흘깃 지서의 뒷모습을 보았다.

역시, 대책을 실행해야겠다고 생각하면서.

* * *

여태껏 프라이빗 룸에서 식사를 하거나, 맞춤 식당, 혹은 사람 적은 곳을 다니느라 미처 알지 못했다. 이지서가 얼마나 많은 이목을 끄는지.

저녁을 먹기 위해 지서가 회사 사람에게 추천받았다는 돈가스집으로 향했다. 저녁 시간이라서인지 식당 안은 손님들로 가득했다.

지서가 화장실을 다녀오겠다며 일어나서 가는 순간, 보았다. 주변 테이블에 있던 남자들이 흘깃대는 것과, 몇몇 테이블에선 지인의 팔을 툭툭 치며 지서를 보라는 듯 턱짓하는 것도. 남자뿐만 아니라 여자들도 지서가 가는 걸 빤히 지켜봤다가 자기들끼리 쑥덕거리기 시작했다.

입 모양을 보니 '예쁘다'가 대부분이었다. 물잔 안에 담긴 찬물을 단번에 들이켠 재언은 손끝으로 원목 테이블을 툭툭 두드렸다.

화장실에서 나온 지서가 다시 재언에게 걸어올 때도 마찬가지였다. 사람들의 시선이 우르르 뒤따랐으나, 지서는 개의치 않고 그의 맞은편 자리에 앉았다. 그러자 재언을 흘깃 본 남자들이 고개를 홱 돌렸다. 발긋하던 얼굴에 실망감이 가득했다.

재언이 테이블 위에 놓인 지서의 손을 감싸 쥐었다. 그러고는 천천히 만지작거렸다. 하얀 피부는 보는 것보다 훨씬 부드러웠다.

"그러고 보니 신기하네."

"뭐가."

지서가 물잔을 들어 입술을 축였다.

"여태껏 남자들이 널 가만히 둔 게."

"아……."

"고백 많이 받았을 텐데."

"고백받는다고 다 사귀는 건 아니니까."

"……"

결국은 고백 많이 받았다는 말이었다. 하기야, 자신이 본 것만 두 번이다. SR 직원 하나, 지서의 회사 앞에서 하나.

재언의 시선이 다시 한번 지서의 왼손 네 번째 손가락에 닿았다.

저기가 텅 비어 있어서 그런가. 저 손가락은 대체 몇 호일까.

"무슨 생각 해?"

지서의 물음에 재언이 눈만 들었다.

차마 네 왼손 네 번째 손가락이 몇 호일지 생각하고 있었다, 라고 할 수 없는지라 재언은 별것 아니라는 듯 고개를 가로저었다. 지서는 싱겁다는 듯 그를 쳐다보며 빙긋 웃었다.

* * *

돈가스집에서 나와 커피를 사서 산책 삼아 공원 한 바퀴를 돈 후, 한강으로 향했다. 겨울을 앞둔 시점이라 강바람이 매서웠지만, 둘은 벤치에 앉아 바람을 쐬었다.

"실내에서만 있어서 그런지 밖에 있으니 좋다."

"춥진 않아?"

재언의 물음에 지서는 고개를 가로저었다.

"괜찮아. 잠깐인걸."

"외투 있어. 필요하면 말해. 줄 테니까."

"정말 괜찮아. 딱 좋아."

지서가 말갛게 웃었다. 그 말에 재언이 픽 웃었다. 그런 재언을 흘깃 바라보다가 바닥에 내려놓은 종이 가방을 들었다.

"그리고 좀 추워야 할 것 같기도 해서."

무슨 말이냐는 듯 재언이 쳐다보자, 지서는 말없이 종이 가방 안에서 캡 모자 두 개를 꺼내더니 그중 큰 사이즈를 내밀었다.

"겨울 모자래."

"뭐야, 이거?"

"나랑 헤어지고 나서 캡 모자 못 썼다며."

"……."

"아까워서. 너 캡 모자 잘 어울리는데, 나 때문에 안 쓰는 게."

"……."

"그리고 하나씩 덮어 보려고. 슬펐던 기억을, 기쁜 기억으로."

말을 하자마자 지서는 손에 쥐고 있던 캡 모자를 그의 머리에 덮어씌웠다. 그러고는 흐뭇한 얼굴로 가만히 바라보았다.

"잘 어울려. 멋지고, 근사하다."

지서는 열여덟 살의 그때 하지 못했던 말들을 덧붙였다. 너무 행복해하면 금세 불행해질까 봐, 좋아하는 티를 내지 못해 꾹 참았던 말들을.

"옛날보다 더 잘 어울려."

"……."

"따뜻해?"

"……."

"재언아?"

아무 반응 없는 재언을 조심스럽게 불렀다. 그러자 비로소 재언이 숨을 크게 들이마시더니 모자를 벗어 가만히 응시했다.

"안 따뜻할 수가 없지. 누가 준 건데."

"……."

그가 검은 모자를 만지작거렸다. 모자 위엔 W가 적혀 있었다. 꽤 고가의 브랜드였다.

'내년에는 조금 더 좋은 거 사 줄게.'

오래전, 제게 했던 지서의 말이 떠올랐다. 기분이 이상해지다 못해 목이 멨다.

이게 뭐라고. 이렇게까지.

그러면서도 재언은 쉬이 말문을 열지 못했다.

"어때?"

곁에서 들리는 말에 재언의 고개가 돌아갔다. 지서가 같은 모자를 쓴 채 미소 짓고 있었다.

"야구 좋아해? 우리 이거 같이 쓰고 야구 보러 갈까?"

"……."

"같이 운동도 하자."

"……."

"여름엔 여름 모자를 사서 쓰는 거야."

재언은 말없이 지서를 바라보았다. 재언은 가만히 지서를 바라보다 손을 뻗어 뺨을 감쌌다. 춥지 않다는 건 거짓말이었다. 손바닥에 전해지는 냉기만으로도 지서가 얼마나 추워하는지 알 것 같았다. 그럼에도 일부러 추운 곳에 있는 이유를 알 것 같았다.

'추우면 눈물이 덜 나.'

언젠가 했던 지서의 말이 떠올랐다.

눈물 없는 예쁜 추억을 만들려 애쓰는 지서를 바라보던 재언이 환하게 웃었다.

"그래. 하자. 그게 뭐든."

"……."

"할 수 있는 건 다 해 보자."

너랑 같이 하는 거면, 난 진창에서 구르는 것도 할 수 있으니까.

* * *

"오늘 일정은 오후에 임원급 회의 있으시고, 저녁에는 기업인들의 행사가 있습니다. 그리고…….."

통창 너머에서 쏟아져 들어오는 햇살에 반쯤 눈을 감다시피 한 남 비서가 하루의 일정을 읊었다. 그러나 돌아오는 답변은 없었다. 남 비서는 슬쩍 시선을 내려 업무용 책상 앞에 앉아 있는 재언을 보았다. 턱을 괸 그는 멍하게 어딘가를 바라보고 있었다.

"저기, 부대표님."

"……."

"부대표님!"

남 비서가 조금 더 목소리를 높이고서야, 상념에서 깨어난 재언이 눈만 돌려 그를 바라보았다.

"아, 미안합니다. 들었습니다. 오늘 오전 미팅은 빠졌다고요."

"……."

저녁 일정까지 다 읊어 드렸습니다만.

그러나 남 비서는 굳이 그 사실을 지적하지 않았다. 오늘 출근할 때부터 재언의 상태가 이상한 탓이었다. 우연히 주차장에서 만나 인사했지만, 답변이 돌아오지 않았다. 얼굴을 들이밀고서야 재언이 '지금 뭐 합니까.'라고 물어 왔다. 그뿐만이 아니었다. 직원들의 인사도 대충 받는 둥 마는 둥 하며 집무실에 온 그는, 줄

곧 생각에 잠긴 얼굴을 하고 있었다.

"무슨 일 있으십니까?"

남 비서가 걱정 가득한 얼굴로 물었다. 제 상사는 한 번씩 특이 행동을 할 때가 있긴 하지만, 이렇게까지 정신을 빼놓고 사는 사람은 아니었다.

"남 비서님, 결혼하셨잖아요."

"네."

그때 재언이 가장 많은 축의금을 넣었다. 너무 많은 나머지 잘 못 주신 게 아니냐고 되물어봤을 정도로. 그때 재언은 '이혼하시면 두 배로 뱉으셔야 합니다.'라고 답했었다.

"왜 결혼했습니까?"

"네?"

너무 뜬금없는 말이라 되물었다.

"아, 그러니까 결혼에 대한 확신을 어디서 얻었냐는 말이에요."

"아……."

너무 느닷없는 물음이었지만, 남 비서는 그다지 어렵지 않게 답했다.

"어느 날, 지금 아내 되는 사람이 미역국을 끓여 줬는데 너무 맛있었습니다. 그래서 결혼했습니다."

"……그게 전부예요?"

지금 자신이 제대로 들은 게 맞나는 듯한 표정으로 재언이 되물었다.

"네. 생일마다 맛있는 미역국을 먹겠구나, 하는 생각이 들어서요."

"……."

"근데 지금 드는 생각은 그때 아내가 쇠고깃국을 줬어도, 김밥을 줬어도, 결혼하자고 했을 것 같아요."

"……."

"사실은 미역국은 핑계고, 웃는 게 예뻐서……. 그게 참을 수 없을 만큼 좋아서 결혼해야겠다고 마음먹은 것 같습니다."

남 비서의 말에 재언은 가만히 시선을 내렸다. 그러고는 손에 쥐고 있던 휴대 전화를 툭 쳤다. 그러자 액정이 바뀌며 사진 한 장이 툭 튀어나왔다. 캡 모자를 쓰고 나란히 찍은 사진이 떠올랐다.

환하게 웃는 얼굴이 참 예뻐 보였다, 라…….

'그리고 하나씩 덮어 보려고. 슬펐던 기억을, 기쁜 기억으로.'

지서의 목소리가 귓가를 들리는 듯했다. 동시에 자신을 보며 환하게 웃던 얼굴까지.

재언의 눈이 가늘어졌다.

적당한 때에 프러포즈를 해야겠다고 생각하며 호시탐탐 시기를 노리고 있었다.

그런데 그게 의미 있을까. 고민하다가 하루가 무의미하게 흘러갈 텐데. 이렇게 환하게 웃는 이지서 얼굴을 하루 덜 보는 것밖에 안 될 텐데.

"……고맙습니다. 남 비서님."

"네?"

"덕분에 고민이 해결됐어요. 굳이 때를 기다리지 않아도 될 것 같네요."

"다행입니다."

남 비서가 흐뭇하게 웃었다.

"오늘 저녁 일정은 빼 주세요."

"······네?"

그러다 이어지는 재언의 말에 되물었다.

"아니, 지금부터 전부요."

"무슨 일 있으십니까?"

자리에서 일어나는 재언을 보며 물었다.

"프러포즈하러 가려고요."

"네. 프러······ 네?"

뭐?

남 비서가 뜨악한 얼굴로 바라보았다.

"수고하세요."

집무용 책상을 빙 둘러 나가는 재언의 뒷모습을 바라보던 남 비서가 황망한 얼굴로 스케줄표를 확인했다.

지금부터 연락할 곳이 한두 군데가 아니다. 거기다가 프러포즈라면······. 결혼도 곧 한다는 말인데······. 그 일정은 또 어떻게 빼야 할지.

남 비서가 눈물을 머금고서 휴대 전화를 들었다.

* * *

"이제 정말 겨울인가 봐요."

한 직원의 말에 지서가 창가 쪽으로 고개를 돌렸다. 투명한 창문 너머로 어두컴컴한 하늘이 보였다. 누군가가 반쯤 열어 놓은 창문에서 세찬 바람이 불어 들어왔다. 따뜻한 실내에만 있어서 몰랐는데, 그제야 훅 떨어진 기온이 체감됐다.

"그러게요. 얼른 집에 가야겠어요."

"다들 수고하셨습니다. 내일 뵐게요."

퇴근 시각이 되자 직원들이 하나둘씩 자리에서 일어났다. 몇몇은 어디론가 전화를 걸었다. 누군가는 엄마에게, 누군가는 제 자식들과 통화하고 있었다.

요 근래 지서는 이 순간이 가장 싫었다. 모두들 갈 곳이 있는데, 자신만 갈 곳이 없는 것처럼 느껴질 때.

얼마 전까지만 해도 견딜 만했는데, 요즘 들어 부쩍 힘들었다.

사람이 주는 온기를, 사람과 함께 보내는 시간을, 사람과 함께하는 기쁨을 알아 버린 탓일까.

지서가 습관처럼 휴대 전화를 들었다. 하루에 한 번씩 연락하던 평소와 달리, 오늘은 잠잠했다.

"이사님도 그만 일하고 귀가하세요."

은지가 얼굴을 불쑥 들이밀었다.

"그럴게요."

"아니면 같이 가실래요?"

은지가 불안한 표정으로 물었다. 소영이 직원들에게 제 사정을 설명한 후부터 은지는 자신과 퇴근하자고 말했다. 다른 직원은 차로 집에 데려다주겠다고 하기까지 했다. 알게 모르게 자신을 챙겨 주려는 그들의 마음이 고마웠으나, 한편으로는 발가벗겨진 듯한 느낌이 들었다. 자신은 그들의 사정을 아무것도 모르는데. 그들은 제 사정을 다 알고 있으니까.

"괜찮아요. 아직 일이 남아서."

효경은 결국 파출소에서 거듭 난동을 부리다가, 정신 병원에 입원되었지만 굳이 그 사실까진 알리지 않았다.

"알겠어요. 조심히 가세요."

"고마워요."

지서의 말에 은지가 싱긋 웃으며 팔을 휘휘 저었다.

모두가 썰물처럼 빠져나간 후, 텅 빈 사무실에 오도카니 앉아 있던 지서는 멍하게 파티션 끄트머리를 보았다.

사실 별달리 일이 남아 있지 않았음에도, 사무실에 남았다. 빈 집에 가 봐야 허전함만 느끼니까. 그러나 사무실에 남아 있어도 외로운 건 마찬가지였다.

재언에게 연락해 볼까.

[어디야?]

메시지를 보냈지만, 묵묵부답이었다. 한가하면 곧바로 전화를 하고도 남았을 테니까. 그냥 집에 가야겠네.

힘없이 몸을 일으킨 지서가 핸드백을 챙긴 후, 스탠드를 막 끌 때였다.

위잉. 위잉. 책상 위에 올려진 휴대 전화가 길게 진동했다.

[신재언]

기다렸던 이름이 뜨자, 지서의 얼굴에 미소가 번졌다.

"응. 어디야?"

-다들 퇴근하는데, 넌 왜 안 해?

"응?"

의아하게 되묻던 지서가 뭔가 깨달았다는 듯 창가 쪽으로 걸어가, 창문을 활짝 열어젖혔다. 고개를 밖으로 내밀자 어두컴컴한 길가에 서 있는 차가 보였다.

"언제 온 거야? 이야기하지."

목소리에 숨길 수 없는 기쁨이 번졌다. 뽀얀 입김을 뿜으며 지서는 재언의 차를 물끄러미 보았다. 거짓말처럼 허한 곳이 메워지는 게 느껴졌다.

"내려갈게."

-기다릴게.

평범한 그 말에 몽글몽글한 기분이 밀려든다.

이 세상에 있는 누군가가, 자신을 기다린다는 그 사실 하나 때문에.

서둘러 자리를 정리하고 건물을 빠져나온 지서는 곧장 재언의 차가 멈춘 곳으로 달려갔다. 때마침 운전석에서 내린 재언이 지서를 보곤 느른하게 웃었다. 어두컴컴한데, 거짓말처럼 웃고 있는 재언의 모습만 또렷하게 눈에 들어왔다.

마침내 지서가 재언의 앞에 멈춰 섰다.

"연락하지."

지서의 말에 재언이 대꾸 없이 긴 케이스를 내밀었다. 지서가 닫힌 케이스와 재언의 얼굴을 번갈아 보았다.

"뭐야, 이게?"

"열어 봐."

머뭇거리던 지서가 케이스를 열었다. 케이스 안에는 똑같은 디자인의 반지 다섯 개가 줄지어 있었다.

지서가 의아하게 쳐다보자, 재언이 케이스를 차에 올려 두더니 지서의 왼손을 잡았다. 그러고는 가장 왼쪽에 있는 반지부터 하나씩 끼우기 시작했다. 첫 반지는 첫 마디에 걸리고, 두 번째 반지는 두 번째 마디에 걸렸다. 세 번째 반지가 정확하게 네 번째 손가락에 끼워지는 순간,

"결혼하자, 나랑."

재언이 말했다.

"……이게 뭐야?"

지서가 멍하게 그를 올려다보았다.

"프러포즈하려는 데, 반지 호수를 모르겠더라. 그래서 준비했어. 분명 이 중엔 맞을 테니까."

지서의 시선이 다시 반지 케이스로 향했다. 그제야 미스터리가 풀렸다. 똑같은 반지 다섯 개는 호수가 달랐다.

"그렇다고 이걸 다 사 왔다고?"

재언이 대수롭지 않다는 표정으로 고개를 끄덕였다. 그러고는 짙은 눈으로 지서를 가만히 내려다보았다.

"하루하루가 아까워서."

"……."

"오늘 또 우리가 각자의 집에서 잠들고, 이런 식으로 못 보는 시간들이."

"……."

재언의 말에 감동받는 것도 잠시, 지서의 눈에 문득 회사 주차장이 들어왔다. 희미하게 웃던 지서가 웃음을 터트렸다.

"정말 고마운데…… 상황이 재미있어서. 회사 앞에서 청혼받는 사람은 나밖에 없을 거야. 그것도 반지 다섯 개로."

아마 이 세상 최초의 프러포즈일 거다, 라고 생각하며 환하게 웃을 때였다.

"나쁜 기억을 좋은 기억으로 덮어 주려고."

"……."

이어지는 재언의 나지막한 목소리에 지서의 입꼬리가 서서히 일자로 펴졌다.

"회사 출근할 때마다, 퇴근할 때마다 여기서 프러포즈받은 것만 기억해."

언니에게 상처받았던 일 말고.

재언이 하지 않은 뒷말이 들린 듯했다.

지서는 웃으려 애썼다. 그러나 그것도 잠시, 시야가 뿌옇게 변하더니 뺨이 뜨끈해졌다. 환해진 시야로 자신을 가만히 바라보고 있는 재언의 얼굴이 눈에 들어왔다.

왜 우는지 모르겠는데, 울음이 났다. 지서는 소리 없이 눈물을 뚝뚝 흘리며, 말없이 눈물을 닦아 주는 재언을 물끄러미 바라보았다.

자신이 울면 가장 먼저 눈물을 닦아 줄 사람이었다.

자신이 웃으면 가장 먼저 따라 웃어 줄 사람이고.

나도 네게 그런 사람이 되고 싶다.

확신과도 같은 생각이 드는 순간, 몸이 움직였다. 있는 힘을 다해 재언의 목을 끌어안고, 가슴팍에 얼굴을 비볐다. 놀랄 만도 하건만, 재언은 조금의 당황도 없이 끌어안았다.

마치 기다렸다는 듯이.

툭, 툭.

까만 밤하늘에서 첫눈이 내렸다.

"눈이다."

"드디어 사계절을 다 보내 보네."

재언의 말에 지서는 가만히 곱씹었다.

처음 만난 따뜻하던 봄, 뜨겁던 여름, 12년이 지나 다시 만난 가을, 그리고 오늘 만난 겨울.

……오롯이 함께하는 첫 계절이었다.

〈완〉

외전

　세단 뒷좌석에 앉아 있던 재언이 서류를 보다 말고 창밖을 내다보았다. 계속 고개를 숙인 채 서류를 봤더니 없던 멀미가 생길 지경이었다. 창밖 너머로 앙상한 가지의 가로수들이 줄지어 있었다.

　"후우."

　한숨을 내쉰 재언이 목뒤를 주물렀다.

　그는 일주일 전 남 비서에게 '프러포즈했고, 곧 결혼할 것 같다. 되도록 신혼여행을 길게 갈 예정이에요.'라고 넌지시 알려 주었다. 그러니 되도록 일정을 빡빡하게 잡지 말라는 뜻에서 한 말이었는데, 사색이 된 남 비서는 그 다음 날부터 밀린 업무를 왕

329

창 가져다가 내밀었다. 그 때문에 차에서 창밖을 보며 일하는 신세가 되었다.

평소라면 마지못해 밀린 업무들을 진행하거나, 몇 개 빼먹을 궁리를 하겠지만, 오늘은 일하는 내내 썩 기분이 나쁘지 않았다.

아마 이것 때문이겠지.

재언이 손을 쭉 폈다.

"필요한 게 있으십니까?"

그러자 조수석에 앉아 있던 남 비서가 손짓을 알아채고 물어 왔다.

"이거 봐요. 남 비서."

재언의 스케줄을 확인하고 있던 남 비서가 얼른 뒤를 돌아보았다. 그러자 재언이 제 왼손을 돌려 남 비서에게 보여 주었다.

"어때요?"

"네?"

재언의 뜬금없는 물음에 남 비서가 눈을 부릅뜬 채 그의 손을 살폈다. 어디 다쳤거나, 손가락에 문제가 생겼나 싶어 들여다보았지만 멀쩡했다.

"어디 불편한 곳 있으십니까?"

혹시 자신이 모르는 뭔가가 있나 싶어 남 비서가 걱정스럽게 물었다.

"아니. 이거 보라고요."

그러자 고개를 가로저은 재언이 제 네 번째 손가락을 친절하게 가리켰다. 시선을 내리니 작은 다이아몬드가 콕 박혀 있는 반지가 보였다.

재언의 프러포즈 이후, 며칠 되지 않아 지서가 사 온 커플링이었다. 결혼반지는 하고 다니기엔 너무 다이아몬드가 큰 데다가 흠집 나는 게 싫기도 하고, 결혼 전에 커플링을 해 보고 싶다며 사 온 것이었다.

재언은 벌써 며칠이 흘렀음에도, 제 네 번째 손가락에 반지를 끼워 주며 '잃어버리면 안 돼.'라고 신신당부하던 그 순간을 잊지 못했다.

잃어버릴 리가. 뺄 일이 없는데.

홀로 생각하며 재언이 손가락을 가볍게 튕겼다.

"센스가 상당하죠?"

"……."

"호수도 안 알려 줬는데 딱 맞춰서 사 왔더라고요. 거기다가 디자인 봐요. 일하는 데 거슬리지 않지만, 존재감은 확실한 걸로 사 왔잖아요. 이러기가 쉽지 않거든요."

수려한 얼굴로 유려하게 개소리를 뿜어내는 재언을, 남 비서가 차갑게 식은 얼굴로 바라보았다. 정말 그 말을 다시 되돌려주고 싶었다.

……사람이 저렇게 변하기 쉽지 않은데.

그는 연애를 시작한 후로, 마치 다른 사람이 된 것 같았다. 조금 건조하다 못해 차갑게 느껴지던 재언은 지서에 관해서라면 완전히 다른 사람처럼 굴었다. 여기저기에 지서를 자랑하지 못해 안달 난 사람 같았다. 결혼하고 나선 업고 다니는 거 아닐까 걱정될 정도였다.

"네. 정말 잘 어울리십니다."

어쨌거나 제 복잡한 생각을 상사에게 노출시킬 이유는 없으므로, 남 비서가 아무렇지 않은 척 입매를 끌어 올리며 웃었다.

빈정이 상하긴 했지만, 빈말은 아니었다.

지서가 고른 반지는 재언에게 퍽 잘 어울렸다. 뭔들 어울리지 않을까, 싶지만 그의 하얗고 긴 손가락에 가장 잘 어울리는 것으로 골라 왔다. 이것 이상으로 괜찮은 걸 골라 올 자신이 없을 정도로.

"나도 그렇게 생각해요."

재언이 제 손을 내려다보며 흡족한 표정을 지었다. 그러나 그것도 잠시, 다시 본래의 표정으로 돌아온 재언이 창밖을 내다보았다.

여기서 본사가 멀지 않은 곳에 있었다.

"본사 앞에서 내릴게요."

"곧바로 퇴근하시겠습니까?"

"네. 만날 사람들이 있어서."

재언이 회사에서 만날 사람이라고 한다면 한정적이었다.

"네. 알겠습니다."

남 비서의 지시에 기사가 핸들을 꺾어 모퉁이를 돌았다.

본사가 있는 방향이었다.

* * *

재언이 거대한 문 앞에 섰다. 우아하고 육중한 분위기의 문을 가벼운 손놀림으로 똑똑 두드린 재언은 상대방의 대답도 듣기 전에 벌컥 열어젖혔다. 그 뒤에 서 있던 비서가 기함하든 말든 대표실로 들어선 재언은 곧바로 들어갔다.

이럴 거면 통창을 왜 했나 싶게 블라인드로 창문을 모조리 가리고, 스탠드 하나만 달랑 켜 놓은 책상 앞에 남자가 앉아 있었다.

"오랜만이야."

재언이 인사를 건네며 그의 집무실 가운데 자리한 소파에 털썩 앉았다. 얼마나 드나드는 사람이 없었으면 소파가 새것처럼 팽팽했다.

"무슨 일이야?"

이언이 고개도 들지 않은 채 건조하게 물었다.

"나 결혼할 거야."

"어 그래."

"할 말이 그것뿐이야?"

"축하한다."

감정이라곤 조금도 들어 있지 않은 인사말이었다. 여전히 고개도 들지 않은 상태였다. 남들이 보면 사이가 안 좋다고 오해하겠지만, 이언의 성격을 잘 아는 재언은 대수롭지 않게 반응했다.

"그래서 말인데 도움이 필요해."

재언의 말에 이언이 그제야 고개를 들어 날카로운 눈으로 그를 바라보았다. 여태껏 평생 가도록 제게 도와 달라고 말한 적 없는 재언이었다. 그 말인즉, 데면데면한 제게 도움을 요청할 정도로 큰일이 벌어졌다는 뜻이었다.

"무슨 도움인데?"

일단 들어나 보자는 듯이 이언이 재언을 물끄러미 응시했다.

"형이 내 결혼을 찬성해 줬으면 해."

"결혼은 전적으로 어머니 소관일 텐데."

"그 어머니가 조건을 거셨어. 다른 가족들의 동의. 그러니까 도와줘."

"그건 네가 알아서 해. 어머니가 반대하시거나, 조건을 건다면 그만한 이유가 있는 거겠지."

이언이 건조하게 대꾸했다. 그 말에 재언의 매끈한 얼굴에 옅은 미소가 맺혔다. 이럴 거라 예상했다. 그래서 준비했고.

"물산 지분 3% 양도."

"그래. 찬성할게. 네 결혼."

"……."

재언이 어이없다는 표정으로 이언을 물끄러미 응시했다.

물론, 이언이 당연히 응할 거라 생각하긴 했다. 삼촌들과 대주주의 자리를 놓고 싸우고 있으니 제 주식이 꼭 필요한 상황이었다. 그렇지만 어떤 여자인지, 물산 지분을 3%나 양도할 정도로 좋아하는 여자인지는 궁금해해야 하는 게 정상이 아닐까.

아, 그래. 정상이 아니었지. 너무 오랜만에 봐서 잊을 뻔했네.

순식간에 생각을 정리한 재언이 몸을 일으켰다.

"어머니께 이 결혼 찬성한다고 말씀드려. 그러면 계약 진행되

었다고 생각하고 1%. 그리고 나머지 2%는 무사히 결혼 후에 양
도할게."

"그래. 네 메일로 전자 계약서 발송해 둘게."

끝까지 어떤 사람인지, 누군지, 언제 결혼할 건지 묻지 않는
이언을 보며 재언은 고개를 절레절레 내저었다.

거기다가 전자 계약서라니. 가족 간에.

10년 전만 해도 저 정도는 아니었는데.

제 첫째 형은 정말 미친놈이었다.

* * *

이언의 사무실에서 나온 재언은 곧바로 위층으로 향했다. 미리
이언의 비서에게 '위층 사장님께 제가 곧 방문할 거라고 연락드
려 주세요.'라고 해 두었다. 그러나 정작 사장실에 가서 들은 말
은 달랐다.

"죄송합니다. 사장님이 부재중이셔서요."

"아버지가요?"

"네. 죄송합니다."

비서가 진심으로 죄송하다는 표정을 지었다. 약속도 하지 않고
무작정 찾아온 제게, 비서가 되레 미안할 일이 뭐가 있단 말인가.
잘못을 해도 그냥 찾아온 제게 있었다. 그럼에도 재언은 물러서
지 않았다. 그는 수려한 얼굴에 단정한 미소를 지었다.

"그랬군요. 그럼 차 한 잔만 마시고 갈게요."

"네. 어떤 차로…….."

비서가 안도한 표정을 지을 때였다.

"어떤 차든 상관없어요."

"네. 그럼 따듯한 캐모마일 차로 준비하겠습니다."

"네. 저기로 가져다주세요."

재언이 손끝으로 단단하게 닫힌 사장실 문을 가리켰다. 그러자 비서들이 난처한 표정으로 서로를 흘깃 쳐다보았다. 재언은 그런 그들을 지나쳐, 성큼성큼 문으로 다가갔다.

"죄송합니다, 지금 사장님이 부재중이셔서 함부로 문을 여시면…….."

비서의 절박한 외침은 끝까지 이어지지 못했다. 재언이 말을 다 듣지 않고 벌컥 하고 문을 열어젖힌 탓이었다.

"커흡!"

안에서 느긋하게 차를 마시고 있던 아버지가 당황해 입 안에 있던 찻물을 뱉었다. 그런 아버지를 보며 재언이 싱긋 웃었다.

"와, 계셨네요. 몰랐어요."

말과 달리 재언은 애초부터 본사에 아버지와 이언이 모두 있다는 걸 확인하고 찾아왔다.

"어, 그게. 재언아."

당황한 아버지의 눈이 이리저리 흔들렸다.

"안부 전화도 안 받으시고, 집을 몇 번이나 찾아갔는데 외출 중이라고 하셔서 어쩔 수 없이 회사까지 찾아왔어요. 꼭 긴히 나눠야 할 대화가 있어서요."

재언의 아버지 얼굴이 어두워졌다. 그럴수록 재언은 화사하게 웃으며 아버지에게 다가갔다.

"아버지, 일단 앉으세요. 대화가 길어질 것 같아요."

"무슨 말이 하고 싶어서 이래?"

"아시잖아요. 어머니한테 귀에 못이 박히도록 들으셨을 텐데. 제 결혼이요."

"……."

아버지에게서는 이렇다 할 만한 반응이 돌아오지 않았다.

아마 어머니가 신신당부했겠지. 절대로 결혼을 허락해 주지 말라고. 이언과 태언이 제 편을 들고 있으니 과반수로 결혼할 순 있지만, 지서에게 부모님이 반대하는 결혼을 시키고 싶지 않았다.

안 그래도 상처 많은 애를 또 아프게 할 순 없으니까.

사랑 듬뿍 받지 못하더라도, 눈치 보게 만들고 싶지 않았다.

"바쁘실 테니 길게 말씀 안 드릴게요. 제 결혼 허락해 주세요."

말을 마친 재언이 눈을 접으며 싱긋 웃었다.

"너, 이 녀석아. 네가 구멍가게 아들도 아니고, 무슨 결혼을 부모와 상의 없이 이렇게 진행해?"

"그래서 지금 상의하고 있잖아요. 허락해 달라고."

"후우."

아버지인 신 사장이 심기 불편한 표정으로 긴 한숨을 내쉬며 이마를 짚었다.

이게 무슨 상의야, 통보지.

"넌 네 어머니가 이 결혼을 반대한다고 생각하겠지만 아니야."

"……."

"너희 엄마는 뭐 때문인지 몰라도 네 결혼을 어느 정도 찬성하는 것 같더라. 말이야 가족들의 의견을 듣겠다고 하지만 선 자리 다 취소하는 걸 보니 그런 모양이야."

"……."

난생처음 듣는 이야기에 재언의 한쪽 눈썹이 슬쩍 치켜 올라갔다.

"하지만 난 아니다. 물론, 대충 이야기는 들었다. 네 첫사랑이라고. 헤어졌다가 다시 만났다는 것도 들었다. 그런데 결혼은 감정만으로 하는 게 아니야. 너무 많은 것들이 걸려 있다. 그러니 다시 한번 생각해 봐."

어느새 아버지가 진지한 표정으로 말했다. 이번만큼은 물러설 수 없다는 듯 결연했다.

"아버지."

그런 아버지를 보며 재언이 무표정한 얼굴로 말문을 열었다.

"왜."

부러 신 사장이 딱딱하게 답했다.

"제가 회사에 입사했을 때 저랑만 식사하시면서 말씀하신 거 기억하세요? 왜 이 회사를 사랑하는지 아냐고. 할아버지가 생전에 사랑한 기업이고, 또 사랑하는 어머니와 저희 형제들 먹고살게 해 주는 곳이라서 사랑한다고 하셨죠."

"……."

"저도 그러고 싶어요."

재언의 단단한 무표정이 허물어졌다.

"사랑하는 사람을 책임지는 기쁨을 알게 해 주세요."

그 얼굴 위로 절박함이 번졌다.

"아버지는 아시잖아요, 제 성격. 사랑 없는 결혼은 하지도 않을 거지만, 그렇게 억지로 결혼한다고 하더라도 오래 못 버틸 거예요. 결혼도, 회사 생활도."

"……너, 이 녀석."

협박하는 거냐고 물으려던 아버지는 이내 입을 다물었다. 협박이 아니라는 건 누구보다 잘 알고 있었다. 가끔 재언을 보고 있으면 언제든 자신을 둘러싼 굴레를 박차고 나갈 것 같은 느낌이 들었다. 자신뿐만 아니라, 모든 가족들 대부분이 재언에게 그런 비슷한 느낌을 받고 있으니, 영 틀린 감은 아닌 듯했다.

무엇보다 '사랑하는 사람을 책임지는 기쁨을 알게 해 주세요.'라는 말을 듣고 나니 할 말이 없었다.

일을 하다 보면 관두고 싶어지는 순간이 여러 번 찾아온다. 그때마다 버티게 해 준 건 가족들이었다. 가족들과 함께 여행을 갈 때, 혹은 가족들과 함께 맛있는 것을 먹을 때. 그런 소소한 것들을 통해 비로소 힘을 얻곤 했다.

그런데 아들이 말하고 있었다.

그 행복을 알게 해 달라고. 지금 이 사람을 놓치면, 자신은 영영 그 행복을 모른 채 살 것 같다고.

신 사장이 움찔하며 손을 말아 쥐었다. 이 행복을 모르는 아들의 삶을 생각하자 끔찍했다. 마치 뿌리 없는 나무처럼, 서서히 말라 갈 아들의 모습이 보였다.

그게 아니면 시원하게 회사를 때려치우고 나가 가족들과 의절한 채 지서라는 여자와 살겠지. 그렇게까지 해서 아들을 괴롭게 만들 필요 있을까. 무엇보다 그런 이유로 아들을 잃는다는 게 새삼 우습게 느껴졌다.

"너, 진심으로 그 여자를 많이 사랑하니? 후회 안 할 자신 있어?"

"네."

"나중에 땅 치고 후회해도 내 책임 아니다. 난 분명히 경고했어."

"네."

"후우, 넌 대체 뭘 믿고 그리 확신해?"

신 사장이 피곤하다는 듯 손으로 얼굴을 쓸어내렸다.

"당연한 거니까요."

한 치의 고민 없이 대답하는 재언의 얼굴은 투명하게 빛났다. 신 사장은 이건 진심을 보인 사람만이 지을 수 있는 표정이라는 걸 알고 있었다.

신 사장은 다시 한번 숨을 들이켰다.

결국은 이렇게 설득될 것 같아 이 녀석을 피해 다닌 거였는데…….

"……그래. 집에 한 번 데려와라."

결국 허락이 떨어졌다.

* * *

거대한 저택 앞에 선 지서는 입 안이 바짝 말랐다. 아무리 물을 마셔도 입 안의 갈증이 사라지지 않았다.

오늘 하루 종일 이런 상태였다. 어떻게든 제 상태를 달래 보려 숨을 깊게 들이마셨지만, 쿵쾅거리는 심장 소리만 더욱 격하게 느껴졌다.

집으로 초대받았다는 이야기를 들은 건 이틀 전이었다. 그는 허리를 숙여 눈을 맞춘 채, 조심스럽게 말을 꺼냈다.

'부모님도, 형들도 모두 허락했어. 그러니까 네가 준비되면 인사드리러 가자.'

'……응? 뭐라고?'

믿기지 않아 되물었다. 너무 간절한 나머지 잘못 들은 게 아닐까 하는 의심이 들 정도였다.

'가족 모두가 우리 결혼을 찬성했다고.'

'…….'

지서가 빈 입술을 달싹거렸다.

자신이 아무리 열심히 살았다고 해도, 그들이 보기엔 한 줌의 이력이었을 거다. 그녀의 노력, 간절함, 절박함은 이력에 담기지 않는 법이니까. 그렇기에 모두가 반대해도 어쩔 수 없는 일이라 반쯤 체념하고 있었다.

'……어떻게 그게 가능해?'

도저히 믿기지 않아 다시 묻자, 재언이 그녀의 뺨을 천천히 쓰다듬었다.

'네가 예쁘다는 걸 알게 됐나 보지, 다들.'

'……응?'

'이렇게 예쁜데 안 된다고 하면 그게 이상한 거지.'

'아니, 누가 대체 그런 이유로……. 그리고 아버님과 형님은 내 얼굴도 모르실 텐데.'

어이없다는 듯 표정으로 지서가 말하자, 재언이 눈을 접으며 나른하게 웃었다.

'얼굴만 예쁜 건 아니니까. 이름도, 살아온 인생도, 다 예쁘니까.'

'…….'

살아온 인생이 예쁘다니.

부모에게 버림받고 이상한 언니에게 걸려 평생을 고통받으며 살아왔었다. 그런데도 재언은 그 삶을 예쁘다고 말해 주었다. 마치 그간 자신이 노력하며 산 게 헛되지 않았다고 말해 주는 듯했다. 저도 모르게 울컥한 지서는 대답 대신 조용히 재언을 끌어안았다.

'응. 인사드리러 가자. 최대한 빨리.'

그렇게 말하기가 무섭게 이틀 후로 약속이 잡혔다. 그게 오늘이었다.

피부 관리라도 받고 왔어야 했는데.

약속이 예상보다 일찍 잡히는 바람에 아무것도 하지 못한 게 계속 신경 쓰였다.

"그렇게 긴장 안 해도 돼."

대문을 바라보며 또 한 번 심호흡하는 지서를 바라보던 재언이 고개를 숙여 눈을 맞추었다.

"그게 마음처럼 안 돼. 심장이 튀어나올 것 같아."

"얼른 끝내고 나오자. 데이트하러 가게."

명색이 첫 인사 드리는 자리인데, 데이트 생각부터 하다니…….

지서가 그의 태연함에 어이없어하는 사이, 재언이 지서의 손을 잡고서 벨을 눌렀다. 재언의 얼굴을 확인했는지 자동으로 문이 열렸다. 정원을 가로질러 현관문을 열고 들어서자, 사람 소리가 들렸다.

"어서 와요."

익숙한 목소리에 고개를 든 지서는 배 여사를 보았다. 12년 만에 보는 배 여사는 달라진 게 크게 없었다. 우아하고 아름다운 외모, 늘씬한 몸매 모두 예전과 비슷했다.

그에 비해 자신은 12년 동안 많이 변했다. 교복은 슈트가 되었고, 맨얼굴엔 화장이 발렸다. 돈을 벌러 왔던 그녀는 이제 제힘으로 돈을 버는 어른이 되었다. 이렇게 많이 자랐는데도, 배 여사를 보는 순간 작아지는 기분이었다.

주눅 드는 마음을 애써 털어 내며 손에 쥐고 있던 꽃다발과 선물을 내밀었다.

"안녕하세요. 간단히 준비했습니다. 마음에 드셨으면 좋겠어요."

"뭐 이런 걸 다. 고마워요. 일단 들어와요. 배고프죠?"

선물을 받아 든 배 여사가 몸을 틀어 집 안으로 들어섰다. 그 뒤를 따라 들어가던 지서는 거실에 우르르 서 있는 사람들을 보곤 멈칫했다. 인사하지 않아도 누가 아버지인지, 큰형인지, 작은형인지 알 수 있었다.

"어서 와요. 재언이 아빠예요."

서글서글한 인상의 아버지가 웃으며 손을 내밀었다. 지서가 반사적으로 손을 내밀어 맞잡았다.

"처음 인사드리겠습니다. 이지서라고 합니다."

지서의 인사에 신 사장이 흐뭇하게 웃었다.

"이야기는 많이 들었어요. 재언이가 아주 귀찮을 정도로 졸졸 쫓아다녔다고."

신 사장의 시선이 흘깃 재언을 향했다. 그 말이 부끄러울 만도 할 텐데, 재언의 표정엔 조금의 변화도 없었다. 남의 이야기를 듣듯 덤덤한 표정이었다.

"이 녀석아, 너 부끄러우라고 한 소리야!"

결국 신 사장이 장난치듯 소리쳤다. 그러자 재언이 도저히 이해 못 하겠다는 얼굴로 고개를 기울었다.

"왜 부끄러워해야 해요? 전부 맞는 말인데."

"……."

"맞아요. 졸졸 쫓아다닌 거. 열여덟 살에도, 서른에도."

당당하다 못해 뻔뻔한 표정으로 시인하는 재언을 보며 신 사장이 질린다는 얼굴로 고개를 절레절레 내저었다.

어쩌자고 저런 아들놈이 태어났는지.

"……하아, 배고플 텐데 일단 밥부터 먹죠."

더는 상대하기 싫다는 듯 지서 쪽으로 몸을 튼 신 사장이 다이닝 룸 쪽으로 손짓했다.

"감사합니다."

재언 대신 민망해진 지서는 얼른 신 사장의 뒤를 따랐다.

저녁 식사 자리는 예상보다 근사했다. 거대한 10인용 식탁이 좁게 느껴질 정도로 각종 반찬들이 올라가 있었다. 마치 귀한 손님을 신경 써서 대접하는 느낌이었다.

태어나 이런 밥상은 처음이라 지서는 적잖이 당황했다. 그럼에도 내색하지 않고 밥 한 톨 남기지 않고 싹싹 먹었다. 귀하게 차려 준 음식을 함부로 남길 순 없었다.

"많이 먹어요."

"감사히 잘 먹었습니다."

"필요한 거 있으면 더 말해요. 저기 많이 있으니까."

"감사합니다."

은근한 무시나 배척을 받을 거라는 예상과 달리, 배 여사는 지서에게 친절했다.

인사를 한 번 나눈 적 있는 태언 또한 편안하게 제게 말을 걸었다. 그에 비해 옆자리에 앉은 이언은 인사 외엔 단 한 마디도 말을 걸지 않았다. 지서가 조심스럽게 말을 걸어도 단답형의 대답이 끝이었다.

'아마 큰형은 아무 관심 안 보일 거야. 원래 그런 사람이라서. 그 사람은 회사의 성공 말고는 관심 있는 게 없거든. 그래서 아직 결혼도 못 했어. 결혼하면 일정 빼야 하잖아.'

'일정 빼는 게 왜?'

'싫대.'

'……'

'계획이 어긋나는 게 마음에 안 든대.'

'……'

재언의 말을 들을 때만 해도 과장되게 말하는 게 아닐까 하고 의심했는데, 직접 만나 보니 그게 전혀 아니라는 걸 알았다.

그는 공평하게 모두에게 관심이 없었다. 오히려 미역국에 들어 있는 소고기 개수에 더 관심이 많아 보였다.

그래서 오히려 조금 편했다. 모든 사람들이 제게 집중하는 것보다는 나으니까.

"지서 씨."

배 여사가 지서를 부른 건 식사를 마친 후, 간단히 차를 마시려고 할 때였다.

"네."

지서가 대답하자, 배 여사가 빙그레 웃으며 말했다.

"지금 시간 괜찮으면 잠깐 이야기 좀 할래요?"

"네."

지서가 순순히 몸을 일으킬 때였다.

"어디 가세요? 여기서 하시죠. 저도 궁금한데요."

재언이 생글생글 웃는 낯으로 끼어들었다.

"다녀올게."

그런 재언을 말린 건, 지서였다.

재언이 빤히 쳐다보자, 지서가 가볍게 고개를 가로저었다. 더 이상 끼어들지 말라는 지서의 몸짓에 재언이 못마땅한 얼굴로 소파 등받이에 등을 기댔다. 배 여사는 기가 찬다는 얼굴로 재언을 바라보다가 흘깃 신 사장 쪽으로 고개를 돌렸다. 이 상황을 지켜보던 신 사장도 저와 크게 다르지 않은 얼굴로 재언을 쳐다보고 있었다.

"다녀올게."

재언이 얌전해진 것을 확인한 후에야 지서는 배 여사를 따라 움직였다.

배 여사가 향한 곳은 2층 거실이었다. 이미 고용인에게 지시를 해 두었었는지, 주전자와 찻잔이 놓여 있었다. 배 여사는 지서의 앞에 따뜻한 차를 따라 내밀었다.

"마셔요. 보이차예요. 혹시 안 좋아하면 말해요. 다른 차도 준비해 뒀으니까."

"괜찮습니다. 그리고 말씀 편하게 하세요."

지서의 말에 배 여사의 얼굴에 흐릿한 미소가 번졌다. 그 미소에 지서의 마음이 쿵 하고 내려앉았다.

따로 부른 이유가, 저 표정과 관련 있을까.

혹시…… 재언의 예상과 달리 반대하시려는 걸까.

반대하시면 어쩌지. 잘하겠다고 빌어야 하나. 그렇지만 그런 걸로 마음을 돌리실까.

수많은 생각들이 거품처럼 머릿속에 차오를 때였다.

"꼭 해야 할 이야기가 있어서 잠깐 따로 보자고 했어요. 불편할 텐데 미안해요."

"아닙니다. 편하게 말씀하세요."

지서의 대답에도 배 여사는 쉬이 말문을 열지 못하고 찻잔을 만지작거렸다.

"……미안해요."

갑작스러운 사과에 지서의 눈이 살짝 커졌다. 동시에 심장이 쿵 하고 내려앉았다.

혹시 반대하기 위해 사과하시는 걸까.

손바닥에 땀이 차오르기 시작했다.

"왜 그런 말씀을 하시는지 여쭤봐도 될까요?"

지서가 애써 덤덤한 목소리로 물었다.

"오래전에, 그러니까…… 고등학생 때 나한테 전화했는데 못 도와준 거 말이에요."

"……"

배 여사의 말에 지서의 얼굴에서 서서히 표정이 사라졌다. 전혀 생각지 못한 말이 나오자 어떻게 대꾸해야 할지 감이 잡히지 않았다.

"언젠가 다시 만나게 된다면 이 사과는 꼭 해야 할 것 같았어요. 그때의 내 행동, 어른답지 못했어요. 그때 내가 어떻게든 도와줬어야 했는데……."

배 여사가 착잡한 표정으로 한숨을 삼켰다. 그 말에 지서가 얼른 고개를 가로저었다.

"아니에요. 도움이 필요해서 전화한 건 아니었어요. 그땐 재언이가 안전한 걸로 충분했어요. 오히려 그때 생각하면 죄송해요. 저희 가족 때문에 재언이까지 피해 입을 뻔했으니까요."

지서의 말에 배 여사는 입술을 꾹 다물었다.

저런 곧은 마음 때문에 제 마음이 더욱 불편했다. 쫓기는 처지에, 자신보다 덩치도 크고, 지켜 줄 사람도 많은 재언이를 걱정했다니. 조금은 염치없이 '도와줄 수 있지 않냐'라고 따질 수도 있었을 텐데, 되레 미안해하고 있었다.

"그래도 어른이라면 도와줬어야 하는 게 맞았죠. 믿을지 안 믿을지 모르겠지만, 그 후로 그 일이 계속 마음에 걸렸어요."

길에서 교복을 입고 가는 여자애를 볼 때마다, 가끔 지서를 닮은 여학생을 어디선가 마주할 때마다, 지서를 떠올렸다.

이런 미안함을 가지고 평생 살 수 없을 것 같아, 배 여사는 뒤늦게 지서를 수소문했다. 익명의 후원자라도 되어 줄 생각이었다.

그러나 이미 성적이 좋고 행실이 바른 그녀에겐 꽤 괜찮은 후원자가 있었다. 어쩔 수 없이 그녀는 청소년 쉼터를 후원하기 시작했지만, 이 사실을 배 여사는 굳이 말하지 않았다.

그런 걸 지금 말해 봤자 제 죄책감을 덜어 내려는 얄팍한 수작밖에 더 될까.

"어쨌든 이렇게 사과할 수 있는 기회가 있어서 좋네요. 또……
이렇게 건강한 모습으로 볼 수 있어서 참 좋고요."

"……."

배 여사의 눈이 부드럽게 휘었다. 그러고는 잠시 지서를 살
폈다.

지서에게선 고생하며 살아온 티가 전혀 나지 않았다. 머리부터
발끝까지 관리받은 듯 반짝반짝 빛이 났다. 마치 힘들수록 스스
로를 다잡으며 살아온 세월을 증명하듯이.

"우리 재언이 잘 부탁해요."

마침내 배 여사가 차분하게 말을 꺼냈다. 믿기지 않는다는 듯
지서의 눈이 커졌다.

그도 그럴 것이, 미안하다는 사과를 들을 때만 해도 '그럼에도
결혼은 안 된다'라는 말을 들을 거라 예상했다. 운이 좋다면 마
지못해 허락하겠다는 식의 말투일 줄 알았다.

그런데 부족한 아들을 맡기는 듯한 투로 잘 부탁한다니.

지서의 놀란 얼굴을 가만히 바라보던 배 여사가 흐릿하게 웃
었다.

"물론 처음부터 찬성한 건 아니었어요. 솔직히 말하자면 얼마
전까지 반대하기도 했고. 나도 자꾸만 아들 결혼에 계산을 하게
되더라고요. 그런데 가만히 생각해 보니 우리 재언이를 낳은 건
나지만, 재언이를 잘 끌고 가 준 건 지서 씨가 아닌가 싶었어
요."

만약 재언이 지서를 만나지 않았더라면 어땠을까.

문득 그런 생각이 들었다.

아무리 생각해 봐도 재언은 지금까지 철없이 지냈을 것 같았다. 태어날 때부터 가진 게 많아 그것들만 누리도 살아도 된다고 생각했던 녀석이었으니까.

그런 재언이 열심히 공부를 하고, 회사에 취직해 남부럽지 않은 성과를 낸 이유는 단 하나였다. 태언이 전해 준 말처럼, '언젠가 다시 만날 지서에게 부끄러운 모습을 보이고 싶지 않아서'였다.

더군다나 얼마 전엔 남편으로부터 재언이 '사랑하는 사람을 책임지는 기쁨을 알게 해 주세요.'라는 말을 했다는 걸 전해 들었다.

재언을 성숙하게 만드는 사람이라면, 놓치면 안 되는 게 아닐까.

그렇게 깨달음은 그렇게 무심히 찾아왔다.

"이 결혼, 진심으로 기쁘게 허락하는 거예요. 그러니까 혹시나 내가 마지못해 찬성하는 거라고 걱정하는 거라면, 하지 말라는 말이에요."

"……."

"그럴 시간에 재언이랑 예쁘게 사랑해요."

배 여사가 제대로 들은 게 맞다는 듯 눈을 맞춘 채 다정하게 속삭였다. 그 말에 지서는 잠시 아무 말도 하지 못했다. 목이 메어 아무 말도 나오지 않았다.

"그리고 이제야 허락해서 미안해요."

덧붙이는 배 여사의 말에 지서는 아주 자그맣게, 간신히 감사하다는 말을 하고서 고개를 떨구었다. 눈앞이 뿌옇게 변했다.

배 여사는 작게 웃으며 아무 말 없이 지서의 손등을 토닥여 주었다.

이제 다 괜찮다는 듯이.

* * *

시간은 생각보다 빨리 흘렀다.

지서는 재언과 대화 끝에 회사를 관두지 않고 계속 다니기로 했다. 언젠가 관둬야겠지만, 지금 진행하는 일들은 제 손으로 마무리하고 싶다는 지서의 의견을 재언은 존중해 주었다.

회사를 다니며 결혼 준비하는 일은 생각보다 고되었다. 한순간을 위하여 이토록 많은 것들을 준비해야 하나, 하는 생각이 들면서도 이 모든 것들이 제 기억과 사진에 남을 거라 생각하자 쉽게 고를 수 없었다. 낮에는 일을 하고, 밤에는 재언과 결혼식에 대해 상의하다가 잠드는 날들이 잦았다.

그나마 다행인 건, 결혼 준비로 인한 피로는 있을지언정, 마음고생은 없었다는 거였다. 재벌가의 결혼이니 모든 것들을 좌지우지하지 않을까 하는 우려와 달리 배 여사는 결혼 상의를 위해 만난 자리에서 종이 한 장을 내밀었다.

'수소문해서 제일 괜찮은 업체 리스트 뽑았어. 둘러보고 너희들끼리 알아서 상의해서 고르도록 해. 다른 건 괜찮은데 집안

손님이 많을 거야. 그것만 감안해서 식장 넓은 곳으로 했으면
해.'

덧붙인 말은 그게 전부였다. 생각보다 너무 단출한 의견이라,
지서는 적잖이 당황했다.

'편하게 말씀해 주셔도 됩니다. 염두에 두고 고르겠습니다.'

지서의 말에 배 여사는 고개를 가로저었다.

'두 사람 마음에 드는 걸로 했으면 좋겠어. 이제야 말하는 거
지만, 내 결혼식 준비를 전부 시어머니가 해 주셨거든. 그 마음
은 감사하지만……. 난 아직도 내 결혼식 사진을 못 봐. 어휴.'

깊은 한숨을 내쉰 배 여사는 생각만으로도 치가 떨린다는 듯,
몸을 가볍게 떨었다.

'어쨌든 내가 아무리 노력한다고 해도 요즘 세대 센스를 따라
갈 수 있겠니? 너희들이 알아서 해 봐. 하나 조언하자면, 너무 트
렌드 따라가진 말고. 시간 조금만 지나면 촌스러워 보이는 법이
니까. 이게 끝이야.'

배 여사가 더는 할 말 없다는 듯 후련한 표정을 지었다. 그 말
에 재언이 지서를 바라보았다. 어떤 의미의 시선인지 알아챈 지
서가 가볍게 고개를 끄덕이자, 재언이 입을 열었다.

'하객들 구분 없이 앉을 수 있게 하고, 주례는 없을 거예요.'

'입장은? 같이 하려고?'

'네.'

'그렇게 하고 싶으면 하는 거지.'

배 여사는 그 말을 끝으로 더 이상 결혼식에 입을 대지 않았다.

그렇게 어느덧, 한결 누그러진 바람이 부는 초봄이 되었다. 지서는 거리에 서서 가만히 움을 틔우는 나무들을 바라보다가 곁으로 다가온 재언과 함께 웨딩드레스 샵으로 향했다.

웨딩드레스 샵은 시간당 한 팀만 받기 때문에 텅 비어 있었다. 샵에 준비된 메이크업 룸에서 화장을 한 후, 직원의 안내에 따라 드레스 코너로 향했다.

"웨딩드레스는 여기서 편하게 보시면 됩니다."

직원은 샵에 있는 무수한 웨딩드레스들 중에서 원 없이 골라 입을 수 있다고 했다고 말했지만, 지서는 군이 힘들게 그러고 싶지 않았다. 한 바퀴 쭉 둘러본 끝에 세 벌을 골랐다.

가장 먼저 착용한 건 머메이드 스타일의 드레스였다. 직원은 드레스에 어울릴 만한 액세서리들을 보여 주었다. 지서는 고민하다 왕관 장식을 택했다.

"준비 끝났습니다."

흐트러진 곳의 매무새를 살핀 후 천천히 돌아섰다. 흰 천이 눈앞에 드리우고 있었다. 이 너머에 재언이 기다리고 있다고 생각하자 부케를 쥔 손에 힘이 실렸다.

"신부님 준비되셨습니다."

직원의 말에 심장이 제멋대로 뛰었다.

그저 웨딩드레스 피팅일 뿐인데.

이게 우리의 또 다른 관계의 시작점인 것처럼 느껴져서.

눈앞이 아득해지는 가운데, 차르륵 소리를 내며 커튼이 열렸다. 그 모든 순간들이 느리게 느껴졌다. 마침내 커튼 너머로 대기 소파에 앉아 있는 재언과 눈이 마주쳤다. 재언의 눈이 살짝 커졌다. 이윽고 입매가 천천히 휘어지며 위를 향했다. 몸을 천천히 일으킨 그가 시선을 떼지 않은 채 한 발자국씩 다가왔다.

그때마다 가슴께가 간지러워 지서는 잡은 부케에 힘을 꽉 주었다.

그리고 마침내 가까워진 시선이 마주했다.

"……이런 거구나."

상상만 하던 경험을 실제로 마주한 사람처럼, 재언이 넋이 나간 표정으로 지서를 올려다보았다. 그러고는 조명을 받아 빛나는 왕관, 고운 이목구비를 찬찬히 살피던 재언이 더 짙게 웃었다.

"이렇게 예쁘게 하고 나한테 오는 거구나."

"……."

"청바지 입고 입장해도 좋다고 생각했는데, 웨딩드레스 입은 거 보니까 더 좋다."

그 말에 지서가 작게 웃었다.

"청바지 입고 결혼해도 좋겠다고 생각한 적 있다고?"

"응."

"왜?"

"결혼만 할 수 있으면 다 된다고 생각했거든. 그런데……."

재언의 시선이 지서를 위아래로 쭉 훑었다. 그의 까만 눈이 반짝하고 빛을 머금었다.

"……."

355

"입은 걸 보니까 욕심난다."

재언의 말에 지서가 참지 못하고 웃었다.

'결혼'이 목적이므로 복장은 아무래도 상관없다고 생각했다니……. 재언다웠다.

"다른 드레스도 있어."

"알아."

재언이 살짝 풀린 눈으로 고개를 끄덕였다. 마치 뭔가에 홀린 사람 같았다.

"더 입어 보고 싶어."

"응."

"입고 올게."

"그래."

"……물러서 줄래? 그래야 가림막을 칠 수 있어."

지서의 말에 그제야 재언이 아, 하더니 한 발 물러섰다.

차르륵. 가림막이 다시 둘러졌다. 직원이 다른 드레스를 준비하는 동안 대기하며 서 있던 지서가 픽 웃었다.

'이런 거구나.'

문득, 재언의 목소리가 떠올랐다.

"이런 거구나."

지서가 자그맣게 그 말을 따라 해 보았다.

그래, 이런 거였다.

사랑하는 사람에게 예쁜 모습을 보여 주는 기분은.

이처럼 쑥스럽고, 벅찬 일이었다.

지서의 입술이 느슨하게 늘어났다.

* * *

세 벌의 드레스 피팅이 모두 끝났다. 은근히 시간이 많이 걸린
데다 계속 서 있다 보니 다리가 아팠다. 특히나 평소 신고 다니
는 낮은 플랫 슈즈와 달리 굽이 높아 더욱 그랬다.

"사진 다 확인했어?"

피팅이 끝난 후, 원래의 옷으로 갈아입고 나온 지서가 푹신한
벨벳 소파에 앉아 있는 재언에게 다가가 물었다.

"아니. 같이 보려고 기다리고 있었어."

재언이 샵에서 대여해 준 태블릿을 들어 보였다. 드레스 디자
인이 외부에 유출될 걸 우려해 개인 촬영은 금지되어 있었다. 대
신 샵의 직원이 직접 촬영해 선택할 수 있도록 태블릿에 담아 보
여 주었다.

"궁금하다."

지서가 옆자리에 앉자, 재언이 태블릿의 화면을 켰다. 가장 먼
저 머메이드 드레스를 입은 지서의 사진이 떠올랐다. 앞, 뒤, 옆
꼼꼼하게 촬영된 사진과 함께 다각도로 촬영한 영상도 있었다.

두 번째는 치마에 주름이 잡히는 벨 라인 드레스, 세 번째는
바디 라인이 돋보이는 시스 라인 드레스까지 모두 꼼꼼하게 촬영
되어 있었다.

"어떤 게 괜찮아 보여?"

지서가 고민하는 얼굴로 물었다.

"셋 다."

지서의 물음에 재언이 지체하지 않고 대답했다. 너무 빠른 속도에 지서가 작게 웃었다.

"셋 다 입고 입장할 순 없잖아."

지서의 농담에 재언이 심각한 표정을 지었다.

"그러게. 왜 안 될까."

"⋯⋯."

재언의 말에 지서가 못 말리겠다는 듯이 웃을 때였다.

"첫 번째 드레스는 예쁘고, 두 번째 드레스는 화려하고, 세 번째 드레스는 우아한데."

"그중에서 가장 마음에 드는 건? 어떤 취향을 좋아해? 예쁜 거? 화려한 거? 우아한 거?"

"셋 다."

"⋯⋯."

또다시 묻기가 무섭게 돌아오는 재언의 대답에 지서가 또 한 번 웃었다.

이런 재언이 귀엽긴 하지만, 웨딩드레스 결정에 그다지 도움이 되진 않았다. 결정하는 데 시간이 걸릴 것 같아, 재언의 옆자리에 앉은 지서가 태블릿에 담겨 있는 촬영본을 다시 한번 확인했다.

"다 어울리지?"

재언의 물음에 지서는 쉬이 대답하지 못했다. 드레스 셋 다 개성이 뚜렷해서 하나를 고르기 쉽지 않았다. 고민하며 태블릿 화면을 넘길 때였다.

"시스 라인 드레스로 하자."

갑작스럽게 재언의 목소리가 딱딱해졌다.

"응? 왜?"

지서가 의아한 표정으로 쳐다보았다. 방금 전까지 갈팡질팡하던 재언이 맞나 싶을 만큼 확고한 목소리였다.

"예쁜데 노출이 없어."

재언의 말에 다시 태블릿 화면을 확인했다. 그러고 보니 그의 말처럼 머메이드 드레스와 벨 라인 드레스 모두 가슴 부분이 부각되었다. 특히 가슴이 커서 더 눈에 잘 들어왔다.

결정 기준이 그거라니…….

어이없었지만, 그의 말을 듣고 나니 묘하게 노출된 가슴이 신경 쓰였다. 평소에도 노출하는 걸 좋아하지 않았기에 더더욱 그랬다. 그럼에도 쉽게 결정하지 못했다.

"나머지도 좋긴 한데……."

지서가 아쉬운 눈으로 드레스를 착용한 제 사진을 바라보았다. 이 모습을 영영 볼 수 없다는 게 아쉬웠다.

지서가 사진에서 눈을 떼지 못하는 걸 지켜보던 재언이 입을 열었다.

"그럼 이렇게 해. 다른 드레스는 신혼여행 가서 입고, 다른 하나는 귀국해서 집에서 입어."

"응?"

"이거 두 개는 사자."

"……."

지금 무슨 소리를…….

지서가 잠깐 말문 막힌 얼굴로 재언을 바라보았다. 그러자 재언이 뭐가 문제냐는 듯한 얼굴로 마주 보았다. 잠깐 시선이 오갔다.

"누가 보려고 드레스를 사."

"내가 보려고."

당연한 거 아니냐는 듯 재언이 뻔뻔한 표정을 지었다. 상대가 너무 당당하게 말하니 이쪽에서 할 말이 없어졌다.

"……."

"기념일에 입어 줘."

"……이거 비싸."

지서는 스스로 말하면서도 재언에게 할 말이 아니라는 생각이 들긴 했다.

비싸다니.

재언의 재산이 얼마인진 모르겠지만, 이 드레스 두 벌이 부담스러울 정도의 재력은 아니라는 건 확실했다. 실제로 재언은 지금 자신이 무슨 소리를 들은 건가 하는 얼굴로 지서를 쳐다보고 있었다.

"내가 이것도 못 살 것처럼 보이는 줄 몰랐는데."

그가 적잖이 충격받았다는 표정으로 그녀를 물끄러미 바라보았다.

"내 말은 굳이 하지 않아도 될 낭비 하지 말라는 말이야."

"이러려고 열심히 벌었어. 그러니까 내 생일에 이거 입어 줘."

재언이 가장 가슴이 부각되는 머메이드 드레스를 가리키더니, 얼마 지나지 않아 입꼬리를 끌어 올리며 미소 지었다.

분명 해사한 미소인데, 타이밍이 찝찝했다.

"……왜 웃어?"

"기대돼서."

지서가 재언의 시선이 향한 곳으로 고개를 돌렸다.

어깨와 가슴 쪽…….

지서가 조용히 주변을 둘러보았다. 직원들이 편하게 보라며 자리를 비켜 주었지만 혹시나 싶었다. 다행히 아무도 없다는 걸 확인한 지서가 천천히 고개 숙여 그의 귓가에 속삭였다.

"음흉해, 너."

그러자 픽 웃은 재언이 놀랐다는 표정으로 지서를 쳐다보았다.

"아직까지 몰랐어?"

"뭘?"

"너 만난 후부터 쭉 그랬어."

그걸 이제야 알았다니, 라는 표정으로 쳐다보던 재언이 지서의 귓불을 아프지 않게 살짝 깨물었다. 흠칫한 지서가 손으로 귀를 덮으며 재언을 쳐다보았다. 그러자 재언이 언제 그랬냐는 듯 천연덕스러운 표정으로 태블릿을 가리켰다.

"그러니까 이제 드레스 선택하자."

"……."

"음흉해지러 가야 하니까."

재언이 진지한 얼굴로 꺼낸 말에 결국 지서가 참지 못하고 웃음을 터트렸다.

* * *

드레스 세 벌을 사겠다는 재언을 겨우 말린 후, 샵에서 나오니 오후 4시였다. 아침부터 바쁘게 움직이느라 식사를 걸렀다는 게 뒤늦게 떠올랐다.

"오늘은 꼬막 정식 어때? 이 근처에 맛있는 곳 있대. 이 시간이면 웨이팅도 없을 거고."

"뭐? 음란해지기로 했잖아."

재언이 못 들을 소리를 들은 사람처럼 얼굴을 구겼다. 누가 들을세라 지서가 얼른 재언의 입을 틀어막았다.

"지하 주차장에서 이러지 마. 그건 언제든 할 수 있잖아."

지서가 목소리를 낮추어 중얼거렸다.

"빨리 시작할수록 좋으니까."

말을 마친 재언이 지서의 손바닥 한가운데 짧게 입을 맞추었다.

"밤은 길어."

"짧던데."

재언이 기억 안 나는 얼굴로 물끄러미 쳐다보았다.

얼마 전, 한 번 하고 기절하듯 잠든 적이 있었던 지서가 눈을 데굴데굴 굴렀다.

"하기 싫은 게 아니라 정말로 배고파."

"……."

"밥 먹고 차차 생각해."

그러더니 지서가 슬그머니 재언의 뺨을 감싸더니 눈을 맞추었다.

"제발."

지서가 간절한 표정을 지었다. 그러자 재언이 하, 하고 한숨인지 아닌지 모를 소리를 내더니 한발 물러섰다.

"……그래."

내가 어떻게 이기겠어. 개 태몽에, 개띠인 내가.

재언이 포기하자 지서가 얼른 맞잡은 손을 끌어당겼다. 그러자 재언이 언제 투덜거렸냐는 듯 빙그레 웃었다.

식당은 샵과 멀지 않은 곳에 있었다. 유명한 맛집이라는데, 일찍 온 탓인지 자리도 한산했다. 테이블 간의 거리가 먼 데다 사람들이 많이 없어서 대화 나누기에 좋았다. 지서의 제안으로 둘은 창가 쪽 자리에 앉았다.

"여긴 어떻게 알았어?"

재언이 가게 내부를 쭉 둘러보며 물었다.

"외근 나왔다가 막내가 추천해서 같이 식사하러 왔었어. 맛있더라. 그래서 너랑 같이 오고 싶었어. 저번에 무침 좋아한다고 했잖아. 꼬막 무침도 잘 먹을 것 같아서."

"맛있는 걸 보면 내가 생각난다는 것처럼 들리는데."

재언이 싱긋 웃었다.

"맞아, 그 말."

"……."

"네 생각 자주 해. 아니, 늘 하는 것 같아."

지체 없는 지서의 대답에, 되레 놀란 재언이 그녀를 빤히 쳐다보았다.

"왜 그렇게 봐?"

시선을 느낀 지서가 물었다.

"이젠 서슴없이 고백하는구나 싶어서."

"아……. 사실 부끄럽긴 한데, 다른 건 아껴도 고백은 아끼면 안 되는 것 같아서."

스물이 되면 재언에게 고백하려 했다. 자신이 얼마나 재언을 좋아하는지, 그래서 하고 싶은 게 얼마나 많은지, 우리가 함께해서 얼마나 좋은지.

그러나 단 한 마디도 하지 못한 채, 시간에 매몰되어 버렸다.

"그래서 이제 아끼지 않으려고."

지서의 말에 재언이 가볍게 웃더니 이내 태연한 얼굴로 대답했다.

"나도 매일 네 생각 해. 잘 때, 씻을 때, 눈떴을 때, 맛있는 거 먹을 때. 어쩌면 하루 종일."

불쑥 들린 말에 지서가 천천히 고개를 들었다. 제 귀를 의심하는 표정으로 재언을 바라보았다.

"아끼지 말라며."

"……."

"나도 그러려고."

재언의 말에 그를 바라보던 지서가 눈을 깜빡였다.

"그리고 오늘은 네가 드레스 입은 모습을 밤새 생각할 것 같아. 계속 아른거리거든."

"……."

"……그래서 말인데, 지금이라도 포장해서 집으로 가면 안 되지?"

재언이 진지한 표정으로 꺼낸 말에 지서가 못 말리겠다는 듯이 소리 내어 웃었다.

* * *

점심 겸 저녁을 간단하게 먹은 후, 카페에 들러 커피를 테이크아웃했다. 음란해지길 간절히 원하던 재언은 이번에도 커피 마시고 잠 깨서 밤새 놀고 싶다는 지서의 말에 져 주었다.

'밤새 노는 거야. 밤새.'

물론, 그는 '밤새'를 끝없이 강조했다.

근처에 자리한 산책로를 따라 걸으며 그들은 꽤 많은 이야기를 나누었다. 둘의 회사 이야기, 앞으로의 미래, 결혼식 준비 등. 별이야기 나눈 것 같지 않은데도 한 시간이 훌쩍 지나 있었다.

다리가 아파 근처 벤치에 앉아 나란히 밤하늘을 바라보았다. 어두컴컴한 밤하늘엔 반쪽 달만 덩그러니 놓여 있었다. 이어 차가운 바람이 불었다. 일부러 숨을 깊게 들이마시던 지서의 시선이 한 곳에 머물렀다. 교복을 입은 남학생과 여학생이 나란히 걸어가고 있었다. 가볍게 대화를 나누다가 웃음을 터트리는 모습 위로 예전 자신들의 모습이 저절로 겹쳐졌다.

밤이 되어서 차분해진 탓일까.

아니면 결혼을 앞둬서일까.

그것도 아니면…… 묻어 둔 생각이 자꾸 터져 나오는 탓일까. 요즘 들어 같은 생각이 계속 들었다.

"있잖아. 만약 우리가 열여덟 살에 안 헤어졌다면 어땠을까?"

질문을 하면서도 지서는 마땅한 미래를 상상하지 못했다. 마치 안개에 가린 것처럼 아무것도 떠오르지 않았다.

"지금까지 사귀고 있겠지."

재언이 담담한 목소리로 대꾸했다. 그 말에 지서가 옅게 웃을 때였다.

"대신 많이 싸웠겠지. 어쩌면 티격태격하다가 한 번쯤은 헤어졌을 수도 있을 거고."

"……."

재언의 말에 지서가 의외라는 얼굴로 그를 쳐다보았다. 재언은 지서와 눈을 마주한 채 덤덤하게 말을 이었다.

"너, 대학생 때 공부도 하고, 아르바이트도 하느라 바빴다며. 난 아마 그런 널 붙들고 철없이 같이 있어 달라고 했겠지. 약속대로 대학생이 되었으니까 데이트도 하고, 여행도 다니자고 했겠지. 아마 넌 그런 내가 부담스러웠을 테고. 입장 차이가 있으니

꽤 싸웠을 거야. 그러면서도 서로를 못 놔줬겠지."

"……."

재언의 말을 듣고서야, 지서는 자신이 왜 그와 함께하는 대학생 시절을 그리지 못하는지 알았다.

재언의 말대로였다. 행복함보단 현실에 부딪혀 허덕거렸을 테니까.

그래서 상상하는 걸 본능적으로 회피했는지 모른다.

덤덤하게 받아들여야 한다는 생각과 달리 지서의 표정이 어두워졌다.

왠지 모르게 슬펐다.

그때의 우리에게 선택지는 이별밖에 없었던 것 같아서.

"그리고 내가 금방 매달리러 갔겠지."

"……."

재언의 이어진 말에도 지서가 가볍게 웃었지만, 얼마 가지 않았다. 금세 씁쓸한 표정을 지은 지서가 먼 곳을 바라볼 때였다.

"지서야."

낮은 목소리로 이름을 부른 재언이 지서의 머리카락을 천천히 쓸어 넘겨 주었다. 손길이 간지러우면서도 기분 좋았다. 지서는 대답 대신 그의 손에 기댔다. 그러자 재언의 큰 손이 얼굴을 타고 내려와 지서의 뺨을 감쌌다.

"그래서 우리가 서른이 되어서 다시 만난 거야."

"……."

"각자에게 성숙할 시간이 필요했으니까."

"……."

"그러니까 놓친 시간은 그리워하지 마."

재언의 차분한 목소리에 지서는 말없이 입술을 앙다물었다.

……말하지 않았는데 어떻게 알았을까. 놓친 12년을 아까워하고 있었다는 걸. 그것도 너무 절실하게.

"널 만날수록 점점 더 궁금해지더라. 열아홉 살의 네가, 20대의 네가, 또 서른 살이 된 네가……."

지서가 눈물 맺힌 눈으로 재언을 바라보았다. 시선이 마주치자마자 지서의 표정이 허물어졌다.

넌 분명 찬란했을 테니까.

그런 네가 너무도 보고 싶다.

재언이 지서의 눈을 마주한 채 천천히 그녀의 뺨을 쓰다듬었다. 그러고는 입매를 부드럽게 말아 올리며 웃었다.

"난 똑같아."

"……."

이어 작은 목소리로 속삭였다.

"네 앞에서는 늘 열여덟 살이야."

"……."

코끝이 닿을 만큼 가까운 거리에서,

"언제나."

"……."

선언하듯이.

지서는 마주한 재언의 얼굴에서 열여덟 살의 그를 떠올렸다.

그때보다 조금 더 멋있어지고, 선이 짙어졌지만 자신을 바라보는 표정만큼은 변함없었다.

다정하고, 집요한 눈길.

그의 말처럼, 이걸로 충분한 거 아닐까.

우린 그때 헤어진 게 아니라, 서로를 정비할 시간이 필요했던 게 아닐까.

그게 설령 아니라고 해도, 그렇게 믿고 싶었다.

지서의 입가에 서서히 웃음이 번졌다. 재언이 가볍게 끌어안았다. 지서는 자연스레 재언의 어깨에 얼굴을 파묻었다.

비로소 안심이 되었다.

* * *

달칵.

어두운 밤, 지서의 집 현관문이 닫혔다. 초봄이라지만 밤은 제법 쌀쌀했다. 따뜻한 집에 들어왔음에도 추위에 굳은 몸이 금세 풀리지 않았다.

"뭐 마실 거라도……."

현관에서 플랫 슈즈를 벗으며 들어서던 지서의 말이 멈췄다. 손목을 낚아채는 힘에 눈앞이 빙글 도는가 싶더니, 정신을 차렸을 땐 벽에 붙어서 있었다. 그 와중에도 재언은 제 머리 다칠 게 걱정됐는지 다른 손으로 뒤통수를 감싸고 있었다.

"그게 급한 게 아니라서."

"......."

낮게 가라앉은 재언의 목소리가 귓가에 스쳤다. 그의 시선이 찬찬히 지서의 얼굴을 훑었다. 연한 빛을 띠는 눈동자와 예쁜 콧대, 그리고 작게 벌어진 입술까지 훑은 시선이 다시 눈으로 향했다.

시선이 얽혔다.

무슨 생각을 하는지 알 수 없지만, 뭘 원하는지 알 것 같았다.

재언의 목에 팔을 감싼 지서가 비스듬히 고개를 기울였다. 자연스럽게 재언이 지서의 허리를 감싸며 느릿하게 고개를 숙였다. 마주하는 공간이 점점 좁아지던 가운데, 마침내 입술이 닿았다. 따뜻한 입술은 맞닿기가 무섭게 벌어졌다.

입 안의 부드러운 점막과 따뜻한 혀가 질척하게 비벼졌다. 키스만으로 아랫배에서 뭉근한 열기가 피어올랐다.

재언의 큰 손이 지서의 티셔츠 안으로 파고들었다. 납작한 배를 훑고 올라가던 손길이 브래지어를 젖히고 가슴을 거머쥐었다. 아래에서 위로 쓸어 올리던 손길이 예민하게 솟아오른 유두를 툭 건드렸다.

"으, 으흣."

지서가 움찔하며 본능적으로 뒤로 물러나려 했으나, 벽에 막혀 꼼짝할 수 없었다. 그의 엄지가 지서의 유륜 근처를 천천히 돌았다. 볼록하게 솟아오른 중심을 비켜 가는 손짓에 애가 탄 지서가 그의 눈을 마주했다. 그 순간, 재언의 손길이 유두를 가볍게 툭 건드렸다가, 부드럽게 눌렀다.

"으…… 읏."

갑작스러운 자극에 지서의 몸이 휘청거렸다.

"예민한 거 보니까, 기다린 건 내가 아니었나 봐."

"……."

재언의 웃음기 섞인 목소리에 지서가 풀린 눈으로 그를 바라보았다.

기다리지 않았다면…… 거짓말이었다.

재언과 깊은 곳까지 온기를 나누는 이 행위를, 어떻게 싫어할 수 있을까.

다만, 옷차림이 헝클어진 자신과 달리 말끔한 차림새로 자신을 내려다보는 재언이 살짝 얄미웠다. 지서는 대답 대신 손을 뻗어 불룩하게 솟은 중심부를 잡았다. 재언의 미간이 움찔하는 걸 지켜보던 지서가 용기를 내어 바지 지퍼를 내렸다.

조용한 가운데 지익, 하고 지퍼 내려가는 소리가 들렸다. 그 틈으로 손가락을 밀어 넣은 지서가, 재언이 그러했듯이 아래에서부터 위로 천천히 쓸어 올렸다.

"하아."

재언이 눈을 지그시 감더니 탁한 숨을 뱉었다.

"이지서, 너……."

그의 말은 끝까지 이어지지 못했다. 지서가 바지 단추를 풀더니 드로어즈 안으로 손을 밀어 넣었다. 손바닥에서 느껴지는 단단한 느낌에 지서의 눈이 살짝 커졌다.

"처음도 아닌데 왜 놀라는 거야."

"······따뜻해서."

"······."

"좀 추웠거든."

지서의 뜬금없는 대답에 재언이 픽 하고 웃더니 손으로 눈가를 가렸다.

자신을 이런 식으로 웃게 하는 여자는 이지서밖에 없었다.

그러나 그런 여유도 잠시였다. 용기가 생긴 건지, 호기심이 생긴 건지 지서가 눈을 빛내며 재언의 페니스를 움켜쥐더니 드로어즈 밖으로 빼냈다. 그러고는 재언이 지서의 가슴을 만지듯, 똑같은 방식으로 페니스를 쓸어 올렸다.

재언이 어금니를 꽉 깨물며 숨을 삼켰다. 시선을 내리자 조막만 한 손이 제 페니스를 잡아서 흔들어 보겠다고 애쓰고 있었다. 조심스러운지 움켜쥔 악력도 약했다. 그럼에도 미칠 것만 같아 숨이 제대로 쉬어지지 않았다.

"이렇게 하는 게······ 좋아?"

지서의 조심스러운 물음에 재언의 얼굴에서 표정이 사라졌다. 이성이 뚝 끊어졌다. 차분하게 천천히 즐기려고 했던 계획은, 더 이상 떠오르지 않았다.

이렇게 귀엽고, 야한 사람을 앞에 두고, 천천히는 무슨.

자조적으로 웃은 재언이 성급하게 지서의 입술을 삼켰다. 깊은 곳까지 훑어 내리며 한 손은 지서의 슬랙스 바지 안으로 밀어 넣었다. 살짝 젖어 있는 천 위로 힘을 주어 누르자 지서의 몸이 움찔하는 게 느껴졌다. 그의 손가락이 둥글게 돌며 지그시 눌렀다.

"……으, 읏."

지서가 다리를 안으로 모았다. 그럴수록 재언의 손이 더 깊게 느껴졌지만, 다리의 힘을 푸는 법을 잊은 사람처럼 쉽지 않았다.

"넌 어때?"

재언이 허물어지는 지서의 허리를 감싼 채 한 지점을 꾸욱 눌렀다.

"넌 이렇게 하는 게 좋아?"

일부러 지서가 했던 물음을 그대로 뱉는 재언의 목소리엔 탁한 숨과 옅은 웃음기가 맺혀 있었다.

지서는 대답 대신 재언을 살짝 흘겨보다가, 그것조차 쉽지 않은 듯 어깨에 이마를 가져다 댔다. 그러면서도 지서는 잡고 있는 재언의 페니스를 놓지 않았다. 오히려 움찔할 때마다 강하게 쥐어 대는 바람에, 재언은 다시 한번 어금니를 꽉 깨물었다.

재언은 지서가 손을 움직일 때마다 아래를 꾸욱 누르며 빙글 손끝을 돌렸다.

"아훗."

지서의 입술 새로 더운 숨이 흩어졌다. 동시에 지서의 몸이 옆으로 휘청거렸다. 지서는 조그마한 자극에도 어쩔 줄 몰라 하는 예민한 몸을 갖고 있었다.

지서가 넘어질세라 재언이 그녀를 안아 들어 거실 소파에 눕혔다. 지서의 속옷과 바지를 벗긴 그는, 나체가 된 지서를 내려다보며 옷가지들을 하나씩 벗었다. 셔츠 아래 숨겨진 섬세한 근육들이 하나둘 드러났다. 마침내 나체가 된 그가 지서의 다리를 벌리며 몸을 겹쳤다. 뜨끈하게 젖은 구멍 아래에 뭉근하고 부드러운 무언가가 닿았다. 그러곤 이내 몸을 가르며 천천히 안으로 밀고 들어왔다.

"읏!"

온몸을 반으로 가르고 들어오는 듯한 느낌에 지서가 다급히 재언을 끌어안았다. 그러고는 아픔을 달래 보려는 듯 성급하게 입을 맞추었다. 어쩔 줄 몰라 하며 바르작거리던 지서를 바라보던 재언이 입술을 맞추며 아주 천천히 움직였다. 긴장감에 굳어 있던 몸이 서서히 풀리며 지서의 허리도 천천히 움직이기 시작했다.

"으…… 으훗."

빠져나가던 무언가가 다시 강하게 밀고 들어오는 추삽질에 지서의 입술에서 쉴 틈 없이 소리가 새어 나왔다.

재언이 그런 지서를 끌어당겨 마주 앉자 가슴이 맞닿았다. 가슴이 비벼지고, 아래는 더욱 깊게 마찰했다. 지서는 재언의 목을 끌어안은 채 헐떡였다. 눈앞이 자꾸만 흐려지고, 머릿속의 생각은 사라졌다. 그럴수록 감각만 살아남은 사람처럼 맞닿은 아래가 저릿했다. 깊은 곳 어딘가에서 뭔가가 팍 터져 나올 것 같은 낯선 기분에 지서는 아랫입술을 꽉 깨물었다.

그러나 침착해지려는 노력과 다르게, 재언이 가하는 쾌감은 극에 달했다. 이전과 다른 곳을 자극하는 느낌에 지서의 엉덩이가 움찔하며 흔들렸다. 엎드려 누워 꼼짝할 수 없는 상태로 지서는 시트 자락만 움켜쥐었다.

"으, 으음."

더 깊이, 어딘가를 쿡 하고 찌를 때마다 몸 안에서 전기가 통하는 듯했다. 찌릿, 하면서 감각이 퍼질 때면 몸이 제 의지와 상관없이 실제로 파들하고 떨렸다.

"……아, 아아! 자, 잠시만."

지서의 부탁에도 재언은 속도를 늦추지 않았다. 오히려 지서가 왜 말리는지 아는 사람처럼 더 깊고 강하게 부딪쳤다. 페니스의 끄트머리가 깊은 곳을 서슴없이 누르고, 빠져나갈 땐 내벽을 모조리 훑었다. 점점 지서의 눈앞이 하얗게 변했다가 검게 변하길 반복했다.

"아, 아!"

이윽고 지서의 몸에 잔뜩 힘이 실렸다. 몸이 가볍게 떨리는 가운데, 눈앞으로 검은 점이 번져 갔다가 하얀 점이 번지길 반복했다.

"하아……."

지서의 몸이 아래로 축 늘어졌다. 손가락 하나 까딱하지 못한 채 숨만 몰아쉬었다. 뒤늦게 엉덩이를 타고 흘러내리는 뜨끈한 무언가가 느껴졌다. 휴지를 챙겨 온 재언이 정액을 닦고 뒤처리를 할 때까지 지서는 꼼짝도 하지 못했다.

이상했다. 몸을 더 많이 움직이는 건 재언인데, 탈진하는 건 늘 자신이라는 게.

"지서야."

그리고 왠지 모르게 재언은 더 기운차 보였다.

"응?"

"괜찮아?"

"뭐가?"

지서가 무슨 말이냐는 듯 고개를 돌렸다가 멈칫했다.

저게 뭐지…….

방금 사정한 게 맞나 싶게 재언의 페니스가 고개를 빳빳하게 들고 있었다.

"혹시 이런 말 조금 그런데…… 약 먹어?"

그게 아니고서야 이게 가능한가 싶어서 진지하게 물었다. 그러자 재언이 픽 웃었다.

"널 놔두고 내가 왜?"

"……."

"너만 보면 알아서 이렇게 되는데."

……내가 잘못했네.

지서가 대답 대신 얼른 이불로 몸을 돌돌 말았다. 그런 지서를 보며 픽 웃은 재언이 발 쪽으로 손을 밀어 넣었다. 커다란 손이 종아리를 타고 허벅지까지 올라왔다. 밀어 내려고 움찔거려도 소용없었다. 오히려 둘둘 만 이불 때문에 갇힌 꼴이 되었다. 설상 가상으로 지서가 이불에서 벗어나지 못하도록 무릎으로 양쪽을 틀어막은 재언이 손을 천천히 밀어 넣었다. 그의 손이 마찰로 부은 아래에 닿았다.

"이번엔 살살 할게."

"안 한다는 말은 절대 안 하지."

"거짓말하지 말라고 배워서."

재언의 대답에, 그를 슬쩍 흘겨보던 지서가 이불 틈으로 팔 하나를 꺼내 내밀었다.

"이리 와."

와서 안기라는 듯한 지서의 제스처에 재언이 눈을 접으며 웃었다.

"얼마든지."

* * *

지서는 사위를 살폈다.

습기 가득한 공기, 어두컴컴한 주변, 땅에서 올라오는 짙은 흙냄새, 가방을 꽉 움켜쥐고 있는 제 손. 고개를 숙이자 땀에 전 교복이 눈에 들어왔다.

아, 꿈이구나.

직감적으로 알아챘다. 종종 꾸는 이 꿈은 지겨울 정도로 비슷한 패턴이었다. 아무도 없는 어두컴컴한 길을 계속 걸어야 했다. 지쳐서 바닥에 털썩 쓰러질 때까지.

처음엔 이 지긋지긋한 꿈에서 깨고 싶어서 발버둥을 쳐 봤지만 지치기만 할 뿐, 어떤 변화도 없었다. 마치 결승선에 도달해야 끝나는 달리기처럼, 시외버스 터미널이 보여야만 꿈에서 깨어날 수 있었다.

이 꿈은 지독하게도 평평한 아스팔트 길로도 올라갈 수 없었다. 마치 투명한 벽이 존재하는 것처럼 넘어가지 못했다. 힘을 줄수록 뒤로 밀려나 결국 흙바닥으로 내동댕이쳐졌다. 이번에도 마찬가지였다. 혹시나 해서 흙으로 된 경사면을 힘들게 올라갔는데, 정작 아스팔트 길로 한 발자국도 들어서지 못했다.

지서는 절대 닿지 못할 아스팔트 길을 가만히 바라보다 생각했다.

어쩌면 난 아직도 저 아스팔트 길이 무서운 게 아닐까.

저 길로 다니다가 누군가에게 잡혀갈지도 모른다는 공포감이 사라지지 않은 건 아닐까.

그렇게 멍하게 서 있던 지서는 어디선가 들리는 소리에 반사적으로 돌아섰다. 경사면을 따라 미끄러져 내려간 지서는 늘 그래왔듯 흙길을 걸었다. 꿈에서의 흙길은 늪처럼 진득진득했다. 한시라도 멈추면 무릎까지 차오르기 일쑤였다. 그래서 지서는 단 한 순간도 쉬지 않고 나아가야 했다.

어두컴컴한 밤은 깊었고, 길은 멀었으며, 덥고, 외로웠다. 그나마 다행인 건 이 끔찍한 꿈속에도, 재언이 준 선물이 담긴 가방이 있단 사실이었다. 가방을 품에 안은 채 걸어가던 지서는 등 뒤에서 들리는 험악한 소리에 멈칫했다.

'카악, 퉤.'

'하, 그년 어디 갔지?'

'잡아야 하는데.'

가래가 들끓는 목소리, 욕설이 섞인 험한 목소리가 등 뒤에서 웅웅거렸다.

꿈이라는 걸 알면서도 지서는 허겁지겁 뛰기 시작했다. 꿈에서라도 잡히고 싶지 않았다. 무서웠으니까. 있는 힘을 다해 달리던 지서가 움푹 파인 굴 같은 하수도에 몸을 숨겼다. 그렇게 눈을 질끈 감고서 호흡을 골랐다.

이렇게 꿈이 끝나면 좋으련만, 쉬이 끝나지 않는다는 걸 알고 있었다. 억지로 눈을 감은 채 험악한 소리가 멀어지길 기다렸다. 입술이 바들바들 떨리고 긴장감에 어깨가 욱신거렸다. 그사이 얼굴 위로 그림자가 졌다.

……아.

낮은 탄식이 새어 나왔다.

평소보다 미적거린 탓일까. 그래서 이전 꿈들과 다르게 그들이 자신을 찾아낸 걸까.

두려움에 차마 눈을 뜨지 못할 때였다.

'지서야.'

익숙한 목소리였다. 낮고, 부드러우며, 웃음기가 섞여 있는 기분 좋은 목소리. 그 부름에 지서가 천천히 눈을 떴다. 밤하늘을 등진 채 무릎을 접고 앉아 있는 재언이 있었다. 지서는 아무 말 하지 못한 채 그를 바라보았다.

꿈이 분명한데도, 꿈을 꾸는 듯했다.

'거기서 뭐 해? 나와.'

재언의 부름에 지서가 홀린 듯 걸어 나왔다. 재언이 자연스럽게 지서의 손에 들린 가방을 가져가 어깨에 걸쳤다. 그러는 동안 지서는 믿기지 않는다는 듯 재언을 바라보았다. 이 꿈에 재언이 나타난 건 처음이었다.

'네가…… 어떻게 여기 있어?'

지서가 멍한 얼굴로 물었다. 재언은 대답 대신 입꼬리를 말아 올리며 웃더니, 그녀에게 손을 내밀었다.

'같이 걷자, 이 길.'

'……'

재언의 목소리를 듣자마자 기억이 떠올랐다. 이런저런 대화를 나누다가 아직도 흙길을 뛰어가는 꿈을 꾼다고 말했을 때, 재언은 괴로운 표정으로 자신을 쳐다보며 대답했다.

-그 길을 같이 가면 좋을 텐데. 꿈에서라도.

지서가 입술을 깨물었다.

'……정말, 찾아왔네.'

재언은 대답 대신 잡으라는 듯 손을 흔들었다. 지서는 그 손을 물끄러미 바라보다 천천히 팔을 뻗었다. 손끝이 닿았다. 재언이 자연스럽게 깍지를 끼더니 자신의 쪽으로 끌어당겼다. 지서는 재언과 나란히 걸으며 그를 바라보았다.

이상한 일이었다. 아까까지만 해도 진흙 길이던 땅이, 단단하게 변했다. 그리고 저 멀리 시외버스 터미널이 보였다. 이 꿈을 꾼 이래 처음으로 시외버스 터미널에 불이 환하게 켜져 있었다.

그걸 보고 있으니, 무심히 그런 예감이 들었다.

이제 이 꿈은 꾸지 않을 것 같다고.

지서는 시외버스 터미널에 도착하기 전, 재언을 물끄러미 바라보았다.

'······이렇게 찾아와 줘서 고마워. 재언아.'

그 말에 늘 그렇듯 재언이 웃었다.

'불러 줘서 고마워.'

그의 말에 지서는 눈물이 그렁그렁 맺힌 채 환하게 웃었다.

* * *

꿈에서 깨어난 지서는 익숙한 천장을 바라보다 긴 한숨을 내쉬었다.

처음이었다. 그 꿈을 꾸고도 식은땀을 흘리지 않은 건.

긴 숨을 내쉰 지서가 천천히 고개를 돌렸다. 재언이 반듯하게 누워 고개만 제 쪽으로 돌린 채 잠들어 있었다. 지서는 그런 재언을 가만히 바라보다 문득 느껴지는 묵직함에 고개 숙였다. 재언의 큰 손이 제 손을 덮고 있었다. 마치 꿈에서처럼.

빙긋 웃다가 울컥한 지서는 입술을 사리물었다.

넌 정말 꿈에까지 날 데리러 와 주었구나······.

조용히 눈물을 닦은 지서가 재언의 가까이에 다가가 눈을 감았다. 마치 곁으로 다가온 걸 안 것처럼 재언이 끌어안아 주었다.

평온한 밤이었다.

* * *

하얀 꽃으로 은은하게 꾸며진 신부 대기실 정중앙에 앉아 있는 지서는 잔뜩 상기된 상태였다.

결혼식을 하는 내내 정신이 없을 거라는 말을 여기저기서 듣긴 했지만, 이 정도일 줄이야.

새벽 6시에 일어나 신혼여행 가기 위해 싸 놓은 캐리어를 마지막으로 확인한 후, 곧장 샵에 들러 화장, 헤어, 드레스 착장까지 마치고서야 식장으로 자리를 옮겼다.

식장에 오자마자 스냅 촬영을 맡은 사진작가 두 명이 인사를 건네왔다. 마주 인사하고 정신 차릴 틈도 없이, 사진작가 두 명의 포즈 요구가 쇄도했다.

그렇게 사진을 찍는 와중에, 지인들을 포함해 재언의 친인척들이 찾아와 인사를 건넸다. 난생처음 보는, 그러나 언론 매체에서 본 이들도 있었고, 어떻게 아는 사이인지 모르겠지만 연예인들도 보였다. 사진 찍으랴, 인사하랴, 간간이 결혼식 진행 도우미에게 식 순서에 대한 이야기를 들으랴 정신이 하나도 없었다.

결혼식을 코앞에 두고서야 신부 대기실 문이 닫혔다.

"마지막 매무새 정돈하겠습니다. 잠깐 일어나 주시겠습니까?"

직원의 말에 몸을 일으킨 지서가 참았던 숨을 몰아쉬었다.

"2분 후에 입장하겠습니다."

직원의 말에 그제야 정신이 들었다. 인 이어에 집중하던 직원이 '네.' 하고 대답하더니 지서에게 입장할 곳을 가르쳐 주었다.

"이쪽으로 오시겠습니까?"

직원의 안내에 따라 거대한 아치형 문 앞에 섰다. 거세게 뛰던 심장이 한순간에 멈춘 듯했다. 이렇게 입장하다가 쓰러지는 거 아니겠지. 진지하게 그런 고민을 하고 있을 때였다.

"신부 입장이 있겠습니다!"

쩌렁쩌렁한 사회자의 목소리와 함께 아치형 문이 활짝 열렸다. 눈부신 조명이 전신을 밝혔다. 이어 수많은 사람들이 그녀를 바라보았다. 그러나 그녀에게 다른 사람들의 시선은 크게 와닿지 않았다. 함께 입장하기 위해 자신을 기다리고 서 있는 재언만이 눈에 박히듯 들어왔다. 천천히 걸음을 옮기자, 재언이 점점 더 또렷하게 보였다. 마침내 그의 옆에 나란히 섰다. 방금 전까지 쉴 틈 없이 뛰어 대던 심장이 이상하리만치 고요했다. 마치 제 자리를 찾아 안정감을 얻은 사람처럼.

지서를 보며 웃던 재언이 손을 들었다. 지서는 잠시 그 손을 바라보았다. 재언은 이 손으로 언제나 자신을 든든하게 잡아 주었다.

-같이 걷자, 이 길.

꿈에서조차.

지서는 재언을 물끄러미 바라보며 작게 속삭였다.

"같이 걷자, 이 길."

너무 작게 속삭여서 듣지 못한 건 아닐까 싶었는데, 재언이 환하게 웃었다. 그 미소만으로도, 지서는 재언이 제 말을 이해했다는 걸 알았다.

"그래. 같이 걷자."

재언의 말에 지서가 마주 웃었다.

천천히 손을 든 지서가 재언의 손끝에 사뿐히 제 손을 올려 두
었다.

"신랑, 신부 입장!"

사회자의 우렁찬 외침과 함께 입장 음악이 깔렸다.

재언과 지서가 함께 한 걸음 내디뎠다.

꽃들이 만개한 봄의 어느 날.

또 다른 계절의 시작이었다.